无双时光

徐人双/著

九州出版社
JIUZHOUPRESS

图书在版编目（CIP）数据

无双时光 / 徐人双著 . -- 北京 ：九州出版社，
2023.8
　　ISBN 978-7-5225-1975-3

　　Ⅰ．①无⋯ Ⅱ．①徐⋯ Ⅲ．①长篇小说－中国－当代
Ⅳ．① I247.5

中国国家版本馆 CIP 数据核字（2023）第 124399 号

无双时光

作　　者	徐人双　著	
责任编辑	陈春玲	
出版发行	九州出版社	
地　　址	北京市西城区阜外大街甲 35 号（100037）	
发行电话	（010）68992190/3/5/6	
网　　址	www.jiuzhoupress.com	
印　　刷	唐山才智印刷有限公司	
开　　本	880 毫米 ×1230 毫米　32 开	
印　　张	8.5	
字　　数	199 千字	
版　　次	2024 年 1 月第 1 版	
印　　次	2024 年 1 月第 1 次印刷	
书　　号	ISBN 978-7-5225-1975-3	
定　　价	69.00 元	

回忆
久了，它就是
一个梦想
让现在变得澄澈
让未来值得期待

时光，流淌成
岁月
谁能带我们
回到那一段记忆
是自己
和每一位伙伴

目　录

楔　子

　　每当心情复杂的时候，陈永麟老师就会站到校门口，面对着古朴而庄严的校门平复自己的心情。

　　而且他必定是站立在那方摹刻着淡淡岁月遗痕的青砖上。因为当初入职，来校报到的时候，他就是站在这里等候接待。睿智的陈永麟最善于发现视线范围里的独特之物。那方青砖就是他的发现；只不过可惜，来到这学校第一个独特的发现是——一块砖头。

　　接待老师来了，是教务处赵主任亲自前来。赵主任打量了一下陈永麟：应届毕业，初出茅庐，意气风发；身材瘦小；时尚的中分发型，一看就是时下的港台流行风，却将他那张小脸衬得更小了。寒暄过后，赵主任沉着地问道：

　　"你要带的是高中生，做好准备了吗？"

　　陈永麟心头一热，答道："做好了。"

　　两人踏进校门。赵主任走在前头，轻轻回过头来说："既然做好准备了，那就今天去把头发剪一剪。"

主题班会篇

1

2000年。

陈老师和很多新老师一样，经过了作为适应期的第一年，从一开始的意气风发，到后来全凭心头的情怀撑着。无论何时，情怀总是能为生命助燃的。好在时间随着课程的进行过得也快，他，还有全班学生，一转眼已踏入第二年，班级也搬到了二楼——高二（9）班。

哪料高二开学没几天，一封"匿名信"就给畅快才没几天的陈老师添了新的堵。信是在班级门口捡到的。信封上，寄信人的落款是：小九。而翻过来翻过去，没有找到"收信人"。

"这要是一封祝福教师节的贺信该多好……"陈老师心里嘀咕。

谁是小九？该不会，这是一封情书吧?!

陈老师心里咯噔一下，旋即镇定下来。成为老师后，除了学生成绩，其他任何风浪都是毛毛雨。今天，陈老师照例放学后去逮那几个调皮的学生，但来到班级的时候，四下已无人。原本是可以逮到的，作为数学老师兼班主任，逮人的时间点陈老师已经计算得十分精准；只不过刚才给女朋友写回信，深情款款，把时间都给忘了。要不，陈老师如何第一时间就担忧捡到的是一封情书？复杂的情感用简明的公式表达，即是：

$$睿智 + 深情 = 无敌$$

陈老师把信拿在手里，油然而生一种"无敌"的自信。

"班长？对，明天就让班长去问问，谁掉的信……"陈老师想到了九班的班长王乃思。她是一位热情、活跃又美丽的"美班长"。

陈老师思维突然跳跃了一下，心想："教室门背后会不会有什么玄机呢？"

他轻轻合上教室门，找寻门背后可能藏一封信的缝隙之类。

门后面一点点"奇迹"的气息也没有。

门框？陈老师抬头望望，又抬手够了够。个子不够高，差太远。陈老师马上搬来一把椅子，这下摸到门框上面了。可是上面什么也没有，只摸了一手积年的灰尘。

陈老师正快快地从椅子上下来，可巧被走廊里经过的教务处赵主任看见。赵主任一惊："陈老师，你检查卫生呢？这么严格吗？门框上的灰尘都要去摸？"

陈老师不慌不忙说："不是不是，我找找东西。"

"真有你的。"赵主任边说边往前走。

陈老师知道，赵主任是往七班找儿子去了。果然，一看七班早已铁将军把门，赵主任便折回来，招呼道："陈老师，我们边走边聊。"

陈老师这才想起，九班同学都走了，可是教室门都不锁！他口中应道："好嘞！我把门锁好。"

赵主任缓步移至楼梯口。陈老师却忽听得教室里一声大喊："等一下！陈老师——"

陈老师惊住了。他往教室里瞧，分明没人；可这喊声又分明是从教室里传来的。

"谁？"陈老师问教室。

一个稍稍有点扁的脑袋从讲台里侧探出来。一双滴溜溜转的眼睛，朝陈老师眨了两下。

"小P！"陈老师脱口而出。小P是绰号，正常情况下，身为老师是不应该也不会这么喊的，但眼下不是被这个小P——潘宇宙给惊着了么！

"是我，嘿嘿！"潘宇宙调皮地笑起来。

"你躲在讲台那里做什么？"陈老师语气略带责备。

"我在做作业啊！"潘宇宙理直气壮。

"人都走光了，你怎么……"

"我等他们几个打完篮球一起回去。"

听了这话，陈老师的目光中瞬时充满了关爱，注视着潘宇宙。男生们一放学就一哄而去打篮球、踢足球，而潘宇宙最大的特征就是——个子小，常常被落下……陈老师招招手。潘宇宙已经收拾好书包，走了出来，立在一旁。陈老师将手中的信揣进口袋，锁好门，摸了摸潘宇宙的脑袋。

潘宇宙想要说什么，发现楼梯口赵主任正盯着这边看，便咽回了话，脚踏风火轮一般绝尘而去。

陈老师朝赵主任抱歉地笑笑，两人一前一后往楼下走。赵主任无主题地自顾自说着什么，陈老师只顾想事，完全没有听到赵主任的话。赵主任看陈老师灵魂出窍的神态，便止步不语。陈老师这才回过神来。赵主任语调生硬起来："陈老师，我想说啊，你们九班的成绩，就是高一期末成绩……"

睿智的陈老师已经听明白了，直直表态道："我知道了，赵主任，您是批评我带的班级成绩不好。"

赵主任听了，也就不再往下说，转移话题道："……你毕竟是老师。当然，你和这帮高中生差不了几岁。甚至，有的学生比你还高一码、大一码，还有的学生，思维啊，感情啊，也比你还活跃……"

陈老师又直直打断道："赵主任，您这又是在批评我管不了这帮学生吧？要说感情，我们九班还真是……"

陈老师跟上赵主任，却发现脚下走的路不是回办公室的，而是往校门口去。路上不断遇到三三两两的学生，一个个出校门回家。有礼貌的学生，经过时热情地喊："老师好！"有的认识赵主任，就喊："赵老师好！"陈老师没有遇到自己班的学生，但他透过树丛，隐约看见有几个身影像是九班的学生。不过，这时候，九班多数学生应该在球场和操场上奔跑。

陈老师定一定神，问赵主任道："赵主任，您不回办公室吗？"

赵主任脚不停步，回答道："我让儿子今天等我。他既然不在教室，现在可能在校门口等我了。"

"哦。"陈老师应了一声，想折回办公室去，说话间却已经快到校门口了。

学生们一个个一出校门，便急不可耐地跨上自行车，伴着各种声调的道别声、叫嚷声，也有的沉默着飞驰而去。飞驰的少年们就像九月的热浪，又像大街小巷音箱里飘扬出来的流行歌曲：

随风奔跑自由是方向，

敢爱敢恨勇敢闯一闯，

哪怕遇到再大的风雨、再大的浪，

也会有默契的目光……

陈老师其实和当下年轻人一样，追崇港台流行歌曲。而近年崛起的校园民谣和抒情摇滚，已开始和港台流行歌曲争抢"追星族"了。

赵主任发现了儿子，快步走过去，一伸手，抓住了儿子的车把。他儿子故作不满道："赵老师！我等你好久了……"他儿子身旁的同伴们，便纷纷转身，一个个蹬起自行车赶紧撤离，头也不回地挥手——"拜拜！拜拜！"

赵主任父子俩说着话，没和陈老师打招呼就消失不见了。

校门口的马路上逐渐喧嚣起来，陈老师不自觉地又站上了那方青石砖。成绩，师生关系，感情……正沉思到莫可名状的"自我感动"时，一辆自行车风驰电掣地从身旁越过。一个再熟悉不过的学生身影，令陈老师慌忙大喊：

"吴振旦——"

那吴振旦根本慢都没慢一慢。陈老师自我安慰，一定是吴振旦骑得太快没听见。而紧随着又是"欻"的一个身影，吴振旦的发小，"篮球王子"李臻寰，骑着车也风驰电掣地越过。睿智的陈老师马上想到，不能喊名字，要喊绰号才能抓耳朵。可是李臻寰的绰号"篮球王子"有点长，情急之下，一开口陈老师大声喊成：

"球王——"

谁是"球王"？那两个身影刹那间消失在视线里。陈老师喃咕:"去比赛啊!"因为只有篮球比赛的时候,才看得到李臻寰这么马力十足。陈老师还没收回视线,身后传来一声招呼:"陈老师!"

陈老师急忙回身,一看,是"篮球王子"李臻寰的"死党"吴功道。陈老师心头一喜,问道:"刚刚吴振旦和李臻寰,他们那么着急去哪里?"实则陈老师心中已有点预感。

吴攻道嘻嘻一笑:"我猜……一定是……我去追上他们问问……"话未说完,他推着自行车就跑起来,又一跃,稳稳地骑上车,也风驰电掣地去了。

陈老师转念想道:后面一定还有人!于是他移到校门正中间,一派"一夫当关,万夫莫开"的架势。这使得其他同学以为今天校门口有老师严查,一个个低着脑袋,小心翼翼地通过陈老师身旁。有的难免悄悄议论几句。陈老师全然不顾,决心要逮住下一个自己班的学生,这成了他此刻心头无与伦比的一股激情。

至于逮住了要干什么,他似乎没想过。他只知道,要逮一个自己的学生。——这也是心头一种对学生的纯粹之爱吧。

不一会儿,一辆高头大马的山地自行车驶来了,上面摇晃着一个稍稍有点扁的脑袋。陈老师激动的同时,略略有点失望,心说:这不还是小 P 嘛!——不能喊绰号,是潘宇宙。

潘宇宙同学老远望见了陈老师,赶紧把车速降下来。陈老师像交警一样,抬抬手,让潘宇宙停车。

"你这大脑袋啊,我老远就瞧出是你。"陈老师语调亲和。

"陈老师,"潘宇宙语调带着争辩,"我不是大头。'大头'是徐模杰。"

"徐模杰?他在后面吗?"此刻距离放学已经过去一段时间了,陈老师不相信沉稳的徐模杰没事会晚回家。

不等潘宇宙回答，陈老师发现他自行车后座上卡着什么，于是把目光聚焦上去。潘宇宙连忙解释："陈老师，这些都是阿庄给我看的《体坛周报》——"

陈老师又用下结论的语气道："你们一个接一个地前后脚出来，我猜是约好了去干什么吧？"

"陈老师，我告诉你——"潘宇宙滴溜溜的眼睛盯着陈老师。陈老师也即刻屏息凝神地盯着潘宇宙。潘宇宙样子认真地说："俞中华在后面。他马上来了。"

"嗯？后面难道不应该是阿庄——庄荣丰吗？"

"阿庄在踢球呢！他不……"

潘宇宙硬生生把后半句话咽了回去，夸张地往后瞧。陈老师跟着往后瞧，不料潘宇宙瞅准时机，用力一蹬，逃出陈老师的控制范围，嬉皮笑脸地说："您问俞中华吧，陈老师！"说完，他踏上自行车，却似脚踏风火轮一般绝尘而去。

果然，俞中华出现了。他还和另外两个同学一起。定睛一瞧，是"一枝花"朱尉玉和汝相如。俞中华是很好认的，因为他的发型总是那么光鲜亮丽，梳着整整齐齐的偏分，每一天都仿佛是昨日刚剪过的一样，有点"奶油小生"的模样。所以俞中华得了个极其形象又新潮的绰号——"奶包"，即"奶油小生"的口头称谓。朱尉玉和汝相如在一起就很有趣了：朱尉玉肉肉的，不高，而汝相如则瘦高瘦高的；朱尉玉眼睛圆圆的，眼珠子黑亮黑亮，而汝相如则戴着半框眼镜，眼睛总不自觉地眯起来，再像高中生不过了。

他们三个乖乖地围着陈老师站好，陈老师问他们为什么这么晚回家，有没有约好去干什么。朱尉玉有点紧张，甚至手都不知道该放哪了。汝相如站得很端正，却不敢回答。俞中华向来头皮过硬，他回答陈老师说："我们当然没约好。"

"是不是要去网吧打游戏？"陈老师开门见山。

"我反正不去。"俞中华矢口否认了自己。

"那就是其他人约好了要去的？"陈老师紧追不舍。

"他们就算去，我也不知道他们是不是约好的。"俞中华一个劲儿撇清。

"那我先不管是不是约好的，"陈老师抓住重点，"就问是不是要去网吧！"

朱尉玉和汝相如赶紧保证："不不不，陈老师，我们保证不去网吧。"

"不去就好。"陈老师相信他俩，嘱咐道，"你们都早点回家去。"

三位同学和陈老师道别，推着自行车慢悠悠地走了。也确实，朱尉玉并不想去网吧打游戏，但又不敢无端"脱队"——他们当然是约好的了。汝相如要去的，因为李臻寰和吴功道已先行一步，他不敢爽这两位的约。俞中华本来高高兴兴要去网吧，但在校门口碰上这一出，心中有点不悦，路上不停和朱尉玉、汝相如抱怨道："陈老师抓不到别人，问我干什么？难道别人去不去网吧，都要我来保证吗？"朱尉玉于是想早去早回，不耐烦道："别烦了，要去就快点吧。"

陈老师这边鸣金收兵，往办公室走去。刚过传达室，迎面碰见九班一男一女两名学生。他们正交谈着什么，待看清是陈老师，两人连忙笑意盈盈，亲切招呼："陈老师！"

"你们聊什么呢？"放学路上一男一女两名同学，无论在聊什么，有什么好问的呢？问了，他们难道真的会告诉你吗？

那名男生是数学课代表兼学习委员，绰号"暴力"，大名王睿。他笑眯眯地答道:"没什么啊,陈老师。我们就聊聊题目呗。"

陈老师一厢情愿地以为他们遇到了什么难题。毕竟,如果数学课代表这种学霸都解决不了了,那这道难题一定非比寻常。陈老师关切地问:"什么题目?很难吗?说来听听。"

那名女生也是学霸,是绰号"大姐大"的李蕉蕉。她听了陈老师的问话,心想陈老师还当真了,他俩也就是闲聊几句罢了,于是嘴上答道:"不是数学题目,陈老师。是关于……"

"关于什么,李蕉蕉?"陈老师还要往下问。

"没什么啦,陈老师。"李蕉蕉干脆地结束了聊天,说了句"我先走了",便匆匆骑上了自行车。

王睿依旧笑眯眯的,对陈老师说:"真的没什么,陈老师。李蕉蕉就是说她以后想去上海……"说着,他就想骑车走。

陈老师猛地想起了口袋里的那封"匿名信"。

情急之下,他一把抓住了王睿的车把。

"暴力"这个绰号虽然带着野性,但"暴力"王睿同学却是柔情十足的男孩子,重情重义。陈老师掏出"匿名信"。

王睿眼睛一直,以为是谁拜托陈老师代为转交的,下意识地伸手去接。陈老师没有递过去,似乎和王睿心有灵犀,说道:"不是给你的。"

"哦。"唇上冒着胡茬的王睿脸蛋微微红了一下。

陈老师简单明了地说:"这是我在教室门口捡到的。不知是谁掉的,你人缘好,打听打听。明天我交给班长,你找班长合计。"

王睿好奇道:"陈老师,您看过是谁写的吗?"

"没有。"

"何不拆开看看?"

"我认为不能拆开。毕竟这看样子是一封私人信件……"

"对,对!"王睿心里承认确实没有老师想得周到,想了想补充道,"不如交给收发室,我们的信件都是从收发室取的。"

"是个办法。"陈老师肯定道,又看了看信封,"不过这上面没有收信人信息,也没有邮票,交给收发室无疑是交给了人家一个难题。我认为应该是从某一个大信封里掉出来的,既然掉在九班门口……"

"好!知道啦!"王睿的"好人缘"能量又爆棚了。

"喏,"陈老师指着信封道,"落款是'小九'。这是唯一的线索。"

陈老师见王睿不接话,接着问道:"你知不知道,谁的绰号是'小九'?"

王睿把九班同学的绰号快速在脑海中过了一遍,摇摇头,他真不知道谁是"小九"。

两人又说了几句闲话,正要相互道别,不想一辆自行车风驰电掣地从校门外闯进来,"哧——"一声急刹车,后轮在地上甩出了一道长长的黑色轮胎痕迹。

"陈老师——"自行车上的同学急切地喊道。

"吴振旦!"陈老师惊诧,霎时一片乌云笼罩心头,"发生什么事了?"

"小P,"吴振旦紧张地说,"潘宇宙他……他撞碎了玻璃门……"

"人有没有事?"陈老师心狂跳起来。

"手臂出血了……"吴振旦喘着气,"他不敢回家去。"

"有没有去医院?"陈老师着急地问,"手臂的伤怎么样?"

"手臂的伤好像还好。他就是不敢回家，在网吧门口坐着呢。而且要赔玻璃门……"

"你们！"陈老师又急又气，"你们果然去网吧玩。还……还把网吧玻璃门给撞碎！"

王睿对陈老师说："陈老师，我们一起去看看，潘宇宙的手臂也需要赶紧处理一下。"

"王睿，"陈老师吩咐道，"你晚一点回家，帮我看着吴振旦，现在带他到我办公室去。"

吴振旦没想到回来报信会被先行"扣押"！他还想着，虽然今天出了意外，但回来报信可以将功补过。

"陈老师，我带你们去啊！"吴振旦挣扎道。

"不用！"陈老师说道，"你们偷偷摸摸去的网吧，我还不认识吗？带走——"

"是，陈老师！"王睿应道，望了望吴振旦。

吴振旦叫屈："有没有搞错，早知道我不回来报信了！"

"把车给我！"陈老师夺过吴振旦的自行车，对他道，"你回来报信是明智的选择。"

"陈老师，我不跑！"吴振旦委屈道，"肯定等您回来。"

"谅你也不敢跑。"陈老师神情严肃道，"我也得骑车去啊，难道让我跑过去吗？"

陈老师跨上吴振旦的自行车，也风驰电掣而去。

王睿笑眯眯地向吴振旦说："走吧。你可以先把'精编'的作业给做了……"

"有没有搞错，天哪——"

2

九月虽已入秋，可气温仍旧居高不下。池塘边的垂柳尚且枝繁叶茂，临水的枝条荡进水里，一有风吹动，就搅起一圈圈涟漪向池塘中央散去。这时柳荫的水面下，小鱼群便机敏地扭动几下，朝着倒映在水中的蓝天深处扎进去，仿佛一群小鸟冲入云霄。

小鸟落上枝头，枝头下时有同学漫步到池塘边乘凉。这会儿是大课间休息，九班的团支部书记羊羽在池塘边踱步，一副若有所思的样子。"羊"这个姓在日常生活中还是较少碰见的，而"羊羽"的读音——尤其是方言里——同"洋芋"这种农作物的果实名称谐音。

两座池塘，一左一右分布在一座古老的土山脚下。土山究竟有多古老？只知道上面有一株五代时期的柏树，因此小巧的土山有一个雄伟的名称，唤作"五代山"。

忽听从山上居高临下传来一声喊：

"羊羽——"

一位看上去就很调皮的同学，不知何时已经来到羊羽身后，准备给羊羽同学来个"惊喜"。

"哇嗷——"这位同学扮了个鬼脸，用力地睁大他的一对小眼睛。

羊羽竟然"临危不惧"，不慌不忙取下塞在耳朵里的耳机，昂然招呼道："钱望鸿，有什么事？"

这位钱望鸿同学顿觉没趣："没什么事！——你一个人跑这儿来，听什么歌呢？"

羊羽扬了扬手里的 Walkman（随身听），告知道："我练练歌。"

"果然厉害，等你的精彩表演啦！"说着，钱望鸿一颠一颠地走开了。钱望鸿走路的样子很像承包工地的小老板，尤其是当他把书包夹在腋下一颠一颠地走路时。同学们一开始给他取的绰号就是——"老板"；可是那时候，流行把班主任叫作"老班"，谐音也就是"老板"，所以钱望鸿的绰号很快被宣布无效——自然是追查不到谁宣布的了——然而，新的合适的绰号迟迟取不出来，这也成了九班同学们心中的一件不大不小的事。

当然，取绰号这种小事，羊羽是从来不会过问的。别看羊羽个头不大，黑黑瘦瘦的，仿佛小了一号的班主任，可他从来开口只谈论家国天下。这回他所谓"练练歌"，是认真为教师节主题班会做准备。这可以说是羊羽同学少有的亲民之举了。

主题班会照例出自美班长王乃思的策划。而且美班长发过话了，要给老师们一个惊喜，谁要是泄露消息，就等着瞧吧！

为了强调重要性，保证惊喜，班长小分队的四位女生，挨个和同学们进行确认。她们是："女暴力"姚小君，行动时她打头，"砰"一声把课桌拍得震天响，然后让座位上的同学表态："记住了吗？"

"记住了。"

"好，坐下。"

"美小姐"孙恰紧接着上去温柔安慰："真的很抱歉，拜托了！"

酷酷的 Sammi 黄秀文则在姚小君一侧警戒，需要时震慑一下有不同意见的同学，也时刻观察好形势，给姚小君的下一步行动提供必要的情报。

身材高挑的柔声细语的"一姐"蒋安安总是不言不语，手里是全班同学的名单，确认好一个，她便打一个"钩"。

　　每次课间休息，班长小分队能够确认好几位同学。然后等铃声一响，蒋安安就把名单交给美班长；下课后等美班长的最新安排。

　　这会儿快上课了，美班长还没有回到座位上。蒋安安张望了一圈，没有发现美班长行踪。她柔声细语问孙恰："美班长去哪儿了？"

　　孙恰也不知道美班长去了哪里。她也是张望了一圈，没有望见美班长，却是望见从教室后门外，吴振旦挨着李臻寰，又推着吴功道、朱尉玉、汝相如他们，吵吵嚷嚷地拥进来一帮男生。最前头是九班个头最高的两个男生，他们一个最壮，而另一个最瘦。壮的那个就是九班"大猩猩"，李星星同学；瘦的那个绰号"吃哥"，大名薛红枫。只听李星星对薛红枫不屑道：

　　"哪天你和我一样重，就算你赢。"

　　"我现在就不输你。"薛红枫不服道。

　　"行！"李星星起劲道，"放学别走，篮球场单挑一个试试。被我撞飞了自己爬起来……"

　　跟在后面的另一个高高瘦瘦的同学听到了，捂嘴笑起来。他走进后门，还不忘挑衅后排的同学，在他们的后背上玩"点穴"。

　　"点穴"点到一个白白净净的男生时，这名男生反应十分灵敏，仿佛后面长着眼睛，只见他一个神速的转身，同时出招擒住了正好点下来的手，回敬道："'猴子'，不要偷袭我！"

　　这个被叫作"猴子"的男生赶紧做甘拜下风状，猛夸道："'大力兄'，手下留情，小弟错了！"

　　"大力兄"即是教室中后排男生的"扛把子"马天阳，所以"猴子"郭德柏十分拎得清，不敢正面招惹。

　　马天阳前一排在看好戏的丁剑配合着演出，对郭德柏说：

"郭德柏，那你还不速速给他们解开穴道？"

郭德柏果然和猴子一样精明，一瞧有人来解围，马上转移话题道："丁剑，你过来，李星星和薛红枫要单挑了。"

丁剑纳闷，说："他们单挑，和我有什么相干？"

确实没什么相干，郭德柏只不过要转移话题而已。可不料，丁剑没刹住车，又带出一句，对郭德柏道："难道你也想单挑我？"

要说是别人，郭德柏不敢接招；要说是"一字电剑"丁剑同学，郭德柏求之不得呢！

"好啊！"郭德柏乐得两只招风耳都恨不得扇起风来，"等的就是你这句话。"

这边，薛红枫正郁闷地坐回座位，同时将手上的篮球颠了两下，瞄准"学习园地"的一角——放置篮球的塑料桶——一记勾手，他脑海里想象自己这个动作是非常之酷的，总之自己就是酷酷的。可是用力过大，篮球划出一条不规则的、急速下落的抛物线，砸到了墙上，又弹到地上后向郭德柏弹去。

郭德柏正对着丁剑咧嘴大笑呢，毫无察觉篮球奔他屁股而来。就在这千钧一发之际，"嗖"一声，从后门口飞进一脚足球，划着漂亮的直线，将空中弹向"猴子"屁股的篮球拦截住。"砰砰砰！""咚咚咚！""哐！""啊！""哟！"整个教室后部乱了套了，足球、篮球横飞，郭德柏捂住招风耳尖叫，丁剑往课桌下钻。刚坐回窗边座位的李星星抬起双手，就差攀爬上窗台去。薛红枫看见李星星的搞笑模样，哈哈大笑，招呼其他同学一起看"大猩猩"。

足球乱跳了一阵，落在地上往后门口滚回去。这时，从后门口笃笃悠悠地走进来一名"足球小将"——庄荣丰。庄荣丰又用脚一挑，帅气地将足球高高挑起，便用头颠着足球，旁若无人地往前排座位上走去。别看他仰着脑袋，可是凭敏锐的运动直觉，庄荣丰早已察觉到了有人偷偷伸出脚来绊他。阿庄便将头一斜，足球出其不意落到了伸脚那名同学的怀里。

"来，'团子'，"阿庄对那名同学道，"一记大脚！"

"团子"杨立方不好意思地"嘿嘿"笑笑，双手托着足球，扔回了庄荣丰手里，笑道："不会大脚。"

庄荣丰接球，也笑道："让'司令'给你计算下抛物线，哈哈……"不过此时杨立方的同桌"司令"汤斯顿——九班最神秘的男生，并不在座位上。

庄荣丰抱着足球回到了前排座位。他的同桌是王睿，可这会儿王睿没在。庄荣丰前前后后问："王睿呢？"

前前后后都说不知道。庄荣丰表示他手握关于王睿的劲爆八卦。

他这话比刚刚两球相撞引起的震荡还要大。前前后后马上伸手拉的拉，探头问的问，要庄荣丰说详细。

庄荣丰卖关子道："别急，等他回来。"

于是，前前后后向各自的前前后后预告关于王睿的劲爆八卦。

所以当铃声过后，王睿回到座位上，他已经是一名"八卦主角"了。他自己还不知道呢，还在为陈老师嘱咐的"匿名信"的事伤脑筋。刚才课间他和美班长碰过头，可美班长似乎对这事有点躲闪……

课上，一分神，也不知老师提了个什么问题，这会儿副班长陈兆强正被叫起来回答。陈兆强其时正和同桌周泳分享体育赛事，所以他根本没法回答，站起来后，斜着眼请求另一边同学的提醒。哪料另一边是潘宇宙，他一只手时刻护着自己另一条胳膊，一脸正经地悄悄地说："老师让唱歌，唱一首自己最爱的歌……"

陈兆强看着潘宇宙认真的眼神，不敢不信，清清嗓子唱起来：

在我心中，曾经有一个梦，
要用歌声让你忘了所有的痛。
……

老师干脆也不说话，乐得听。同学们一个个绷住，不吭气。就这样，陈兆强清唱了一首《真心英雄》。老师很客气地说："唱得不错。请坐。"

陈兆强也客气地回道："谢谢。"

同学们再也忍不住了，哄堂大笑起来，纷纷给副班长鼓掌。

下课后，陈兆强追着潘宇宙要教训他。潘宇宙一只手时刻护着自己另一条胳膊，还是像脚踏风火轮一样绝尘而去。王睿叫住了陈兆强，说："班长找，有事。"

陈兆强有点不相信，瞪着眼睛看王睿。王睿知道陈兆强怕再次上当，但不想多解释，一把勾住他的脖子，拖着就走。

"我脖子，咳咳！"陈兆强挣扎。

来到约好碰面的花坛，却不见班长。"班长呢？"陈兆强质问。

"说好在这儿碰头的。"王睿也有点纳闷。

"什么事啊？"陈兆强淡淡地问。

王睿望望花坛，十指交叉，两根大拇指相互绕着圈，思考了一下，开口道："你是副班长，陈老师有事吩咐我们……"

"陈老师?"陈兆强有点意外。

不等班长了,王睿就把"匿名信"的事告知了副班长,要副班长一起打听"小九"。

"我们班,没有叫'小九'的吧?"陈兆强语速很慢。

班长小分队的孙恰和蒋安安仿佛是从花坛里冒出来的一样,轻快地经过。王睿连忙喊住她们,问:"美班长呢?"

她们的脚步没有停,相互挽着胳膊。"我们不知道啊。"孙恰回了一句。旋即,两人一使"凌波微步",便没入了校园的人影绰绰之中。

课间,校园里的学生们,仿佛白昼流星散得到处都是。有如孙恰和蒋安安那样闲庭信步走走看看的,有如"G4"李臻寰、吴攻道、朱尉玉、汝相如("G4"即 Good Friends 简称)那样优哉游哉靠着走廊的栏杆眺望的,也有如庄荣丰那样在草坪上玩足球"开大脚"的;或者有如潘宇宙那样,惹了人或被人惹,总是脚踏风火轮一样绝尘而去的;或者有如薛红枫那样,要么啃手指,要么玩文曲星上的英语单词游戏的;或者有如羊羽那样,要么手插口袋,要么双手交叉抱胸,开口"北约",闭口"国际空间站"的;抑或有如钱望鸿那样,偷偷摸摸在课桌洞里偷看武侠小说,引得"大侠"梅奕昇凑着一起要看的;还有如汤斯顿和杨立方那样,同桌间融洽地探讨题目,也是乐在其中的……还有许多同学,尚来不及安排课间活动,就又到上课时间了。一阵穿透力十足的上课铃声,贯穿校园,好似穿糖葫芦一样把散落的星辰码放回教室里。这些处于人生中最活跃阶段的生命们,似乎没有什么能束缚他们的精力。他们在时间里或呼啸,或沉静。振翅欲飞,是他们的姿态。

上课时的校园里,只剩一种无以描摹的寂静。这寂静中,偶然爆发出一阵学生的笑声，或者偶然蹿出一声老师的高音，都如同疏朗的雨点落入池塘，飞扬起无与伦比的诗意的时光。

美班长王乃思这几天都在为教师节主题班会奔忙，有点"神龙见首不见尾"。"匿名信"的事，只好由副班长陈兆强和数学课代表兼学习委员王睿去应对。不过没什么实质性进展。王睿倍感无奈，也是倍感无趣，想尽快把这事交给副班长负责——既然班长无暇过问，那就副班长顶上去吧。

总有不嫌事大的同学爱起哄，竟当着王睿的面，话里话外夹带着"小九、小九"。王睿一听到"小九"，也是格外留心，看那两个同学时的眼神也异样起来。而那两个同学，也被重点锁定为所谓"小九"的知情者。

他们其中一个就是还没有落实绰号的钱望鸿。王睿拉上陈兆强，押解着钱望鸿去报告给陈老师。陈老师在办公室备课，抬抬头，分出一点心来听情况。听到最后，陈老师咧嘴笑笑，看着钱望鸿的两只小眼睛，半真半假道："既然钱望鸿不知情，我建议'小九'的绰号就给他吧。呵呵。"所谓"半真半假"：半真，因为陈老师是班主任，说的话同学们肯定得往心里去；半假，则是老师不能给学生起绰号啊！然而加之最后的"呵呵"，王睿、陈兆强和钱望鸿终究明白过来：陈老师开玩笑呢！

陈老师继续埋头备课，挥挥手让他们离去。临近班级，在上二楼的楼梯上，陈兆强想起了什么，激动地说："钱望鸿的绰号有希望解决了，最近有不错的提议——包工头。"

"包工头？"王睿咂摸着，"倒是和他有点搭界的，不过就是他那气质……"

"气质也蛮符合啊。"陈兆强肯定道，"小眼睛一眯一眯的，多像监工的。"

"可以接受！"王睿觉得妥。正好在走廊上，遇见潘宇宙窜过来，王睿便一把拽住，打铁趁热，拉上潘宇宙要广而告之钱望鸿的绰号。

潘宇宙见陈兆强也在，便躲。王睿拍着胸脯道："陈兆强不逮你了！至少有我在的时候。"于是潘宇宙又脚踏风火轮一般，不一会儿钱望鸿绰号的事就满天飞了："定了啊，钱望鸿绰号'包工头'。"

"篮球王子"李臻寰背靠着二楼走廊的水泥栏杆，听了，笑道："谁想出来的，好土啊……"

他身旁的吴功道眼神永远那么深情又迷离，无论看谁。他一手搭着李臻寰的肩，一手搭着栏杆，语调温和而调侃道："这么土的绰号，他本人满意吗？"

这话让他们对面靠着窗台的朱尉玉和汝相如嗤嗤地笑。朱尉玉冲着吴功道说："那么，你那么多绰号……'道道'，你自己最满意哪个？"

吴功道并不正面应答，语调依旧温和而调侃，道："所以说本人满不满意很重要。"

汝相如马上接话，道："吴功道就是说……他不满意自己的任何一个绰号。"一来吴功道的绰号确实太多了；二来汝相如忌惮吴功道，一个绰号也不敢当面说出来。

这时庄荣丰迈着八字步走了过来，他早就听到走廊上的议论了，表态道："我们满意就行。"说着，他也像李臻寰一样，背靠走廊的栏杆，两只胳膊再架到栏杆上去。一个"篮球王子"，一个"足球小将"；只是"足球小将"没有"篮球王子"的身高，他把双臂架到栏杆上去后，怎么看都有一种被吊起来了的感觉。

"足球小将"庄荣丰就这么"吊"着，扭头看到吴振旦在教室后门口抢李星星手上的篮球，抢过来就跑。李星星也懒得去追，只是在他后面表示不满，嚷嚷道："吴振旦，怎么球场上不见你这么卖力抢断呢！"

李臻寰、吴功道、庄荣丰他们听了都"嘿嘿"笑。吴振旦一听，气得停步回头，要用球砸李星星。不想薛红枫从窗户里探出头来，咧着嘴笑，边笑边宣布说："钱望鸿回来了！"

吴振旦收起球，对薛红枫说："那快叫他过来领最新的绰号。"

薛红枫回身进去，挥了挥手。立刻，钱望鸿就在俞中华和郭德柏的拖拽下，来到了走廊里。钱望鸿要领新绰号了，同学们纷纷涌出来。女同学们也挤过来看热闹：动如脱兔吴卯卯、笑靥如花汪芳芳、人小鬼精于娜娜、斯文内敛邹琳琳、美食当家韩露露、清水芙蓉鲍卉卉、气质清纯唐田田以及邻家少女金郁郁、时尚女神盛坤……就连知性高贵女学霸——"霸中霸"成柠也忍不住在后门旁的窗台内张望。班长小分队的女生们尤其重视，以免男生们惹什么麻烦，便挤到最前头。

没想到钱望鸿早有准备，又或许是在众女生面前要表现表现，他拉开架势，竟一开口就唬住了场面，说道："'包工头'这个绰号不合适！已经用掉啦！"

这引起了众人好奇。钱望鸿伸长了脖子，招呼道："'包公'！你过来——"

黑黢黢的"包公"李帆是老实人，一听召唤，便急忙挤到钱望鸿跟前。不待李帆站稳，钱望鸿继续说："你们看，李帆，绰号'包公'。'包工头'和'包公'，喊起来太像了。而且，难不成我是'包公'的头？我才不想做这样黑漆漆的头呢！"

吴功道同学提高了嗓门，失望道："得，还是不满意！"

　　李帆对钱望鸿公开说他黑也是很不满意，但碍于大庭广众不宜失态，便丢下一句"你才黑"，气呼呼地退回人群中。

　　围观的同学们很快就失去了兴趣。化学课代表"大侠"梅奕昇边撤边找同桌王乾，却没找到，一扭头碰到了邻座物理课代表"大头"徐模杰，及其同桌"焖肉"邢尔杰。梅奕昇一个天马行空的灵感正藏不住地往外蹦，便低声对他俩道："我倒想到一个绰号。"

　　"说来听听。"比真正的焖肉还肥三分的邢尔杰呼哧呼哧地说。

　　"就是难听了些。"梅奕昇又不想说了。

　　"不难听就不是绰号了。"邢尔杰倒是看得透。

　　沉稳的徐模杰也忍不住了，小心地说道："小声地说一下，就我们几个听听，是不是真的难听……"

　　"嘻！"梅奕昇正好路过美食当家韩露露的座位，便又一个灵感闪过，喜悦道，"我也给钱望鸿来写一篇传记吧。"

　　姚小君啊，韩露露啊……好几位同学领受过，梅奕昇有个爱好，就是给人写传记，还是文言文的——辣手！

　　同学们三三两两地都散去了。薛红枫还趴在窗台上，而他占着的那个座位是人小鬼精于娜娜的。薛红枫根本没注意，被无声无息摸到身后的于娜娜猛地抽去了椅子。薛红枫身体一晃，手一撑，把于娜娜桌上的书本、文具全都打落地上。于娜娜气得不行，原本就大的两颗眼珠子，瞪得更大了，仿佛两个黑洞，能把一切都给吞噬掉。

　　"吃哥"薛红枫话都不敢多说一句，乖乖蹲伏在地给于娜娜捡拾起来。从他身边经过的班长小分队，还有其他女生们，都捂嘴笑。动如脱兔吴卯卯还故意对笑靥如花汪芳芳大声说："哟，地上这是谁呀？"汪芳芳也故意大声说："这是'吃哥'哇！"

因为马上上课了，于娜娜有点真的生气了，急得英语都蹦出来了，道："Hurry up！（赶快！）"

这一句标准的美式发音，引起了倒数第二排王颉鹄的颔首称赞，他默默抬起了头。而在王颉鹄旁边阅读英文歌词的匡星雨，趁上课前，正抓紧一分一秒让王颉鹄帮自己一起看英文歌词，便又把王颉鹄的脑袋摁了下来。

课上，同学之间又开始偷偷传纸条，有说绰号的，而多半是说即将进行的主题班会活动……

下一个课间，班长小分队就挨个向同学们传达美班长的最新安排——周五教师节主题班会活动，增加一个节目，叫"我的绰号"，要求同学们在这两天时间里做好充分准备。因为美班长想起来，陈老师曾向她表露过，目前同学们之间绰号泛滥，长此以往有害于班级氛围；即便使用绰号，也需要"审核"通过才行，使用一些阳光的、有意义的绰号。——也借此话题，聊聊看"小九"是谁。

陈老师那边，听说了今天给钱望鸿起绰号的事，于是趁数学课代表王睿来交数学作业，提醒道："你们起的那些个绰号啊……"

陈老师都不忍心说了，随后他又问："对了，那另一个同学呢？就是施千煜，和'小九'有关吗？"

"哦，那个小子啊，他就是瞎起哄。"王睿肯定道，"他只一门心思攒他的电脑。"

"他也跟着捣乱？"陈老师不解。

王睿也不解，分析道："可能无聊吧，想引人注意。"

陈老师点点头："我看也可能。还有施千煜的同桌徐小根，很内向，从不引人注意。不过越是这种性格的，越有可能出人意料……"

王睿点点头，又和陈老师聊了几句，话题转向了平日要在学习上多留意和关注每一名同学。

"你们都是我的'小九'。"陈老师一反常态地说了这么一句深情的话。这让王睿当场有点不适应，而在返回教室的路上，王睿越咂摸越感动。

3

每当最后一节课的下课铃声响过，校园里就开始沸腾了。放学后的同学们各得其乐，如果没有事先约好，谁临时要找谁那是相当不容易的；当然，每个固定的同伴圈子里的人除外。在一个圈子里，谁要是临时不见了，算是突发事件，不搞个水落石出，其他人便不会罢休。

也总有不合群的人。有的同学独坐在五代山的亭子里，读英语、背单词，或者听听力。有的同学徘徊于池塘边，时不时凝视着池水沉思。有的同学坐上操场的大看台，仿佛看电视，还是现场直播，一会儿看"足球频道"，一会儿看慢跑运动，或者"换台"看看跳绳跳远……操场大看台的右后方是学校宿舍。诗曰："你站在桥上看风景，看风景的人在楼上看你。"——大看台上的同学在看操场，宿舍里的同学在看大看台。

庄荣丰、王睿、钱望鸿他们几名足球主力，力邀小P潘宇宙，还有副班长陈兆强及其同桌——小小的人儿周泳等加入，九班足球队已初具规模。而篮球场上，九班的学生是不少的。热身结束，真正的分组比赛开始。不过有些同学基本上只有热身的份儿，人太多轮不上，便只好趁早悻悻离去。九班篮球队早已有模有样，更是有"篮球王子"李臻寰的江湖名声加持，九班篮球队风头一时无两。

"只等一场真正的比赛来证明自己！"这句台词在"篮球王子"的心中深藏已久。

这天一放学，吴振旦就早早冲上篮球场，占得了最好的一处场地。很快，李臻寰、吴功道、汝相如、李星星、薛红枫、俞中华都来了。

"七个人啊。"汝相如点了点人头。

"差一个四对四。"俞中华一记风骚的拉杆儿，虽然没进球，但他觉得自己的动作是一定够酷的。

"那就先三对三呗。"吴功道有点按捺不住。

"你们先打，我等会儿。"薛红枫谦让道。这谦让里倒是有股酷劲儿。

李星星挑衅道："'吃哥'，你是怕被我撞飞吧？哈哈！"

"吃哥"薛红枫不接招，说道："对了，我看见'老板娘'出来了，他怎么还没到？"

别看"大猩猩"李星星个头最高、身材最壮，但真正论上场比赛的话，"老板娘"李诺亚才是篮球队的主力中锋——技术型中锋。李诺亚高高的个头，长着一张圆圆的白净的书生脸，戴一副金丝边眼镜，还有一颗虎牙格外醒目。按说，他文能提笔写书法，武能上场打比赛，不应当是"老板娘"这样的绰号呀！或许是他生活里思虑单纯，而球场上泼辣有谋吧。用班主任的话说："你已经长大了，你个头比我都高了。"

李诺亚今天迟迟没到篮球场，他还真是因为一桩成长的烦恼。

　　本来，李诺亚的烦恼，他对谁也不想说。正巧这天，当赶去球场经过池塘边时，李诺亚碰到了徐小根同学。两人打过招呼，李诺亚发现徐小根盯着水面入神，他有点好奇。徐小根是寄宿生，来自城西郊区农村，平日与城里同学们不是很玩得来，也就是一起打打篮球，但今天有事，他在这儿等宿舍里的同伴。

　　李诺亚并不急着去球场，顺着徐小根的目光，这才发现原来徐小根在看水下的小鱼群游来游去。池边的树叶轻轻飘落，一沾水面，小鱼群便慌乱四散。李诺亚也看得入神，又看看落叶，抓抓头发，自言自语一样地把烦恼说了出来，好比把一个秘密丢进了水里，任它随波流走，或者被小鱼群吃掉。徐小根听了，不太会安慰人，却意外发现，自己其实也有同样的烦恼。于是两人竟难得地交谈起来。不一会儿，李诺亚心情好多了，便拉起徐小根说："你多和大家一起玩啊。走，打篮球去。"

　　徐小根心里一半是激动，一半是犹豫，但终于还是跟着李诺亚去打球了，没有继续在池边等宿舍同伴。这后来导致了他宿舍同伴的误会，闹了一场不大不小的矛盾。也是后来，李诺亚借给了徐小根一盘自己最爱的流行歌磁带分享，顺便也给了徐小根纾解烦恼的偏方。偏方治烦恼，不在乎有效无效，徐小根由此默默在心里将李诺亚引为知己。

　　篮球场上，薛红枫自觉出列，剩余六人开始分组三对三。不料，场边跑来一人，呼哧呼哧大喊道：

　　"吴振旦，'老班'找你！"

　　大家一齐望去，只见是"机器猫"沈烨朱。

　　"找我做什么？"吴振旦知道没好事，但还是问了一句。

　　"有好事还会让我来喊你？开玩笑了！"沈烨朱一点也不含糊，"你'精编'作业全错了。和我一起去订正吧。"说全错是有点夸张，但必定也错得不少，吴振旦心里顿时塞塞的。

薛红枫听了心里一乐，催促吴振旦道："你快去吧！你走了我们正好三对三。"

"你……"吴振旦郁闷至极，夺过吴功道手上的球，用力砸过去。

薛红枫顺势接到球，走上球场参加分组。倒霉的吴振旦没好气地拎起书包，低着头和沈烨朱离开了。

这边两人刚走，李诺亚带着徐小根就出现在了球场。一数人头，汝相如说："正好八人，四对四。"

"快！""篮球王子"李臻寰发话。

大家利索地分好组比赛。很多学生都围过来看。有的一边看一边拍着自己手里的球热身，而多数都是站着津津有味地看，不时还交头接耳，他们都是来晚了，或者有些人总也找不到收留自己的队伍。

人群中闪出一人，喊道："加我一个，加我一个！"

九班篮球队员们一瞧，是隔壁班的林统同学，他和吴振旦、李臻寰一众是老朋友了。可比赛一时没法停下来。汝相如匆匆解释道："林统，等一会儿。"

"咦！吴振旦呢？"林统意外地发现今天老朋友吴振旦没在场上。

沈烨朱追在吴振旦屁股后头告知，刚刚是陈老师在班级里吩咐，让他们一会儿到办公室去见他。可是心里烦躁的吴振旦脑子里乱糟糟的，他愤愤地对沈烨朱说："下次你就对'老班'说我在篮球场……"

"让他上篮球场来骂你？开玩笑了！"

"我有球打就行，他愿意在场边骂就骂好了。"

"'老班'又不是泼妇，开玩笑了！下次还是不要错这么多……就好了……"沈烨朱自己都有点过意不去。

"我觉得我做得都对的啊！"吴振旦的"自信"也可说是一种"天赋"。

两人脚步匆匆，半道上遇见了王睿。吴振旦一个念头闪过，拦下了王睿，问道："'老班'在教室吗？还是在办公室？"他可不想跑冤枉路。没想到此刻王睿也有点烦躁，不耐烦道："我不知道，我急着找班长呢！你们见到美班长了吗？"

"没见到。"沈烨朱乖乖回答道。

吴振旦一瞧没问出个结果，只好闷着头往办公室去。

班长的书包还在教室里，可她到哪儿去了呢？王睿四处转悠，遇到九班的同学就问。终于，在操场入口，动如脱兔吴卯卯，还有班长的同桌——笑靥如花汪芳芳，她俩告诉王睿，美班长在体育馆，带着女生们排练舞蹈节目。

王睿可谓东奔西走，他忽然想到一个成语：狼奔豕突。他奇怪自己怎么会想到这么个成语，把自己给逗乐了——狼奔？不！豕突？豕就是猪啊，不！对了，就是刚才遇见了吴振旦和沈烨朱，他俩才是"狼奔＋豕突"。哈哈！然后又控制不住地，他脑海里竟响起了一首歌——

"浪奔，浪流……"

就这样，下意识地哼着歌，王睿来到了体育馆大门口。停一停，望一望，他上前伸手要推门，只听一个女生的声音炸响：

"'暴力'！站住！"

一条"女汉子"蹿至眼前，果不其然是"女暴力"姚小君！

这场面一般人都不敢想象。是"女暴力"乾坤翻转，气贯长虹喝退"暴力"？还是"暴力"刚柔并济，气冲云霄挑落"女暴力"？霎时风起，好似刀枪在手。有赞为证——

"刀交左手，怀中抱月：前看刀刃，后看刀背，上看刀尖，下看绸子穗。单刀看手，双刀看肘，大刀看滚手。"——呵！

"七尺为枪，齐眉为棍，大枪一丈零八寸：一点眉蚕二刺心，三扎肚脐四撩睛，五扎踝膝六点脚，七扎肩颈左右分。"——哈！

静默，只听"暴力"王睿同学臣服地说："'女侠'，请带我去见美班长！"

另一个酷酷的女生声音从左边传来，问："你见美班长有何贵干？"

不等王睿回答，右边又传来一声温柔的女声："呐，请稍等一下。"

左 Sammi，右孙恰，姚小君在中央——班长小分队！那么，身后……王睿一个转身，果真发现了不远处背靠着大柱子听 Walkman 的蒋安安。

"咔——砰——"体育馆大门被从里面推开了。几个穿着短裤运动装的男生匆匆散去。只听孙恰抑制不住地糯糯叫道：

"呀！是葛亮耶——"

原来是一帮打羽毛球的。其中那个二班的"全能明星"葛亮所到之处，都会吸引一些女生的目光；不但羽毛球，在篮球场上也是如此。

Sammi 黄秀文嗤道："原来你是这种审美！"

"好啦好啦，不说了。"孙恰为自己一时的失仪羞愧。她收回目光时，发现动如脱兔吴卯卯和笑靥如花汪芳芳走近了。

孙恰手都抬起来了，正要向她们打招呼，却见汪芳芳朝一个没走远的男生喊："匡星雨——"

体育馆门口的九班同学们听到喊声，这才知道，匡星雨同学也在那帮人里。原来今天美班长带人在场地里排练舞蹈,干扰到他们打羽毛球了,所以他们干脆不打,郁闷地散了。王睿并不知其中利害,赶紧问道:"匡星雨,我们美班长在体育馆里吗?"

匡星雨站定了,看到全是自己班同学,便缓缓走回来。听到王睿发问,他没好气地说:"在!把我们'赶'出来了!这个'老佛爷'!"

坊间似乎对班长王乃思有这么个异称,不知从何而来。但也是禁称。不想今日匡星雨同学因场地而犯禁,这激起了美班长同桌——笑靥如花汪芳芳的不满。她收起笑容,喝道:"你敢再说一遍!"

"羽坛小天王"匡星雨没打够球,正憋着一肚子气,把球包往地上一扔——其实他想把运动长裤拿出来穿上。不料这动作让动如脱兔吴卯卯误会了,以为匡星雨要撒野,一个箭步冲到前面,护着汪芳芳。这场面,让一腔热血正沸腾着的姚小君红了眼,她不管三七二十一,冲上去就把蹲着翻球包的匡星雨掀翻在地。作孽啊,球包里的衣物飞撒出来,被跟上的黄秀文抓过来覆盖在匡星雨身上。汪芳芳也不甘落后,和姚小君一起摁住了匡星雨。匡星雨同学不敢真用力反抗,只好扭动挣扎。

蒋安安拉着孙恰,在一旁柔声细语地指责道:"你们干什么呀?"

吴卯卯赶紧叫王睿。王睿上去拉架,然而女生们并不听他的。这时匡星雨上半身,包括脑袋,都被盖上了衣物,姚小君一条腿的膝盖紧紧顶住了匡星雨。黄秀文和汪芳芳一边儿摁住匡星雨一条胳膊,汪芳芳反复地问:"还敢不敢再说了?"

匡星雨早已讨饶,可是声音被盖住了,嗡嗡地不清楚,汪芳芳便只是不罢休。王睿和吴卯卯收拾起球包,待要再上去动手拉人，却谁也没注意，何时出现了一位老师，是教体育的王老师，同时他也是德育处的——对了，这位王老师分管宿舍楼，这个时间点应该是去宿舍楼，路经此地。这下糟了，学生"打架"被德育老师逮个正着——还是"打群架"。虽然大家起身后都说是闹着玩，但德育老师不这么看，他问：

"你们多大了？这是什么地方？你们是什么行为？"

"夺命连环问"让大家哑口无言。随后，更致命的问话来了："你们是哪个班的？班主任是谁？"

动如脱兔吴卯卯机灵，答道："我们班长在体育馆里，我去喊班长出来。王老师，我们真的只是在排练……"

若是小学生这样闹着玩，德育老师就不去管了；身为堂堂高中生了，还如此放肆地玩闹也好，打架也罢，必须以正视听啊！德育老师裁量道："你们都大了，我也不会为难你们。但我先声明，这个事我会告诉你们班主任——我想起来了，是九班陈永麟老师吧？教务处的赵老师，前两天还和我谈起你们九班呢……"

姚小君、黄秀文、汪芳芳站成一排，听德育老师训话。匡星雨接过王睿递上的球包，穿好长裤，头也不回地跑了；或许是不敢回头，这边姚小君还捏着拳头，偷偷地朝着跑远的匡星雨挥啊挥呢。孙恰和蒋安安一路小碎步，跟在吴卯卯后面，冲进体育馆里，找美班长去了。

"咔——砰——""咔——砰——""咔——砰——"从体育馆里鱼贯而出九班的学生。美班长被夹在一众女生丛中，放眼看去，有童效惠、张明明、陈希、沈雯玉、俞顺瑶、孙眷纷等诸位平日极为斯文的女生，其中语文课代表俞顺瑶斯文得似乎不食人间烟火，而孙眷纷的斯文里怎么也看不出她内心竟埋着"不爱红装爱武装"的梦想。并不意外的是，王颉鹄同学赫然在列。大家一窝蜂拥向德育老师。

"王颉鹄，你小子大男生一个，怎么跳女生的舞蹈？"趁着人多，王睿把王颉鹄拉到一边。

王颉鹄同学自豪道："我领舞。"

"不是应该美班长领舞吗？"王睿不相信。

吴卯卯凑过去，提醒王睿道："你忘了？王颉鹄同学最喜欢和女生玩了。女红针织他都拿手……"

王颉鹄谦虚中带着秀气："这有点夸张了！"

吴卯卯和汪芳芳趁机拿王颉鹄同样"秀气"的绰号开玩笑。绰号，是学生时代无可替代的交流方式之一——"此情可待成追忆，只是当时已惘然"。所以从绰号角度来讲，取不出绰号的钱望鸿，就类似于青春期迟迟没有长出胡须的男生，成长的时光里总欠缺了一点什么。

王睿在一边说话时，众女生们已经郑重地集体向德育老师道歉，并做保证，就是纠缠着讨价还价啦："我们保证不再胡闹了，不要告诉班主任！""求你啦王老师，不要告诉班主任！""我们班主任可凶了，会骂我们的，不要告诉班主任！"……那句"我们班主任可凶了，会骂我们的"被说出来时，吴卯卯好像感到胸口违心般地痛了一下，她拉了拉汪芳芳；汪芳芳叹了口气，不言语了。

女生们把德育老师层层围在中心。德育老师内心开始崩溃了。王老师最终扬起手，好似一副投降的姿态，责成美班长负责每一个同学的安全，维护好纪律。

大家松了一口气，抓紧时间回体育馆排练。人影纷乱，不是说话的场合，王睿没有好意思拉住美班长。难怪某位名人说过：谁的心其实都是一颗被自己高估了的心。

王睿只好在心里暗下决心，追查"小九"这事，就直接交给副班长了，也不需要班长点头吧。——她忙着呢，若是坏了她主题班会的活动，后果难料啊。

美食当家韩露露悄悄质疑地问动如脱兔吴卯卯："说真的，班主任骂过我们女生吗？"

想都不用想，吴卯卯答道："当然没有啊！"

"班主任也会批评人的。"斯文内敛邹琳琳补充道。

"那是批评男生，批评教育。"清水芙蓉鲍卉卉俏皮地说。

"为什么啊？"邻家少女金郁郁懵懂地问。

"因为男生们脸皮都厚。"气质清纯唐田田甜甜地说出了自己的理解。

王睿看着四散的同学们，定一定神，又哼起"浪奔，浪流……"，然后离开体育馆，沿池塘外的校园林荫路，匆匆回班级去了。

池塘边另一条道上，一个女生的身影淡淡地飘过，往宿舍方向去。王睿瞥见，虽然隔着一段距离，但认得出是九班的同学。

那是九班一位住宿的女生，家比徐小根同学都远，性格比徐小根同学更内向。连她的名字，同学们也似乎那么陌生，叫——周少菡。对了，正是这个名字，使同学们知道了：菡萏，即是荷花。

如淡淡的远香一般的周少菡同学竟走得很快，不一会儿身影就不见了。王睿移回视线，在池塘有驳岸的一边，看到了沈烨朱，他匆匆地又往篮球场去了。沈烨朱刚过去，从五代山上奔下来两个人影。其中一个是钱望鸿，另一个——是梅奕昇。王睿正欲移步前去，却听得一个细细的男生的声音喊道：

"王睿——"

　　王睿转身一看，是周泳，他应该也是回宿舍去吧——他，还有庄荣丰，也都是住宿生。不过他身旁很快又走来了王乾和副班长陈兆强。他们是要去操场踢足球无疑。

　　看到陈兆强，王睿就不管他要不要去踢足球了，一把抓住，交代说："快，副班长，去体育馆找班长……我实在走不动了！拜托！"

　　陈兆强心知肚明，是关于"小九"的事，因为他也不想沾手这无聊的事，毕竟踢球才是正事；王睿要把这事交给自己，那自己交回给班长才是上策。临分别，陈兆强不忘叮嘱同桌周泳道："看见小P的话，别让他跑了，一会儿我就来找你们！"

　　待陈兆强叮嘱完，王睿也叮嘱他说："当心姚小君。"

　　"嗯！"副班长点头，壮怀激烈地找班长去了。

　　王睿乐得一起去踢足球。听说庄荣丰家里送了新装备过来，可了不得！王睿这会儿不再觉得走不动了，催促着赶紧一起去足球场。周泳道：

　　"我回趟宿舍，你们先去。"

　　王睿含笑点头，和王乾拔腿就往足球场狂奔而去。周泳快步沿着池塘驳岸走，迎面就瞧见了钱望鸿，他正比画着像练什么武功一样。钱望鸿身旁的同学——"大侠"梅奕昇，看样子，是在指点钱望鸿。

　　"嘿！你们干吗呢？"周泳好奇地问。

　　钱望鸿兴奋地说："'大侠'教我'分筋错骨手'呢！"说着，他还不停地比画，由掌变虚拳，再变实拳，最后冲拳打出去，一气呵成。

　　"这是'一掌四式'。"梅奕昇认真地说道。

　　周泳只好傻傻地笑笑，要走，这时一群女生经过身旁，往五代山上亭子里去。钱望鸿手上练着"一掌四式"，眼睛却不停瞟那一群女生。而梅奕昇只是认真地观察着钱望鸿的拳速，看他拳速越来越快，便按捺不住，出手切磋。"哈！'一掌四式'！"梅奕昇熟稔地一出招，正中钱望鸿胸口。钱望鸿正偷看女生呢，哪料得大侠一招全力打来，身体猛地一晃，"啊——"，只听"嗙——"一声掉进了池塘。这突如其来的巨大动静，把走在池塘旁边的学生们都吓得愣住了。刚走进亭子里的女生们纷纷起身张望，胆大点的立即冲向池塘。

"快救人！"梅奕昇话音未落，周泳已经将书包丢下，毫不犹豫跳下了池塘。好在驳岸边的水并不深，像周泳这样主动跳下去的，能够稳稳地站立住，他伸手把水中的钱望鸿拉起来。钱望鸿个头比周泳高，池水是淹不没他的，只是刚才他毫无防备，失足落水，惊吓过度，倒在了水里，呛了几口水。

周泳在水里推，梅奕昇在岸上拉，钱望鸿被顺利救上了岸。周泳爬上岸，喘着说："我先回宿舍换衣服。"梅奕昇点点头，然后看着钱望鸿，两人都惊魂未定。

见平安无事了，亭子里冲过来的几位女生便还了魂一样回亭子里去。钱望鸿目光追随着那几位女生，又望向了那亭子。

梅奕昇戳破道："还看！练武最忌分心！"

钱望鸿抹着脸上的水，小眼睛一绷一绷道："唉，被破功了……"

"怪不得，"梅奕昇恍然大悟道，"你经常一个人跑到山上去，还说看风景……"

正不知下一步该怎么办，沈烨朱从篮球场方向回来路过，他这回是去喊薛红枫订正作业的。一瞧见这场面，他心脏怦怦地跳，说："呀，正好我还要回办公室，我去叫陈老师！开玩笑了！”

钱望鸿对着梅奕昇懊悔道：“我……早知道去踢足球了。小P、阿庄他们还在等我呢……”

没说几句话，远远就瞧见陈老师冲刺一样跑来。他仿佛超人一般降落到钱望鸿和梅奕昇身旁，当看到钱望鸿并无大碍，陈老师便一字一句吩咐："去我宿舍换衣服，别着凉了。"

钱望鸿预备好了被痛骂一顿，没想到陈老师如此暖心关怀。他显然有点感动，但还是不动声色，厚着脸皮表示自己身体很棒的，不怕！结果他被陈老师狠狠拎起来，在梅奕昇的陪护下，朝教职工宿舍走去。湿淋淋的钱望鸿，所过之处留下了一串湿湿的脚印，好似成语：雪泥鸿爪。

陈老师返回办公室，边取钥匙边和订正作业的吴振旦、沈烨朱快速交代了几句，便直奔宿舍。前脚走，后脚大帅哥袁sir——英语老师袁老师，来找陈老师。

“陈老师呢？”

吴振旦在痛苦地订正“精编”作业。“回宿舍了。”吴振旦郁闷地答道。

袁sir在去宿舍的路上，迎面碰到了德育王老师。王老师也来找陈老师。袁、王两位老师一合计，便“同去，同去”。路上，袁sir从王老师那里得知了九班学生“打群架”的事，他完全同意王老师的意见，作为班主任的陈老师需要对学生严加管束！这还了得，今天“打群架”——还是女生们打男生，明天那是要上天了吗？

陈老师赶到宿舍门口，左右望了望，钱望鸿还没到。袁、王两位老师差不多跟在陈老师屁股后面追到了宿舍。王老师开门见山地把在体育馆门口如何抓包九班学生“打群架”，又如何教育他们等等情况一一告知。陈老师听了，打开宿舍门，钥匙都没力气拔出来，闭着眼念"阿弥陀佛"。袁sir躲在一旁狡黠地笑。

王老师正等陈老师回应呢，浑身湿淋淋的钱望鸿，一路踏着"雪泥鸿爪"来到了。陈老师两眼一黑，说："怎么办？你告诉我那边刚打完架，我告诉你这个刚从水里捞上来……"

一旁的袁sir惊呆了。王老师检查了一下钱望鸿，拍拍手上的水，同情地对陈老师说："唉，一码归一码，你有困难来找我……"

王老师转身走了。袁sir也跟着要走，还没迈开步，却见吴振旦、沈烨朱和薛红枫恹恹地走进宿舍。袁sir歪着头对陈老师说：

"嘿，来齐了啊！"

刚才王老师拍掉手上水的动作，令陈老师想起了几日前，在教室门口，摸了一手教室门框上的灰，没来得及拍掉，在小P潘宇宙的脑袋上蹭干净了。那天捡到了"匿名信"，不知这件事班长处理得怎么样了，实在处理不了，也只好交给收发室，由学校处理了。

陈老师边想，边让过钱望鸿，让他赶紧到屋里去换衣服。

"陈老师！"钱望鸿在屋里脱光了上身，问，"我穿什么呢？"

陈老师本想让他穿自己的衣服，毕竟这位老师和这帮学生差不多模样儿。不想吴振旦不分场合地调侃道："你么，就不要穿了哇！"

跟进屋的薛红枫和沈烨朱听了，都嘻嘻笑。陈老师望了望吴振旦的大书包，说："拿来……"

"什么？"吴振旦一头雾水，看到陈老师盯着自己的书包，本能地往背后藏，嗫嚅道，"没……里面什么都没有！"

"心虚什么。"陈老师伸手夺了过来，又转身安排薛红枫和沈烨朱赶紧把"精编"作业拿出来。从吴振旦的大书包里翻出了球衣，陈老师抖开，前后上下看了看大小。

"反正是球衣，穿得了。"门口的梅奕昇似乎是在向陈老师提醒自己的存在。

还真是，陈老师这才看到"大侠"梅奕昇。梅奕昇是化学课代表，虽说有那么一点点痴迷武侠，但也属学霸系列人物，陈老师赶紧对他说："不早了，你先回吧。路上注意安全。"

"Bye."

"Byebye."

"阿——嚏！"钱望鸿一声喷嚏，应该是光着身子时间长了，而且裤子还是湿的。

大家都知道，论喷嚏，九班是谁也打不过"暴力"王睿的！所以吴振旦点评道："钱望鸿，你这比起'暴力'来可差远了。"

钱望鸿不干了，道："赶紧给我衣服换啊！"还装出瑟瑟发抖状。

陈老师把吴振旦的一套运动衣服丢给钱望鸿，并教他，到床铺另一侧去换裤子。薛红枫和沈烨朱听到了，又是捂着嘴笑。钱望鸿换好衣服，找了个马甲袋，把湿衣服装进去，熟练地往腋下一夹，匆匆道别离去，一颠一颠的。

留下来订正作业的同学，一个个脑袋都对着"精编"一颠一颠的……

4

开学才两周不到，似乎就足够焦头烂额的，陈老师心情有点沉。好在跳转到自己的感情上，还是令人欣喜的：周末，女朋友会来。想到这个，他嘴角不自觉地滑出了笑意。

陈老师一出神，吴振旦、薛红枫、沈烨朱这三位就也跟着出神。沈烨朱支棱着脑袋发傻；薛红枫啃起自己的手指甲，难怪叫"吃哥"；吴振旦发现"老班"书桌上放着好些高深的专业书，还有考研英语词汇……

陈老师回过神来，一看这场景，只好把他们训一顿。"精编"作业总算订正完了，陈老师尽量耐着性子，给他们讲解了一遍。

天暗下来，已擦黑。吴振旦家等不及来电话了，陈老师腰间二十四小时开机的诺基亚手机响了起来。一接听，是吴振旦的堂弟，今天到吴振旦家做客，久等不见吴振旦放学回家，于是给陈老师打来了电话。——这就是俗话讲的"关夜学"。

吴振旦第一个被接走。待送走学生，忙碌了一天，草草吃过晚饭，陈老师才坐在灯下，坐进自己的"梦想号"。无论人生哪一段旅途，每一段都有每一段旅途上的梦想之花，等待你去浇灌，助它绽放。陈老师也刚踏上人生的旅途，才从起点启程奔跑，但在学生的眼中，老师似乎就是一个"终点"，独一无二的"终点"！

身为新手老师，管理学生方面的感受尤为深刻：学生犯下任何一个错误，老师也在"责"难逃。陈老师被非正式地谈话后，便失意起来，躲在办公室，想起去班级就头脑发涨。

九班在苦等周五班会课。当下午最后一堂班会课的铃声响起前，九班就脱了缰了！教师节主题班会活动——Action（行动）！！！

劳动委员，即吴振旦同学奉命，要把一部分课桌椅搬到走廊去，给教室留出足够的空间作舞台。他点了李星星、薛红枫、俞中华、李帆、邢尔杰、徐模杰、郭德柏、丁剑、马天阳……可是多数同学都忙着收拾书包，有的还在做"精编"作业，一搬桌椅，就引起了强烈不满，就连童效惠、张明明、陈希、沈雯玉、俞顺瑶、孙眷纷这些斯文的女生也皱起了眉头。潘宇宙更是在前排公然不满道："吴振旦太急了吧，真是'皇帝不急'——"

潘宇宙话音未落，就被吴振旦一把搂住了脖子。小P潘宇宙机灵地凭借身高"优势"，从吴振旦腋下出溜了出来。吴振旦招呼一旁的陈兆强："快抓小P！"

李星星和薛红枫开始比赛举桌子，看力气是否和体重一定相关。这个题目引起了九班最神秘的男生——汤斯顿的注意，他守在一旁观察和统计数据。"大力兄"马天阳却不声不响一手一张桌子托了起来，这赢得了徐模杰连连拍手叫好。郭德柏又乘机去点穴。马天阳身子一扭，桌子"砰砰"掉落。离得老远的丁剑故意做出被压到脚指头的搞笑模样。丁剑前面的梅奕昇便假装帮他疗伤，使出"分筋错骨手"，再用胶带缠绕丁剑的脚趾。"焖肉"邢尔杰于是笑得呼哧呼哧，话也说不上来。

庄荣丰抱着自己心爱的足球，穿梭着问："要不要帮忙？要不要帮忙？"却一步不停。而"G4"李臻寰、吴功道、汝相如、朱尉玉则靠在走廊栏杆上，摆着经典动作，作壁上观。李臻寰悠然眺望，望见了楼下二班的葛亮，他正在人丛中运球，娴熟的篮球技术频频引人瞩目。李臻寰意味深长地笑笑。吴功道发现了，拍拍李臻寰的肩膀，两人相视而笑。

最前排和最后排的课桌椅不搬，所以最前排的美食当家韩露露便埋头玩文曲星中的英语单词游戏。最后排的施千煜知晓了，向薛红枫借来文曲星，决意和韩露露一较高下。

女生们这里一簇，那里一群，嗡嗡嗡地不知聊着些什么。动如脱兔吴卯卯和笑靥如花汪芳芳在核定节目单。班长小分队在美班长的指挥下，搬运服装和道具……

钱望鸿为了感谢周泳，偷偷塞给周泳几本金庸武侠小说。不想周泳扭头就走，不感兴趣，也不想因为武侠小说影响学习。不过梅奕昇大义道："只要安排好时间，看小说也并不会有影响。"周泳论辩不过，拉过庄荣丰来解围。庄荣丰只是嘴上高声道："是要帮忙吗？"

打铃了，教室里却一团糟。人和桌椅都横飞起来。很多同学已受不了，纷纷跑到走廊上。只听得王睿一声狂啸：

"班长——！"

喧闹声渐落。一个千呼万唤的身影跨步走上讲台：短发清爽干练，脸蛋纯净柔美，眼神澄澈深情，身材窈窕曼妙，气质亲和脱俗。只见她蚕眉微蹙，樱口轻启，涓涓话语飞扬出青春的激越：

"嘿，九班！同学们——"

黄秀文压着声音提醒大家："都听美班长说话啦——"而姚小君跟在美班长身旁护卫。

李蕉蕉带头响应，鼓掌。九班的掌声一下子就由稀落到热烈。掌声过后，人声停止，四五十双眼睛都盯在美班长身上。时空凝滞，只有美班长的微笑充盈着九班的宇宙。宇宙之巅的美班长开口："我……"

"阿——嚏——"

"我的妈呀！"美班长花容失色。

距离美班长约两米远的王睿竟在这时候发了一记他的喷嚏大绝招——大概是班里一时尘土飞扬，鼻子痒痒没忍住。好比宇宙大爆炸，于是九班这个宇宙又沸腾起来了。

　　美班长赶在九班宇宙再次混乱之前，快速安排分工，不一会儿就把作班级舞台的地方腾空出来了。蒋安安还在黑板上书写了优美的"Happy Teacher's Day（教师节快乐）!"。

　　美班长和"文体双花"——动如脱兔吴卯卯、笑靥如花汪芳芳——做主持人。班长小分队维持现场秩序，同学们站的站、坐的坐，勾肩搭背，上蹿下跳，你打我一拳，我踢你一脚，篮球还不时砸中一下塑料桶——"砰"……

　　"我们第一个节目是……"美班长开始播报节目。可是有人提醒了：老师还没来呢！

　　对啊，庆祝教师节，竟然把亲爱的老师忘了，罪过！按说，陈老师早就该到教室来了，怎么他还没有到班级里来呢？于是美班长一面派王睿去请，一面宣布开始节目——因为一节课时间有限，等不了那么久了。反正开场是舞蹈，暖暖场。

　　开场舞蹈是王颉鹄领舞的《Give Me Five》：童效惠、张明明、陈希、沈雯玉、俞顺瑶、孙眷纷等不止五位女生跟着一起表演。俞中华似乎有解说的天分，他现场点评道：王颉鹄同学最妖艳。

　　同学们起哄了一阵。下一个节目，是马天阳表演"魔术"。他先把手放在课桌边沿上，然后不知使个什么手段，一下子他的手掌就缩进一个袖子里去了，乍一看好像手掌突然消失"变"没了。九月天尚热，为了表演节目，马天阳还不怕热地穿了一件外套。俞中华表示，这节目是朵奇葩。

　　马天阳一头汗地下来后，美班长又播报："请听男女二重唱，有请匡星雨、孙恰!"这是一个真正的节目，因为匡星雨和孙恰都是"校园十佳歌手"，还去过广播电台参加过选拔。同学们为他们的天籁所深深折服。孙恰下场时还行了一个女士标准礼，真是美不胜收。

二重唱之后是羊羽同学献歌，但羊羽坚持要等陈老师来了再唱，要不老师没听见，自己就白练了。俞中华认为，只怕不会有表演机会了。

谁也没注意，王睿已经早回班级了，可是陈老师没来。同学们沉浸在班会活动的喜悦之中，都没有顾及。不过对于好动的篮球队员和足球队员们来说，他们恨不得溜出去比赛才爽。亏得美班长一再控制场面，跺脚禁止道："谁也不许出去！要不我就生气了！"

庄荣丰走上去对美班长请示道："班长，刚刚宿舍同学通知我，我家里送东西来了，我得去校门口一趟。"

美班长同意，又关照道："阿庄，你顺道再请一下陈老师过来！"

"好嘞！"庄荣丰一阵风跑了出去。

庄荣丰家的东西是专车送来的。那会儿，同学们家里有车的不多，庄荣丰家里是有车的。即便家里有车的同学，说起来都是我家什么什么牌子的车，而庄荣丰说："我家只有厂车。"

今天周末，庄荣丰家的厂车又给他送生活用品和食品了。庄荣丰抱着食品去请陈老师。当他抱着一大包"平望酱菜"去到陈老师办公室，陈老师却没在——去教室了。

错过，错过！庄荣丰如是想，抱着一大包"平望酱菜"往教室去。他想今日反正班会活动，一边看节目，一边品尝"平望酱菜"，不错，不错……

班级里的节目热闹地进行着，到了最刺激的"趣味拉力"节目：拔河。看一个男生可以拔几个女生。男生当然是最强壮的"大猩猩"李星星第一个出战。女生那边，李蕉蕉打头阵。女生们给李蕉蕉加油，男生们也给李蕉蕉加油。不过没用，李星星不费吹灰之力啊，占得优势。

"我来！"姚小君冲上去，和李蕉蕉合成一队，李星星顿时觉得对面力量大了不止一倍。可还是李星星优势明显。说时迟那时快，Sammi黄秀文、动如脱兔吴卯卯、笑靥如花汪芳芳、人小鬼精于娜娜，一哄而上，李星星猝不及防，陷入了被动。薛红枫见状蠢蠢欲动，却早被于娜娜看出来，她两个大眼珠子一瞪，薛红枫马上吃瘪退了回去。最后，就连"美小姐"孙恰也加入女生队伍拉绳子的尾巴。

眼看李星星抵挡不住了，美班长情急之下出谋划策道："'大猩猩'，你快往下躺！躺下了她们就拉不动你啦！"

一听是美班长的话，李星星立马执行，"哐"地往地上一躺。可惜的是，他躺错了：拔河应该是顺着绳子直直地躺下才行；他倒好，横着躺了下来。结果，李星星同学像拖把一样被一群女生拖来拖去……同学们笑翻在地。就连九班最神秘的男生——汤斯顿也放弃了思考，抱着同桌杨立方笑得肚子疼。女生中，什么知性高贵成柠、时尚女神盛坤……也是一个个笑得花枝乱颤。

"时间到！"

陈老师沉着脸走进来。走廊里，斯文内敛邹琳琳、美食当家韩露露、清水芙蓉鲍卉卉、气质清纯唐田田、邻家少女金郁郁等几位女生都换好了跳舞的大T恤，等着和美班长表演压轴的舞蹈——《美惠》。

看来没机会了。

陈老师径直走到黑板前，亲手拿起黑板擦，一下一下地擦去"Happy Teacher's Day！"……

"陈老师！"美班长愣住了，澄澈深情的眼里溢出泪水。

"谢谢！我已经感受到快乐了！"陈老师尽量克制自己的情绪。

教室里鸦雀无声。男生们窸窸窣窣，想动又不敢动。李臻寰藏起了手里的篮球，和吴功道相对无语；李星星身上的灰也不敢再拍了，悄悄往沈烨朱身上蹭；薛红枫趴在课桌上咬手指甲；施千煜低头给同桌徐小根眨眼，徐小根却像根木头；李诺亚假装看自己写的、贴在教室墙上的书法警句——"天行健，君子以自强不息"；李帆挡着了钱望鸿视线，钱望鸿便不时拨一下李帆的大黑脑袋；副班长陈兆强暗暗扭住小 P 潘宇宙的一条胳膊，小小的人儿周泳便盯着瞧他俩较劲……只有庄荣丰抱着一大包"平望酱菜"兴冲冲地从门外冲进来。他以为班会结束了，还遗憾不能一边看节目一边品尝"平望酱菜"，所以把"平望酱菜"送到陈老师眼前，十分客气而骄傲地说："陈老师，尝尝最好吃的'平望酱菜'。"

九班的宇宙又凝滞了。

美班长的眼泪在眼眶里转，几滴落到地上，几滴无声无息在脸颊上流淌。我们都落过很多泪，而有些泪很多年才会落地。

"吴振旦，你过来。"陈老师说着，掏出一篇作文，"来，你念念，这是那天晚上你堂弟来接你时，给我的……你给大家念念。"

吴振旦看了一眼，便念了："《加油啊大哥！》：虽然我哥隔三岔五就要被'关夜学'，但在我心目中，我哥是学霸。因为他能进入他现在的学校，就已经非常了不起了。当然，也有我的功劳——给他加油！我的目标就是成为我哥一样的学霸，也希望我哥给我加油……当然，看样子他先要给自己多加加油呀……"

"这个月底，会有月考。不需要我多说，需要的是我们每个人拿出行动来！学习优秀，做人优秀……下课！"陈老师语气不容商量。

"陈老师！"美班长还要争取，"还有'我的绰号'，'小九'的事……我们已经……"

陈老师喟叹道："这事我已经想好怎么处理了。你们如果有什么消息，可以找班长，也可以找我……下课！"

美班长擦干了泪水。铃声也正好响起。

这正是：

> 美班长献情洒泪，班主任立志争优。
> 年级考有心胜出，文体节谁拔头筹！

校园文体节篇

1

日升月落。美好的周末清晨到来时，谁都不会乐意纠结一个已成昨日的"黑色星期五"。阳光照进来的地方，只有明媚的明天。九班一些要好的同学，早就通过电话相约，做好了周末安排。女生们爱去公园逛逛，聊聊心事；男生们则多去打球——在睡足了懒觉之后。挥洒运动汗水的男孩子们，爱去的是古城中心的"大公园"。由北往南穿越过去的同学，都要经过一座纪念碑，纪念一位叫"肖特"的国际主义战士。这种英雄情结总是让热血的男生心绪激昂。而班长小分队——女生们的代表，爱去的是一座叫作"怡园"的精巧园林，几乎就连着"美小姐"孙恰家。这种建筑布局在这座古老的城市中并不鲜见，古建挨着民房，民房通着古建——"信有山林在城市"，人们往往就自由出入其间。

美班长王乃思虽然没有和陈永麟老师置气，但新的一周到来，两人见面时，美班长还是有点尴尬地低沉着脑袋不见笑脸。这与平日里笑盈盈的热情的她显然判若两人。

不过班级的氛围照常，学习讨论、聊天八卦、恶作剧、比球技、看风景，一如既往。上课铃一响，文静的女生如斯文内敛邹琳琳、美食当家韩露露、清水芙蓉鲍卉卉、气质清纯唐田田、邻家少女金郁郁、时尚女神盛坤、知性高贵"霸中霸"成柠、不食人间烟火俞顺瑶、沉默寡言周少苕，还有童效惠、张明明、陈希、沈雯玉、孙眷纷……斯文的男生如小小的人儿周泳、独来独往施千昱、神游虚境徐小根，以及徐模杰、杨立方、汤斯顿等都纷纷归位。

陈老师经过深刻而睿智的反省，已满怀懊悔的心情，以至于周末都没有陪好女朋友，他心事重重的样子，惹得女朋友一通埋怨。两头没落好的陈永麟，在女朋友面前只好小心地赔不是；而在学生面前，自己毕竟是老师，为师者尊，他竭力保持着严肃的面孔。

大课间里，美班长王乃思由孙恰相陪，从陈老师办公室出来，手中领了一份通知。孙恰安慰美班长道："呐，陈老师其实也没错的，他也是为我们好。而且，我也知道你尽力了……"

"嗯！"美班长回应道，"我没事。还是'美小姐'了解我……"

办公室这边，陈老师不言不语，端坐下来，恨不得一头钻进工作里，就此消解所有麻烦和烦恼。他一点儿也没注意，大帅哥袁sir什么时候站在了身旁。

"嘿，陈老师。"袁sir热情招呼道，"心情不好的话，我陪你聊聊……"

美班长与"美小姐"步履盈盈，沿着池塘边的小道往班级走去，两人正"美美与共"呢，不提防从五代山上冲下来两个身影，从眼前掠过。定睛一瞧，跑在前面的是"大侠"梅奕昇，后面一位么，是——钱望鸿！孙恰被吓得花容失色，喊住了后面那位，嗔怪道："喂！钱望鸿——吓人啊！"

见是美班长，梅奕昇停下脚步，趁机告状道："哄我出来练'分筋错骨手'，原来又是上山看女生！这……这个钱望鸿！"

美班长她俩听了都抿嘴笑。钱望鸿快步上去拖了梅奕昇就走，狡辩道："在班长面前别胡说！"

梅奕昇倔强地回头，高喊："要看美女就看……美班长，就看美班长好了啊……"

很多经过池塘的同学，都被这喊声吸引了。不乏有人以为是男生女生在池塘边上演"偶像剧"情节呢。

大侠梅奕昇被胁迫着跟钱望鸿跑远了。然而刚拐出小道，他俩便被一株大柳树后蹿出的身影喝住。

"呔！钱望鸿——哈哈，梅奕昇！"

蹿出来的是姚小君，她倒不是一定要逮他俩，只是见自己班同学就出来吓唬吓唬，图个乐——都知道，姚小君就是如此豪放。

钱望鸿一门心思想脱身，便把梅奕昇推出去，假言道："王睿在等我呢！我先闪啦！"

梅奕昇不情愿地说："钱望鸿，看我不把你的糗事抖出来。"

听到这话，大柳树后面班长小分队的其他成员——蒋安安、黄秀文，不禁结伴走近梅奕昇。

"哈！梅奕昇，有本事你说，和女生们说吧！"钱望鸿有恃无恐的样子，一溜烟混入了路上来来往往的学生人群中。

阳光很好，但并不晃眼，梅奕昇竟有些晕眩无语，都不敢抬眼望身旁的几位女同学，走也不是，站也不是。一抬眼，美班长和孙恰过来了。梅奕昇略带羞涩地和女同学们打了个招呼，匆匆道了声"我走啦"，长舒一口气而去，真是一副仗剑的侠客难过

"美人关"的窘迫。

姚小君即刻转移了注意力，向美班长兴奋道：

"陈老师有没有为难你？"

"没有啊。"孙恰抢答，又补充，"都挺好。"

"哼！"似乎没有人能体会出姚小君这个"哼"是什么意思。

黄秀文便问道："那去办公室有什么事吗？"

班长王乃思抬起手扬了扬，解释道："一——个——通——知！"

"哦。"一姐蒋安安依旧柔声细语道，"是月考通知吗？"

"考试还用出什么通知啊，肯定不是！"姚小君不耐烦，伸手过去。

"果然！"姚小君拿过了通知一瞧，两眼放光。黄秀文、蒋安安便齐齐凑过去。一时间，班长小分队静止了一般，一群美少女仿佛唯美的青春雕塑，凝固在校园青涩的时光之中。美班长又露出了微笑，神气地边迈步边关照道：

"回教室啦！"

"喔。"孙恰早已知道了通知的内容，紧跟美班长的话语而去。可是当她抬头一转身之际，不期然眼前却是一个稍稍有点扁的脑袋，也正悄悄地凑过来看通知。

"哎呀妈呀！""美小姐"孙恰又是被吓了一跳，"小P！"

不过她没有时间和忽然出现的小P潘宇宙计较。孙恰的目光越过潘宇宙稍稍有点扁的脑袋，然后拔腿急急去追美班长。

柳树下的三位女同学站在一起，视线由高而低还在看通知的正面，而潘宇宙则仰头，视线由低而高正好看通知的背面——此即所谓高度决定视线。所以潘宇宙同学直接看到了"报名要求"等内容。

"报名什么？"他嘀咕。

"等会儿……"姚小君也嘀咕，算是对潘宇宙的回答。

潘宇宙正歪着脖子看通知呢，猛然就被一双手从背后死死抱住。这突如其来的场面，把三位女生惊散开来。就连"女暴力"姚小君也微微一惊。但她旋即定下神来，警告道：

"副班长，拜托！"

副班长陈兆强也意识到有点失态，连连道歉："对不起，对不起……"但他的双手没有一点放松。

潘宇宙便一脸严肃地招呼陈兆强道："有通知，快看通知……"如此来分散陈兆强同学的注意力。

陈兆强竟真被姚小君手上的通知吸引了，松开潘宇宙。这边姚小君递上通知："给，副班长，记得拿回教室给班长哦！"

"好好！"陈兆强接过通知来看，还主动把通知凑到潘宇宙眼前。

潘宇宙看过通知，顾不上陈兆强——要不副班长会让他送通知了——径自撒开腿，又脚踏风火轮一般疾驰而去。他一口气跑到教室楼前的草坪，迎面看见王睿正匆匆赶去陈老师办公室。楼上走廊栏杆上探出李星星，一个劲喊："王睿，你走慢点！哈哈！"王睿回回头，这热血的汉子翻翻跑动起来，引得一楼走廊里好些其他班的同学都伸着脖子看。潘宇宙又一望而望见了足球小将庄荣丰。庄荣丰也远远地望见了潘宇宙，一个大脚把球踢过去，带着一声弧线的呼喊："小P——"

这呼喊直接惊动了二楼走廊靠着栏杆的九班"G4"。"篮球王子"李臻寰咧着嘴笑，而吴功道照例搭着他的肩，眼神迷离而深情。他俩一侧是汝相如，他似乎怕潘宇宙没听到庄荣丰的呼喊，"友情助攻"也喊道："小P——"

　　小 P 潘宇宙不但听到了庄荣丰的呼喊，也早就看到了从天而降的足球。他脚下不乱，心里不慌，瞧准了便华丽地一记头球，竟是威力十足，那足球飞上二楼走廊。"G4"朱尉玉情不自禁跳起去接，怎奈身高不够，眼睁睁看着足球从指尖掠过，而他落地一个趔趄，撞到了红砖的柱子上。"哎哟！"

　　"哈哈哈——"从窗户里探出脑袋看热闹的薛红枫幸灾乐祸，笑得捶胸顿足，差点把身后的椅子给踢翻。椅子摩擦着地板，"咯咯咯"，惹得教室里不少女生侧目凝眉。

　　这时，从隔壁班林统那里回来的吴振旦不明所以，一本正经又好奇地问薛红枫："发生什么事了？"

　　"没……没什么……"吃哥笑着回答。正待继续说第二句话，不料脚下一空，薛红枫斜斜地趴在了窗台上。

　　"走开！"身后传来人小鬼精于娜娜的指令。

　　吴振旦全看在眼里，幸灾乐祸道："好！呵呵！"扬起嘴角坏笑起来。

　　薛红枫只好一脸无辜地走开，走远了好几步，才敢出声道："呵——"

　　于娜娜还在后面盯着呢，瞪着两个大大的眼珠。"吃哥"薛红枫瞥见，不由自主地缩了缩脑袋，急急地想从动如脱兔吴卯卯和笑靥如花汪芳芳身旁超过去。

　　"哟，这是谁呀？"动如脱兔吴卯卯明知故问。笑靥如花汪芳芳心领神会，大声道："这是'吃哥'哇！"这一对"文体双花"，逮着机会就要给薛红枫同学难堪。

　　"干吗走这么急呀？"吴卯卯把路堵住。

　　"走那边！"汪芳芳用手一指，指向于娜娜。

　　于娜娜发现好多视线正往自己身上聚焦，连忙躲闪，可一时手足无措，便只好去关窗户，缓解一下尴尬。

教室的窗稍显陈旧，窗框几经岁月，刷过一层又一层的红漆，而一年比一年地斑驳黯淡。木质的窗棂，将长方形的窗户分隔成六个相等的小正方形，镶上玻璃，用小钉子斜钉着固定住，难免时间一长，便松动，一受风吹或震荡，就发出"啪嗒啪嗒"细小而高频的碰撞声。即便，每个窗框底部有一个细长的铁钩子，窗户打开后，可以稳稳勾住，但一不小心，或时间侵蚀所致，终会有玻璃打碎；每每重镶上去的玻璃，就格外显眼，直至也陈旧。这多像是青春里的每一场悲喜，当时总那么闪耀，哭一场笑一场，花一场雨一场，连缀起那段时光，直至久远而平静。

青春就是生命的一扇玻璃窗，未来在窗外的天空；它却纯净易碎。

青春又好比一张独一无二的试卷，逃不了层出不穷的难题，而谁也无法给出得分和标准答案。

不过不得不承认，这些大孩子们确实优秀。虽然，青春萌动的他们，小宇宙爆发起来，总令老师们头疼，尤其是令陈永麟这样的"同龄"老师抓狂。

好在，九班有一位难能可贵的美班长，从貌美到心美，这使九班看上去也很美。这会儿，美班长看到班长小分队都回教室了，便迎过去要拿回通知。姚小君摊摊手，黄秀文说给了副班长。美班长下意识地往外张望，扫视了一圈，没看到副班长回来，正瞧见于娜娜伸手去关窗。

于娜娜刚取下固定一扇窗户的小铁钩，不早不晚，这扇窗户就被俞中华同学的后背着着实实拱了一下。窗户像自寻短见一样狠狠撞到窗框上，窗玻璃伴着一声巨响瞬间碎裂：原本最松动的一块玻璃噼噼啪啪就掉下来，有些散在窗台和走廊上，有些飞溅到教室墙壁下。

好似电光石火，而于娜娜反应灵敏，抱起两条胳膊捂住了脸，并迅速后退几步。不过，她还是被吓得大气不敢喘，当即被吓成了一动不敢动的小木偶。

薛红枫同学一道闪电似的，倏地就赶到于娜娜身旁。吴卯卯和汪芳芳"妈呀！"一声，随即也赶了过去。美班长远远地目睹了整个经过，急切地冲到走廊上，临阵指挥起来：

"俞中华！你站住！"

俞中华这名个子挺高的男生，也被吓得往远处挪。混乱中，另一个貌似李星星的身影抱着篮球闪进了教室后门。

"吴振旦！"美班长又大声吩咐，"你快清理下碎玻璃！"

在一旁看热闹的吴振旦不情愿了，回道："干吗让我清理？走廊里这么多男生呢！让'G4'清理，他们四个人呢……"

吴振旦话没说完，就被美班长截住道："你是劳动委员，你得带头。"

吴振旦语塞，但还是挣扎着说："我……我……"正挣扎不掉呢，可巧副班长陈兆强拿着通知阔步走来。吴振旦眼珠一转，喊住陈兆强："副班长，窗户碎了，赶紧带头清理下。"

陈兆强一愣，吴振旦已经走向教室后门，边走边说："我去拿扫帚，你赶紧动手……"

陈兆强傻了，又看见美班长在一旁气呼呼的样子，想起来手上的通知，赶紧上前递给美班长。转身他带头去清理碎玻璃，招呼走廊上的男生们："来来来，'G4'，快动手……'奶包'别躲……"这一招呼，意外地把羊羽同学也招来了。羊羽一向觉悟很高，他缓缓开口：

"对对，赶紧打扫干净。我们都听副班长指挥。来，我先动手。"

见副班长带头，还有团支书压阵，美班长也放心了。她钻回教室，监督吴振旦是不是真的去拿扫帚，还是趁机开溜。

吴振旦倒是去教室后面角落了，像在拿扫帚，但挑挑拣拣的，明显磨洋工。而且，他还分明在和最后排的李星星说话。这边，教室墙壁下的碎玻璃，已被薛红枫扫了起来。美班长赞道：

"'吃哥'，好样的！"

"吃哥"薛红枫在众女生面前狂爱表现，但嘴上连连说："没什么，没什么！我来我来！"

美班长又叮嘱吴卵卵、汪芳芳和于娜娜她们当心，然后扯开嗓门喊："吴振旦——"

"知道啦！"吴振旦知道逃不了，心里自我开解道："美班长高兴就好吧，唉！"

走廊里"G4"也出手了，汝相如清理得分外卖力。俞中华夹在清理队伍里，一下挪近又一下挪远。挪最远时，他都挪到楼梯口了，撞见潘宇宙和"足球小将"庄荣丰两人兴冲冲跑上来。庄荣丰急不可耐嚷道：

"我的球呢！球——"

"啊？"俞中华故作夸张，"是你的球啊！"其实他根本不知道什么球不球的，只是想找机会脱身。

潘宇宙跑上走廊一瞧，窗玻璃碎了，有点不敢相信地喃喃道："不会吧，我现在的头球有这么厉害吗？"他以为是刚才自己把足球顶上来，撞碎了玻璃。

一看这场面，庄荣丰心想脱不了干系，大方承认道："我的球！玻璃算我的，我负责。"

"什么你的球？"吴振旦拎着两把扫帚从后门口出来，对庄荣丰道,"不是你的球踢碎的玻璃。我们都是无辜的。"

庄荣丰并没有领会到吴振旦说的"我们都是无辜的"是何意思,不管三七二十一,他只是坚持道:"我认我认,不用对我太温柔!"

"那刚才……是我顶的球。"潘宇宙也仗义,没有一推六二五。

"G4"朱尉玉撞了柱子,还在揉脑袋,见了庄荣丰,告状一般道:"阿庄,你的球滚到走廊角落里了。"

顺着朱尉玉的视线望去,走廊尽头处,两个身影在比比画画。庄荣丰生怕其他班的学生把球顺走,赶紧跑过去——原来是"大力兄"马天阳和"一字电剑"丁剑。马天阳把足球拾起来,当作太极球,翻转滚动于双掌之间。丁剑则创意地说,如果给足球内置一个"无线射频"设备,这样就可以准确遥控落点。庄荣丰佩服道:"丁剑,我告诉你,足球里有装东西的——装一个铃铛,那是盲人足球。"

不由分说,庄荣丰夺过足球,回到朱尉玉面前,盯着他揉脑袋的搞笑模样,猜测道:"球,打到了你的脑袋,又弹到了窗户上,打碎了玻璃?"

"不不不!"好脾气的朱尉玉连连否认,"不是你的球干的。"

"G4"吴功道说破道:"是他自己撞柱子。真的猛士!"

"那……那窗户玻璃是怎么碎的?"庄荣丰似乎对自己的球没有"惹事"有点失望,毕竟刚才草坪上那一记大脚那么漂亮;而漂亮的大脚没有完美的后续——哪怕命中一块玻璃也好——总归有点遗憾的。

吴振旦揭晓答案:"是'奶包'撞碎的。人呢?俞中华,过来!"

"我一直在这儿,什么叫'过来'不'过来'啊?""奶包"俞中华开启了"反逻辑"口才模式,英语称之为"anti-logic"。

庄荣丰不想听他们扯,抱着球,迈着外八字步进了教室。一落座,他就问前前后后王睿回来没有。前前后后都没空理他,只有旁边一排的舍友周泳小声道:"好像到陈老师办公室去了。"

说曹操,曹操就到。王睿和沈烨朱一前一后,出现在走廊上。王睿拍打着手中的一本"精编"作业,喊吴振旦:"'老班'表扬你了!"

吴振旦一听,连忙丢下扫帚,解脱道:"那我不扫了。我……继续去做'精编'!"

俞中华不爽道:"这算什么劳动委员?不爱劳动。"说罢,他朝王睿望望。王睿瞪大了眼正望着这场面呢。

庄荣丰透过窗户喊王睿,他已经从潘宇宙那里得知了通知内容,心里有了初步打算,急着想和王睿说说。不过王睿加入了走廊上的义务劳动,庄荣丰便回到座位,来了一记手抛球,将足球往教室后面的置物堆投掷而去。足球越过一众同学的头顶,稳稳落入墙角,一点反弹都没有。

这又引起了杨立方同学的注意,因为足球正好从他头顶正上方飞过。杨立方可是领教过庄荣丰顶着球走路的本事的,他嘿嘿地笑着拍拍同桌汤斯顿,叫他一起看。九班最神秘的男生汤斯顿,也可以说是最单纯的男生,他由衷赞叹道:"哇,这个精准度超级棒!"

不过,庄荣丰这一掷也引起了美班长的注意。她正拿着通知站在讲台上,待碎玻璃一清理好,就要宣读通知。这当口,她正瞅见庄荣丰手抛球,立即郑重声明道:

"阿庄——!不许在教室里玩球。你也想打碎一块玻璃吗?"

"对不起，美班长！"庄荣丰认错态度极其虔诚，"我这就去把球捡回来……"

"喂——"美班长没料到庄荣丰这么认真，阻止道："不要去捡球了，教室里不许玩球！"

"好吧！"个头不大的庄荣丰，有个优点却很大，就是从不和女生计较，无论什么事什么话，都会让着女生。如果是美班长的吩咐，他不但自己不折不扣执行，还会帮着传达给别的同学。这不，小P潘宇宙晃着稍稍有点扁的脑袋进教室了，庄荣丰也用郑重的口吻喊他道：

"小P！以后在教室里不要玩球。"

潘宇宙一愣，摊摊手说："我没有在教室里玩球啊！"随后他马上不正经道："要玩也是玩你的球，被没收我也不在乎！"

美班长被逗乐了。乐着乐着，她想起差不多可以宣读通知了，便吩咐道："潘宇宙同学，请你帮忙把外面的同学喊进来吧。"

凡事在想象中时，总是令人心驰神往，因为有任意一种可能性——这话怎么散发着"老班"陈老师的睿智的数学哲理呢？而一旦成为现实，就是实现了某一种可能性，却往往并非得偿所愿。

潘宇宙早已看见了美班长手中的通知，他答道："美班长，是要宣读通知吧？报告——我已经给同学们宣布了。"说完，他竟然难为情地挠了挠头，好像偷偷做好事被发现了一样。

美班长倒也觉得是好事。可是班长小分队的姚小君就不这么认为了，她判定潘宇宙不尊重班长，从黑板前直戳戳地走向潘宇宙：

"你竟敢自说自话宣布……"

潘宇宙赶紧改口："没宣布，我没宣布。我这就去喊同学们回教室……反正也快上课了。"

所以说，没等美班长正式宣布，同学们大都已经风闻了消息：

下个月举办校园文体节啦！

大家快报名啦！

2

同学们陆续回教室，上课铃声正好追在身后响起。铃声渐弱时，美班长例行公事，嗓音提到最高，压着响彻全校的上课铃声，正式传达了通知，并带头表态报名参加。这则消息让同学们都很兴奋。涌上来的热血，将脑海里月考的事冲到了秋高气爽的蓝天白云外。

庄荣丰终于盼来了同桌王睿，在前前后后的交头接耳声中，他迫不及待说自己要正式成立九班足球队，参加这次文体节的比赛。王睿点点头，手上快速地收拾着文具书本，并自顾自转移话题道："这节英语课，要测试。"

"你怎么知道？"庄荣丰不信。

"我亲耳所闻。"王睿言之凿凿，"刚才袁 sir 就在陈老师办公室。"

王睿的话声音不大，但分明清晰地传到了前前后后。前前后后各个心头一紧，又即刻向各个的前前后后传话。

当英语老师袁 sir 潇洒地走进九班时，九班同学心中来自临时测验的心慌，正在消融对于文体节的心动——除了英语特别好的那几位，还有什么测验都不足为惧的特别几位，以及什么测验都一声叹息的老几位。

袁 sir 手里果然拿着厚厚的一叠——试卷?

"Stand up(起立)!"英语课代表喊。

学生、老师相互鞠躬。袁 sir 一抬头,看见了碎了玻璃的窗户,有点像一只惊恐的眼睛。他的视线停留了一秒,决定留给班主任去处理。

袁 sir 行完注目礼:"Sit down,please(请坐)。"

然而袁 sir 讲起了课。王睿同学谎报军情哇!听了十分钟,很多同学的心慌缓缓纾解,开始琢磨起文体节要不要报名,参加什么项目,如何为班级争光(出出风头,表现表现!)……

庄荣丰在课桌下捅了捅王睿,小声道:"你一说测验,真是吓坏我了,你还是要对我温柔点的。"

王睿一动不动,保持着良好的课堂纪律。他能感觉到,很多同学都在朝他张望。这个热血情义的男生,此刻也是狐疑满腹。不过半堂课过去了,也没等来袁 sir 的课堂测验。他终于稍稍放松,心里美美地唱起了《鹿鼎记》的主题歌,开始与同学们眼神互动。——美班长竟然在和吴卯卯、汪芳芳传纸条!姚小君也在传,传给李蕉蕉。李蕉蕉看了姚小君传来的纸条,捂着嘴憋着笑。孙恰入神地看着美班长她们,手上绘出了一幅唯美的"美班长鸿雁传书"漫画。不传纸条的,做什么的都有:韩露露在玩文曲星单词接龙,级别之高或许能让袁 sir 大吃一惊。吃哥在啃手指头,李星星看见了在做鬼脸嘲笑他。施千昱在偷翻电脑杂志,而他的同桌徐小根无端地在发愁。李诺亚不时用手撸一下头发,低垂着眼睛,却不耽误一心两用,飞快地记着课堂笔记。羊羽同学在认真地记着什么,或者说在写着什么,并不时摸一摸两颊上的痘痘,隐忍着又期盼着他们早早消退。陈兆强和潘宇宙时不时眉来眼去彼此挑衅一下，一旁小小的人儿周泳却不受干扰，在默数着食堂的饭票。梅奕昇又在构思武侠小说，要不就是偷偷在运气，舌抵上颚，吐纳周天，似乎是武侠小说中看来的增强"功力"的心法口诀。钱望鸿今日总有点不对头，神色躲躲闪闪，没人知道他身上藏着什么神秘课外书。丁剑遥望着窗外，羞怯的心灵憧憬着冲上蓝天的翱翔，转念又设想如何给老师头顶安装一个"射频装置"。徐模杰在听同桌邢尔杰介绍美国高新科技，而作为物理课代表的他尤其注重打听物理学的最新进展，并不时穿插谈论一款叫《盟军敢死队》的电脑游戏。九班最神秘的汤斯顿同学，脑海里不断在推演宇宙四维公式，思索四维世界该如何定义。其他则如知性高贵女学霸成柠，不食人间烟火俞顺瑶，还有邹琳琳、鲍卉卉、孙眷纷等，各有各的姿态和心思……唯有李帆同学，注意到袁 sir 要出招了。

"好，同学们！"袁 sir 结束了讲课，话锋陡转，"还有不到半节课时间，我们做一个临时课堂测验。"

尽管袁 sir 已经将语气放得温柔、温柔、够温柔了，但还是一石激起千层浪，同学们真情实感略带夸张演绎，全班爆发出一声"啊——"。

趁着一时的嘈杂，李帆向左右连连放马后炮，道："我就说了……我刚刚看见了……我说过的……"

可是左右无暇接话，只顾着深呼吸调整情绪。教室里转瞬就只有窸窸窣窣的、一排排由前往后传递试卷的声音。

不等试卷传递完毕，袁 sir 抓紧时间说道："今天听力部分就不做了，还有最后的作文，应该也没有时间了，就先不做。就是只做中间部分的笔试题，明白了吗？"

"吁——"同学们好歹能松一小口气了，不少人脸上微露笑容，便都快活地做起试卷来。九班教室里充满了逃过一劫的侥幸的空气。

"填答题卡啊。"嘱咐完，帅气的袁 sir 闪到了教室外面，好像躲开了人去偷偷抽烟一样——因为似乎有同学看见袁 sir 点了一根烟。座位靠窗的李帆便探出黑脑袋偷瞧。袁 sir 歪过脑袋，拧眉喝道："'包……'，啊不，李帆，你干吗呢？"

"包公"李帆的黑脑袋快速缩了回去，但还是被看到了，袁 sir 一手捏着香烟头，另一手捏着答题卡，答题卡已被袁 sir 烫出了几个洞，而且还烫得很是精致。

时间如轻烟，一飘一摇就过去了。袁 sir 理完手上的事，走回讲台，而后清了清喉咙，语气由温柔而肃然：

"同学们，差不多了。今天只做了半张试卷，应该不会有太大难度。那个……吴振旦，是不是？没问题吧？所以……"

随着袁 sir 语调的一起一落，同学们心情也一起一伏。吴振旦更是没有准备被发问，条件反射地囫囵回了句"还好"，头也不抬地抓紧填写答题卡。多数做完了测验的同学都凝神听着，而感觉分外轻松的几位更是神游外国去了；少数速度稍慢一点点的，此时手耳分着工，耳朵里听着袁 sir，而手下一秒不停地在做最后的题目。

"所以，"袁 sir 顿了顿，"我主要是想，给大家提个醒——月考。本来想来一次整张卷子的临时测验，刺激刺激你们，但我也不忍心啊！"

"啊——！啊——！啊——！"不同声调的"啊"在教室里混响。不期然爆出一声不和谐的"啊呜——"，大家眼光一齐搜寻过去，是"大猩猩"李星星同学。

他旁边的薛红枫打趣道："你应该站起来，用手捶胸脯，哈哈!"

"而且要两只手。"马天阳补充。

"严格来说,是用'前肢'。"俞中华进一步补充。

前排的同学们也都嘻嘻笑,教室里快活的空气一下子就升温起来。在这温润中,一个同样温润的女生声音传出来:"袁 sir 好体贴哦!"是"温暖力 max"的"美小姐"孙恰。

"嗯嗯嗯!"当即很多女生附和,大约表示着这是一种民意。男生嬉笑,女生膜拜;尤其是众女生,当时全变身"小迷妹",一双双眼睛忽闪忽闪地齐齐朝袁 sir 表达着欢欣与敬爱。

泰山崩于前而面不改色的大帅哥袁 sir,竟当场不好意思起来。正如他先前所言,自己作为尚未婚配的"男生",内心还是矜持的。但他还是拿捏准了为师的风范,道:"别给我灌迷魂汤哦!听好:回家作业,就是把这上面的作文好好写了。"他扬起试卷,抖得哗啦啦响,也抖响了下课的铃声。

"Yes, sir(是,老师)!"九班同学和着铃声,朗朗地应答。

同学们上交答题卡,收拾好试卷。袁 sir 走在校园小径上,脸上波澜不惊,心里却是波涛汹涌,直到无人注意的路段,他这才释放心中的得意与喜悦,咧嘴笑得路旁的树枝都想跟着开出一树繁花来。

走过浓郁的柳荫,迎头撞见闷头走路的陈老师。

"永麟。"袁 sir 收起笑意,却难掩快活的语气还微微荡漾。

陈老师见袁 sir,忙问:"怎么样?"似乎两人有心照不宣的秘密。

"呃——"袁 sir 深情款款道,"挺好,九班其实挺好的。"同时,袁 sir 拍了拍手中的答题卡,分明在说:UNDER THE CONTROL(尽在掌握)。

两人很多话语已尽在不言中。陈老师由衷道："我知道，你很受学生们欢迎，人也热情。其实，还是你更合适做班主任。"

"别！"袁 sir 申明，"我开心是开心，但班主任的那份心，我可操不起来。"

陈老师苦笑。袁 sir 安慰道："是呀，谁不想和学生们简简单单、开开心心在一起？管事就是'惹事'，管人就是'招人烦'啊。你就给九班留我这样一个'偶像'，用来疏解疏解同学们的情绪吧。"

陈老师无声地笑笑，点点头。

袁 sir 也由衷道："我不说过了吗？你'数学王子'陈老师如果负责当'偶像'，以你的睿智，绝对的实力派加偶像派！你，操心啦。"

陈老师心中到底是宽慰了些许。两人又说了几句，陈老师便往教室去了。——两位年轻老师先前商量好了，要激发同学们的斗志迎战月考。

教室里，同学们如鱼跃水面一般。很多女生围着美班长和吴卯卯、汪芳芳，讨论着文体节表演的节目和比赛的项目，什么舞蹈队、啦啦队、歌咏队、朗诵队、辩论队都想成立，连女生篮球队也开始筹划，并已派员去找"篮球王子"必须友情支持。就像羽毛球队一样，由"羽坛小天王"热心指导，已经有同学相约在楼下打起来羽毛球了。但匡星雨总是谦逊地说："这次比赛我怕发挥不好！靠你们啦！我还有歌唱比赛呢……"

"足球小将"庄荣丰倒是主动，凑过去询问是否要成立女生足球队。"吃哥"薛红枫竟不动脑筋说他可以做守门员。李星星笑着发问："'吃哥'，你怎么有资格做女生足球队的守门员？哈哈，哈哈哈……"

庄荣丰一看跑题了，心里还是念着男生足球队的事，就拉过王睿，找来陈兆强（附带潘宇宙），带上周泳，又喊上徐模杰、钱望鸿……杨立方闻讯，在同桌汤斯顿的鼓舞下跑过来报名。俞中华见了，也跟过去。

只有李帆一个人还在琢磨袁sir在答题卡上烫洞的事——方便批改，烫洞的答题卡往学生的答题卡上一套……于是，李帆激动地到处炫耀他的"重大发现"：填答题卡的时候，如果将答题卡上的选项全选上，袁sir那样批改，不就全对，得满分了吗？

毫不意外，李帆招来了群嘲。潘宇宙替袁sir叫屈道："袁sir应该没那么笨的吧？"

俞中华补充道："也不是没有可行性，就是考试前和袁sir说定了，不许看我们的答题卡，只许直接用烫洞的答题卡批改。"

"为什么？"庄荣丰一时没反应过来。

王睿拍拍庄荣丰道："俞中华开玩笑呢。"

庄荣丰明白了，向俞中华撇撇嘴，埋怨道："你有时间好好研究研究，到底报哪个项目，别扯不靠谱的……"

俞中华不服了，anti-logic模式启动，回道："我怎么不靠谱？关键要袁sir靠谱。袁sir靠谱吗？我觉得是可以靠谱的。他既然在答案卡上烫了洞，就应该用答案卡上的洞批改，别管我们怎么答题；否则他烫洞干吗呢？还用香烟烫洞。老师在教室里是不能点烟的。他既然在教室里点了烟，就应该靠谱……禁止吸烟，不是很简单的道理吗？"

小P潘宇宙捂着耳朵踩上椅子，忍无可忍朝后排喊道："'吃哥'——！把阿庄的足球扔过来！"

"吃哥"薛红枫没听到。李星星听到了，确认道："是要足球吗？"

后排的郭德柏在转篮球，随口答李星星道："他们前排的，肯定要足球啦！嘿嘿——"

"精辟！"丁剑向郭德柏竖起拇指。丁剑的洞察力很敏锐。

"怎么样？丁剑同学，还单挑吗？"郭德柏又缠了上来。

"快扔过来！"潘宇宙不耐烦喊道。

一直坐在座位上的吴振旦站了起来，很不爽的样子，利索地从角落里抄起足球，一记"大手"向庄荣丰的方向扔过去。——大喊大叫吵到吴振旦同学做"精编"作业了。

这番动静，终于惊动了美班长，不过等她和吴卯卯匆匆讲完话，想要阻止已经晚了一步，足球已经到了庄荣丰手里。

"不许在教室里玩球！"美班长怒色微显。

姚小君闻声赶到美班长身边，只等一声令下就讨伐庄荣丰同学。美班长语重心长道："庄荣丰，我今天和你说过的呢。"

庄荣丰一脸无辜："我……好好，我错了，班长。"

潘宇宙见势不妙，当即脚踏风火轮一般跑没了影。庄荣丰态度好，美班长便追责到扔球的吴振旦身上：

"吴振旦，你捣乱！"

吴振旦叹气："怎么又是我！小P那么大声喊，打断了我的思路。是他们要玩球，影响我学习……"

薛红枫才反应过来，哧哧笑不停，规劝吴振旦道："我说，你就给美班长认个错吧，有什么可多说的呢？"

"要么你认错。"吴振旦任性道，"又是我？我不管！"

"什么叫'你不管'？"这种场面可不能没有俞中华，他纠正吴振旦道，"我觉得你思路不对。"

碰上俞中华同学，吴振旦绝对无话可说，因为彼此的思路似乎确实总也——对不上。

不知钱望鸿何时也乾坤大挪移到了吴振旦身旁，幽幽道："好男不跟女斗，认错，认错！"嘴上说着，他眼睛却在瞟座位上看热闹的梅奕昇。梅奕昇逮住了钱望鸿的眼光，下意识地使了一招"六脉神剑"。这招数又被中途的汤斯顿同学看见，他嘿嘿嘿地笑说："'梅大侠'出招了，超自然攻击。"

吴振旦才不买钱望鸿的账，反倒将他一军道："钱望鸿，你有本事先认错——又去网吧……"

钱望鸿缩得快："别急别急，大家好说，好说。"

美班长见正义的力量倒向自己一边，乘胜追击道："吴振旦，你要给大家做出表率。"

吴振旦被美班长盯得不好意思，他也不想去和女孩子争短长；加之，"G4"晃晃悠悠过来了，"篮球王子"李臻寰难得开口道："这点事，赶紧的，做表率！篮球队要准备训练呢……"

吴功道也说："就是。篮球的事是正事，足球的事交给足球队。"

OK！吴振旦算是被美班长"KO（击倒）"。吴振旦认过错，美班长便继续和动如脱兔吴卵卵、笑靥如花汪芳芳讨论文休节的事。班长小分队的姚小君也算护卫任务完成。孙恰陪在美班长旁边，却幽幽发愁：

"我选择什么曲目呢？不知匡星雨同学怎么想……"

匡星雨倾向于英文歌曲，因而常和英语课代表王颉鹄一起听Walkman，看英文歌词。英语课代表不但英语好，还会德语，他开玩笑说，干脆选一首德语歌曲，出奇制胜。匡星雨皱了皱眉，摇晃着脑袋为难道："那可有难度了啊！"王颉鹄半张着嘴，为保全匡星雨的面子，缓缓道："也是，孙恰唱德语歌曲可能一时有难度。"

这边话音刚落，那边孙恰就"阿嚏"一个迅疾的喷嚏，她都没来得及捂一捂，霎时羞得脸红起来。李蕉蕉戏谑地赞道："哇哦！有'暴力'王睿同学的气势。"姚小君也玩笑道："怎么？你也想被封'女暴力'吗？哈哈！"

孙恰羞得只顾捂着脸，不敢开口。孙恰和匡星雨这一对"校园十佳歌手"还没有正式报名文体节，孙恰虽然为选什么曲目发愁，但也并没有去找匡星雨商议——当然要男生主动啦。而文体节第一个确定报名的，便是九班篮球队。此刻，多半的篮球队员们正聚在走廊上，煞有其事地聊着训练话题。

隔壁班的林统走过，停留了一会儿，挨着老友吴振旦一起聊，看上去也像九班的同学似的。其他班一位唤作"小笛"的窈窕女生走过，走廊上的男生们便保持着各种姿态静止了似的看窈窕淑女，话语都不约而同收住。吴功道按捺不住八卦的心，朝教室喊："王睿，快出来看啊！再不出来人就走……"

王睿终究没有回应。男生们都哄笑起来。"G4"朱尉玉跟着傻乐了一声，不屑道："唉，你们这帮家伙啊！"

朱尉玉虽然不是篮球队员，但走廊上的"G4"是永不分离的。谈论训练的话题他没怎么发言，只好东张西望，看见黄秀文同学径直过来，预感不妙。果然，黄秀文对"篮球王子"李臻寰直言道："嘿，李臻寰，我正式代表女生篮球队，请你做教练。"

"哦，Yes！"吴功道第一时间激动地替李臻寰答应。

李臻寰笑嘻嘻地缓缓开口道："不会吧，你们真的组队哦！"

"可以啊！"吴振旦爽快道，"正好和我们一起训练。"

"好！"黄秀文喜不自胜，"说定了。我这就去通知吴卯卯和美班长她们。"

Sammi黄秀文还打了一个响指，酷酷地一甩头，往教室去。

这劲头让窗内的韩露露和于娜娜看见了，两人心生羡慕，目光跟随着黄秀文移动。黄秀文走到门口，迎面碰上足球队员们鱼贯而出，她只得退让一旁，远远地大声喊："姚小君——"

这一声喊话刚好落在徐模杰耳旁，徐模杰没防备被震到了，一闪身，撞到了王睿怀里。"抱歉，抱歉！"徐模杰双手合十致歉。

王睿拽上徐模杰，只说："走走走。"

走在前头的庄荣丰、潘宇宙等一众人已经下楼到草坪了。待到王睿和徐模杰跑上草坪，庄荣丰已经一记大脚，将球踢出了一道高远优美的弧线。走廊上的"G4"朱尉玉看见庄荣丰的这一记大脚，条件反射地摸了摸脑袋，望了望旁边的红砖柱子。柱子旁，"篮球王子"李臻寰背靠栏杆，扭头注视着楼下——二班那位宿命的对手，此刻就在人影稀疏处练习控球技术，掩藏不住地吸引一双双眼睛投来啧啧称赞。

真正的比赛，终将会到来的。

可是眼前先到来的，却是班主任陈老师。

出乎所有人预料，上课铃声还没响，陈老师已经出现在了教室门口。教室外的女生们赶忙经前门回教室，而男生们则多走后门，仿佛前、后门分别贴着"女""男"的指示牌一样。大概只有李帆跟着女生们走前门，结果被陈老师给喊住了："李帆。"

"干吗？"李帆同学有点意外，有点心慌。

陈老师本想提醒他上课集中注意力，刚刚袁 sir "告状"了，但转念一想，这么事无大小地盯得紧也未必合适，还是需要合适的方式与同学们交流。于是陈老师换了念头，呵护道："走慢点。"

没想到是关心自己，李帆把黑脑袋使劲点了点："呃，知道了。"

凡做学生的，猛然被老师喊住，都会油然而生一种无解的心理恐惧。除此之外，常常还有这样一种心理恐惧：一个人在操场玩着玩着，身边的同学们都不见了，自己却不知道发生了什么。草坪上九班的同学哧溜哧溜都钻回了教室，只剩"足球小将"庄荣丰一个人在远处开大脚，还不时和其他班的同学玩抢断。潘宇宙走时其实是喊了一声的，但那一声喊话根本到达不了庄荣丰那边，就飘散在蓝天下、树枝间、人丛里、草皮上。庄荣丰浑然不知，多亏一班的、庄荣丰同宿舍的阿亮同学看出了情况，跑过去通知庄荣丰。

庄荣丰慌忙之际球都不拿了，让阿亮帮他拿，自己冲刺向九班。

"报告！"庄荣丰在教室门口气喘吁吁。

陈老师正在黑板上写题目，转头看了看，心平气和道："还没上课呢，不急。"

庄荣丰回到座位坐好。他和其他同学一样，不敢确定陈老师是真的客气，还是压着脾气。写好题目，陈老师这才发现打碎了玻璃的窗户，不过他没有立马追究什么，只是关切地询问"伤人否"——颇有夫子之风。陈老师继续心平气和道："我来早了。"

"不早。"数学课代表王睿表态。

"马上上课了。"美班长语气倒像是安慰陈老师。

多数同学都不说话，乖乖准备上课的书本，或者想着自己的心事，手上的杂志、闲书也识趣地放下。只有后排少数刹不住车的男生相互做鬼脸。俞中华在座位上悄悄说："他是班主任，客气什么？想什么时候来就什么时候来。"

"你这思路对。"吴振旦隔着座位还不忘抓住机会调侃俞中华。

不知是陈老师没有听见俞中华说话，还是故意不管他；反正吴振旦话一出口，陈老师就逮住了他。

"吴振旦，你说什么思路呢？"陈老师换了一支粉笔，夹在手上，"你看看黑板上这道题，说说你的思路看。"

一半同学目光投向黑板，只见上面是一道代数题，看上去挺简单的样子：

$$a^2+10a+100=0，求\ a^3=？$$

一半同学目光投向吴振旦，只见吴振旦颤颤巍巍站立起来，看上去挺倒霉的样子。

"呃……"吴振旦快速思索了一下，"用平方和公式。"

看吴振旦的那一半同学，没想到吴振旦的回答听上去挺靠谱的，竟有些失望：看不到吴振旦倒霉了。他们便将目光收回，也投向黑板上。全班凝神，有人在等吴振旦继续说，有人在等陈老师讲解，有人心里在默算，而有人在摇头。

肃静中，上课铃声响了。

上课——起立——注目礼——请坐。同学们（不含吴振旦）坐下未稳，九班最神秘的男生——汤斯顿"呵呵"笑出声来，自言自语道："没那么简单，这道题应该说超出了三维认知。"

连汤斯顿同学都这么说，同学们纷纷觉得新奇，这让还站着回答问题的吴振旦心凉了半截。也有学霸同学微微点头。而陈老师听到汤斯顿插话，竟露出了赞许的神色。

陈老师大手一挥，说："吴振旦，你先坐下。嗯……你的思路是对的。'司令'也没说错，这道题确实超出了范围。"陈老师难掩心中激动，课堂上就叫汤斯顿同学的绰号"司令"了。

吴振旦舒了口气,心中也有点激动,刚刚的回答确实是自己看出来了条件"$a^2+10a+100=0$"适合用平方和公式,而不是瞎蒙的。所以坐下后,他对李星星送他"蒙对了"的祝贺并没有搭理,而开心地收下了李诺亚送上的"大拇指"称赞。

不过,往下怎么解呢?所谓"超出了三维认知"又是什么意思呢?

虽然有不少同学在草稿纸上写写算算尝试解题,但各个心里都等着陈老师讲解。九班此刻学习的小宇宙燃烧起来了,陈老师引爆成功。

不多会儿,以"霸中霸"成柠为代表的一众学霸已经解出了答案:

$$a^3=1000$$

可是,这个答案令学霸们纷纷感到疑惑——除了超越三维、实力接近四维的汤斯顿同学。

美班长也算出了答案,可是没法理解这个答案,快急哭了。孙恰隔空附和道:"是呀,怎么回事?!"数学课代表王睿也是直喊"奇怪,奇怪",引得同桌庄荣丰问:"怎么,答案不温柔吗?"庄荣丰不会解题。

俞中华给周围同学解说道:"他反正是班主任,想出什么题就出什么题……我怀疑这题目有问题。"

薛红枫和李星星都表示"奶包"俞中华说得没错。薛红枫快把手指咬破了也解不出来,只能和李星星你瞧我,我瞧你。李星星摊摊手说:"'吃哥',我脸上也没有答案。"

马天阳闭目运气,尽量激发所有脑细胞。丁剑出神地盯着陈老师，恨不得在陈老师脑袋上安个"射频装置"，好直接接收他脑子里的信息；不过他被李诺亚用力挠头发出的"咔咔"声干扰到了。

吴振旦认真地按自己的思路，用平方和公式进行解题，没想到才算了两步，就控制不住地喊出声："没搞错吧！"

不甘心比吴振旦弱的沈烨朱同学，也遇到了吴振旦一样的麻烦。因为用平方和公式来做，条件等式变为：

$$(a+5)^2=-75$$

沈烨朱泄气地嘀咕："这叫什么题目？这叫人怎么解？开玩笑了！"

陈老师早已料到同学们会有诸多反应，讲解道："刚才吴振旦说用平方和公式，思路是对的。但正确的，是用立方差公式。"

陈老师顿了顿，望望同学们的反应。很多同学点头。吴振旦两眼放光地看着黑板，目光流露出渴望陈老师赶快往下讲的热切。

陈老师在黑板上写了前两步，没带什么讲解，因为这两步很好理解，在条件等式两边乘上同一项（a-10）：

$$(a-10)(a^2+10a+100)=0$$

运用立方差公式，就是：

$$a^3-1000=0, \quad a^3=1000$$

然后呢？

同学们等待的是然后。然后 a=10？然后条件等式根本无法成立！然后每个人都陷入了迷惑。

袁 sir 说得没错，如果陈老师负责当"偶像老师"，绝对的实力派加偶像派。看吧，陈老师不动声色，就将九班这些学霸也好，青春活力少男少女也罢，封印了起来，除了汤斯顿同学。不过汤斯顿么，也无所谓，封印他干吗？而封印他只有两个路径：一是开启四维宇宙；二是上体育课，或者军训，踢正步。这样他就会同手同脚自我封印了。

陈老师解释道："这里涉及'复数'和'虚数'的概念，超出了现在所学的范围。我只想用这个例子告诉大家：世界还存在很多可能性，还有很多领域等待我们去探索。"

九班的空气开始充满励志的味道。陈老师继续励志道："从世界，到人生，每一样东西，都是正反、是非、成败、得失、虚实等等两面性的，甚至多面性的。我们不能只看到一面就定义自己的人生。我希望大家能积极思考，把握自己的人生。每个人，最终都是一个'复合'的存在。"

也不知同学们听进去没有，听明白没有。但效果还是很好的，美班长听得竟潸然泪下。吴卵卵和汪芳芳赶紧给她递纸巾。孙恰传来纸条，说陈老师讲得太好了。美班长回纸条说：不管陈老师在说什么，他的用心太让人感动了。

数学课代表王睿还是不死心，鼓起勇气道："陈老师，那 a 到底为什么不能等于 10 呢？"

陈老师睿智道："刚才我说的一通话，你懂了？"

王睿点头。

"我的话懂了就好。这道题目不要求你懂。"

"可是我想懂，否则太难受了。"

"这个知识点不是现在该讲的。你有兴趣的话，课后可以找汤斯顿同学讨论。"陈老师建议道。

王睿不知再说什么好。俞中华却搭话道："就是，题目只要我们求出'a^3= ?'，又没要我们求出 a。本来就不应该去求 a，这叫自寻烦恼。"

汤斯顿赞同道："对对对，俞中华同学这个思路非常对。"

其实王睿同学的疑问，可以说是同学们大家的疑问，包括吴振旦，王睿要是不问，说不定他也会这么追问。不过通过这次解题，吴振旦感觉对于平方和／差、立方和／差公式有了全新的认识，顿时心生一种信心满满的感觉。

陈老师放下粉笔，拍了拍手上的粉笔灰，说："这个'复数'的概念，是历史上'数学王子'高斯总结提出的。以后有机会，我可以给大家讲讲高斯无与伦比的智慧和成就，可以说他是数学史中神话般的人物……"

但凡"有机会"这话，都是包含着"有条件"的。陈老师不失时机提出："只要这次月考我们考好了，以后每堂课上都给你们讲一个故事。"

——这次月考要考好。

陈老师最终还是亮出了底牌。他最终还是露出了"狡猾的猎人"的猎枪来啦！

吴卯卯忧心忡忡地给美班长传纸条：那是不是说，月考考不好，文体节就……

吴卯卯一众女生，都想不到用什么话来表达此刻的心情。美班长感同身受，但她并不担心自己的月考，只是担心：千万别出现不愉快的局面……她希望九班是永远充满活力、充满快乐的。

学生总是觉得快乐是自己先天的福分；而老师看着呢，快乐是来自你与学习的缘分。学生要享受自己快乐的福分，而老师在呵护你与学习的缘分。——大家都努力，才有这师生的情分。

这堂课给大家的感受非常深，陈老师也找到了全新的教学的感觉。随着下课铃声打响，陈老师神清气爽地宣布：下课。

放学。

每个班级又像一个个水闸打开了阀门，学生汹涌而出。八班的林统来喊吴振旦，但是慢了一步，吴振旦和李臻寰他们已经去篮球场了。而且其他同学也都早早离去了；九班只有几位学生干部在开小会，究竟所谓何事？

3

班主任陈老师，班长王乃思，副班长陈兆强，数学课代表兼学习委员王睿，团支书羊羽，文体委员"双花"吴卯卯、汪芳芳等，围坐在教室中间，围成一个直径略大于两张课桌的圆。陈老师长话短说，为自己上周粗暴的教育方式正式道歉。美班长又被感动到了，也眼圈红红地做了自我检讨。接着，陈老师顺便布置了一项团支部工作，需要羊羽抽空将团支部的各职重选一下上报，完成年度例行事宜。羊羽同学一时没弄明白，提出说，是否应该班长牵头进行。陈老师解释说：这是团支部工作，不是班级的班委人选，所以不是班长牵头，而是团支书组织。羊羽似懂非懂，点头了事。接下来，便重点讨论月考。陈老师这几天来，经过深思熟虑，他认为，目前班级里可以分为三个阵营来准备：学霸阵营（含汤斯顿，他属于降维），中间主力阵营（多数同学），无限潜力阵营（以吴振旦为例）。学霸阵营并不需要操心。对于中间主力阵营，陈老师委以王乃思和陈兆强、王睿重任，希望他们分别在女生和男生之中稳定人心，毕竟文体节在即，不能出现玩心过重影响学习心态的状况。无限潜力阵营方面，希望能将吴振旦树立为进步典型，激发士气。

大家纷纷为陈老师的指挥大局叫好。副班长陈兆强还自告奋勇道："小 P……潘宇宙我来照顾。"

王睿心领神会道："你可以的，哈哈！"

于是在融洽的氛围中，大家又聊了聊文体节。吴卯卯、汪芳芳汇报了和美班长一起初步的设想。陈老师点头，表态老师不会干涉（需要的时候还可以帮忙），他只交代了一个原则：不影响学习，要促进学习。

美班长她们放心不少，也感到了一份责任。美班长欣慰地对吴卯卯和汪芳芳说："幸亏有你们协助，要不然，我会急哭的！"

不知是不是心灵感应，陈兆强才提起潘宇宙，潘宇宙那稍稍有点扁的脑袋就出现在窗户外，像个水面上的漂流瓶一样一上一下，向班级里窥望。小会开得也差不多了，陈兆强和王睿的心思被潘宇宙吸引了过去——他一定是折返回来喊踢球去的。

各人分头依计而行。

一出教室，王睿和陈兆强就喊上潘宇宙——球还是要踢的。"足球小将"庄荣丰把九班足球队的训练抓得很紧。庄荣丰是校足球队"野狼队"主力前锋，他早有组建九班足球队的心意，一直在等待文体节这样合适的契机。九班篮球队早已成立，并且已打出自己的名堂了，这次文体节上，必须再好好干它一番。

各路队员摩拳擦掌，然而以月考为风向标，九班被一层无形的压力约束着。加之潘宇宙有意无意地传播真的假的"内幕"消息，比如关于树立吴振旦为进步典型的计划，不少同学不自觉就"扎乖"起来。吴振旦尤为开心又担心：开心的是自信自己有"无限潜力"，担心的是被"老班"盯上就没有自由了。

自信？自由？

两者似有掣肘，却绝非对立。正如陈老师那番高深莫测的话一样，它们最终将融为一个"复合"的你。

第二天，吴振旦本想起个大早，先拿下一次最先到班级的"第一名"，找找"典型"的感觉，但是惯性使然——只能这么解释了，一睁眼又睡过了头，鸡飞狗跳、不顾一切地冲去学校。

一路冲到教学楼后的自行车棚，早晨的值日已经做过，自行车都已经排好了，吴振旦一时难找停车位。试了几个空档，终于在一辆罕见的电动车旁将山地车塞了进去。从自行车后座解开弹簧绳，取下书包，吴振旦心说："这是羊羽同学的电动车哇，不知道骑起来快不快……"他还不自觉地伸手捏了捏电动车车把，又拍了拍坐垫，又想："将来一定会有电动汽车，到时候我买一辆电动汽车开开，爽！"

吴振旦放轻脚步，单肩背着书包，从后门猫着腰闪进教室。还好大家都在安静地自修，没有老师。然而也就前后脚，吴振旦刚坐定，书本和作业还没摊开，陈老师就跨进了九班。扫视了一圈，陈老师微微点了点头，便站在前门口处不想惊动同学们。他面朝灼灼闪光的晨曦，陶醉地眯起了眼睛。

咦？谁？

一个高高瘦瘦的身影踏着晨曦出现。陈老师定睛一瞧，瘦削的方脸，蓬乱的中分发型，鼻梁上不算厚的镜片沾满了晨雾，微微冒出胡须的嘴唇呼呼地喘气。来人见到陈老师，登时进也不是，退也不是，低下头不敢言语，不敢动。

"徐小根？"陈老师十分意外，意外得都笑了，"你竟然还能迟到?"

　　说着,睿智的陈老师立马回头在教室里搜索——庄荣丰、周泳,还有周少苕,他们这几位住校生都在教室了。而同为住校生的徐小根还能迟到?!

　　陈老师真是乐了。但徐小根没说啥,因为他总是默然的。陈老师也了解,收拢笑意,关照道:"赶紧进去吧。"

　　徐小根同学还是默然,迅速去到了座位上。他同桌施千昱捂着嘴笑,伸出手指头点着徐小根脑袋说:"你真行啊!"

　　和同桌施千昱熟一点,徐小根也就开口说话了,轻声抱怨道:"今天被算计了,舍友们合伙关了闹钟,悄悄关了门走了,我一点儿也没觉察到……"

　　旁边一排座位的沈烨朱,侧着脸,用书挡在前面,对徐小根打趣道:"喂,住在学校里都迟到,你开玩笑了!哈哈!那个,你'精编'做好没?给我看看……"

　　施千昱在课桌底下赶紧拉扯徐小根。徐小根装模作样赶紧翻书本。沈烨朱不满道:"嘿!喂……"

　　只听一个声音回答道:"沈烨朱,我的'精编'都做好了,你要不要去办公室看看?"

　　后排所有男生都偷着乐。薛红枫也是那样用书挡在前面,边笑边啃手指。李星星背靠窗台,露着大门牙嬉笑。郭德柏在听听力,连忙摘下耳机,生怕错过精彩对话。最爱看热闹的当属丁剑同学,他偷偷地边抹着"大宝"润肤霜,边斜着眼偷瞧。不过,还别说,吴振旦没有抬头,他已然沉醉于"精编"了,什么三角函数、象限、集合……自己已经无法原谅自己:之前竟然错了那么多,这些都是多简单的题目啊!

　　沈烨朱灰溜溜地把头埋起来;又觉得不对,马上端正地做好，嘴巴一动一动地读书。

"赶紧做'精编'吧。"陈老师替他着急。

"我……"沈烨朱小声说，"不太会。"

"不会就……"陈老师正欲训导，但转念控制住了自己，压着情绪道："哪里不会？"

沈烨朱翻开"精编"，象征性地指了几道题目，"这个，这个，还有这个……"陈老师无奈摇摇头，语重心长说："你还是来我办公室吧。李星星、薛红枫你们也来，带着'精编'，我检查。"

规规矩矩，今天一上午的课，九班可以说认认真真。中午时分，同学们四散出去吃午饭。家离得近些的就回家吃，好像人小鬼精于娜娜家最近，就在学校隔壁。多数同学三五成群，争分夺秒去吃快餐，或者吃"俞记"拉面，或者吃"同心缘"炒面，又或者吃"同德兴"浇头面。最特殊的要数潘宇宙，他每天下馆子，吃砂锅煲——"阿潘砂锅，妙不可言"。每天吃好饭，"阿潘砂锅"的老板老潘再三嘱咐小潘："快点去学校，别到处去野。""知道了，老爹！"小潘一抹嘴，就风驰电掣而去了。

换作平日里，潘宇宙一定会往某网吧一钻，抓紧中午一小段光景快活一番。但眼下月考复习紧张，谁也不敢往网吧去，就连吴振旦也自觉起来，仿佛放下屠刀似的口吻说道："别找事了！"没想到啊，吴振旦非但做"精编"水平见长，思想境界也一下子上了几层台阶。

佩服！佩服！

潘宇宙经过眼熟的网吧门口时，自行车不自觉慢了慢，心痒痒地看了几眼，期盼能发现个把眼熟的身影。可惜失望了，他便一咬牙，嗖——回学校。

就学校里来说，中午原本也是球场上热闹的一段时间，篮球场、足球场，哪哪都爆满。然而这几天望去，都不见九班同学的身影。"篮球王子"李臻寰这会儿坐在薛红枫的座位上，略显苦闷地在指尖上转篮球，引来好几位女生偷偷地瞧，羞羞地笑。而吴功道正搭着薛红枫不知闲聊什么，言辞间冷不丁蹦出来"葛亮啊，鸿雁传书啊，什么什么啊"，不一会儿他俩就去找俞中华同学了。"鸿雁传书"的字眼被幽幽飘过的钱望鸿听到了，他小眼睛一眯，转身就去向王睿和陈兆强一众人送八卦。这边，俞中华正在忽悠丁剑的"大宝"润肤霜；丁剑却像是上瘾一般，一日三次"大宝"少不了，难怪他肥嘟嘟而白白净净，要不是脸庞上时不时冒出几颗青春痘，丁剑同学那张脸和女生也有的一比。说起青春痘，羊羽脸上近日好转不少，他说用了一种药水；只是应该将药水和清水按 1:3 的比例勾兑，他心急没细看说明书，结果药效太强，青春痘消了，那块皮肤也被腐蚀得颜色深了一层。羊羽因为主题班会上精心准备的歌没唱成，所以他早早就表态，要参与文体节的歌唱比赛。

毋庸置疑，本次文体节歌唱比赛，可以说已经给九班预留了奖项——孙恰、匡星雨，"校园十佳歌手"两位在九班，而且是最佳拍档！两位歌手已经碰过头，匡星雨说他来选择曲目，因而学习之余，他常常独自遐思，或者听歌，或者找英语课代表王颉鹄看英文歌词。孙恰自然也有想法咯，只是女生总是碍于面子，把想法藏着，扭扭捏捏不表态。

吴振旦爱凑热闹的本性难改，中午碰见美班长在排名单——动员参与文体节的名单，他瞎起劲道："班长，我给孙恰推荐一首歌。"

"什么歌？真的？"孙恰同学听见了，眨着水灵灵的眼睛问道。

"一首经典情歌：《爱你爱我》。"吴振旦得意扬扬。

"哦？"孙恰备感意外，"谁唱的？"

"嗯……"吴振旦竟说不上来，话锋一转，"你问问黄秀文，她肯定知道，港台经典情歌。"真不知这歌是不是吴振旦自己编的，活像《红楼梦》里贾宝玉编"古人云"的路数。

Sammi 黄秀文是出了名的"追星一族"发烧友，她"Sammi"的雅号就是香港某女明星的英文名。美班长为了尽快打发吴振旦，便放下手中的名单，招呼黄文秀过来。

黄秀文过来一听原委，皱起了眉头，好一会儿才发问道："你会唱吗，吴振旦？"

"我会一点点。"吴振旦一点也不怯。果然他不是贾宝玉。

"你唱来听听，"黄秀文说，"我想不起来，也许听到歌词我会知道。"

"等一下，等一下！"一直作壁上观的王睿提议，"我叫副班长来一起听听。"

王睿打一个手势给潘宇宙，潘宇宙变戏法一样就把陈兆强带来了。陈兆强摸不着头脑，问："叫我做什么？做评委？"

"你来一起听听人家是怎么唱情歌的。"王睿这是替陈兆强着想，下回再当堂唱歌的话，不妨唱首情歌更有意思。

吴振旦见王睿拉人过来听，心里不太想唱了。王睿不放过机会，激励道："吴振旦，你想好了，唱给哪位女生听？"

这话分明是个圈套啊。吴振旦才不会上当，他嘴角一勾，坏笑起来，回王睿道："我唱给美班长听。要是可以，说不定我也去歌唱比赛。"

姚小君也不会错过这种热闹，大声说："别啰唆了，快点唱吧！今天可是鲍卉卉生日，你就当献歌一首吧！Happy Birthday！（生日快乐！）"

"机会难得。"王睿紧追不舍，"每个人心中都有一位'小九'，OK？"

吴振旦才不搭理王睿，又说："我就唱给美班长听。你爱听不听。"

"好啦好啦！"美班长不耐烦了，止住王睿，又指挥吴振旦，"那你就唱吧，我洗耳恭听。"

"说不定是首好歌。"孙恰圆场。

吴振旦嘴角挂着笑，认真地站好，看了一圈观众，扯起嗓子唱道："爱你爱我，爱你爱我，爱你爱我，爱……"

"噗！"陈兆强来不及捂住嘴，笑得口水都喷出来了。

美班长捂着嘴笑得一颤一颤的。黄秀文摇摇头，边撤边服输道："这歌我不知道，真不知道……"

"美小姐"孙恰有礼貌地说："谢谢，吴振旦，这歌恐怕不合适参赛……"

"没关系，"吴振旦大方道，"我就是想起来这首歌，我觉得这首歌挺好听的。"

美班长接过话道："可能各人感受不同。不过，很感谢吴振旦同学积极参与。歌唱比赛我们九班是有把握的，大家给我们'美小姐'和匡星雨加油哦！"

王睿在一旁竖大拇指，美班长瞥见了，转移话题道："王睿同学，你这么豪气，要不要参赛唱一唱你的《鹿鼎记》，嘻嘻！"

"那……那也是情歌。"月考不怕，参赛可不敢，王睿使劲找理由说，"《鹿鼎记》太江湖气了，儿女情长的。"他对《鹿鼎记》的歌很熟悉，脑海里马上浮现了"情分满泄，让我娶足七个"这句令人尴尬的歌词。

闻言"江湖气"，座位上正和"大侠"梅奕昇比画"分筋错骨手"的钱望鸿，莫名兴奋起来。最近，钱望鸿看武侠小说看得有点走火入魔，他冷不丁神经兮兮地来一下，让梅奕昇隐隐自责：难道"练武"走火入魔了？

梅奕昇还知道钱望鸿不少秘密，但他侠肝义胆，不会出卖钱望鸿；他筹划着，希望"精武精神"能让钱望鸿脱胎换骨。

钱望鸿看梅奕昇怔怔地愣神，找话道："'梅大侠'，如果你和'大力兄'比武，谁厉害？"

旁边的邢尔杰和韩露露等同学听闻，也是好奇。徐模杰干脆客气地将"大力兄"马天阳请了过来。"大侠"梅奕昇没有比武经验，顿觉话题太意外，支吾道："这个……我们，不同派别，'大力兄'以内力见长，我练的是招式……这个，可能……不好比。"

马天阳一向沉稳加玄奥，开口道："我和'梅大侠'，都是虚构的。"说罢抽身而去，留下众人茫然地咂摸这句玄语。梅奕昇内心暗暗佩服：我输了。

这段比武小插曲或许过于玄奥而显平淡，并未引起太多同学注意，还不及吴振旦刚才的引吭高歌。吴振旦唱完歌，脸上挂着未散尽的笑意就去找李诺亚同学了。吴振旦挨近李诺亚，拍拍他肩膀说："走，去叫徐小根。李臻寰队长要商量下篮球赛的事。"

李诺亚站起身，个头比吴振旦还高一点点。他不情愿吴振旦拍他，不爽道："哎呀，你别拍我。"

可是徐小根不在座位上。问同桌施千昱，施千昱猜测说会不会回宿舍去了。那就去找庄荣丰，让庄荣丰进宿舍去喊徐小根出来。可是庄荣丰也不在座位上，李诺亚便说："那就找周泳吧，让他进宿舍去。"

"对！"吴振旦语气十分佩服，夸赞道，"果然是'老板娘'啊，脑子好快！"

不得不说，吴振旦的这种不动声色又信手拈来的夸人的本事，就和他自信的本能一样，天生的——天赋异禀，别人要学不一定学得来。不过李诺亚可不太喜欢听以"老板娘"冠名的夸赞。

李诺亚客气地找周泳，周泳细声细气地将中午不能进宿舍的规定告知他们。吴振旦泄气道："那怎么办？算了，不找了，等他回教室再说吧。"

吴振旦又拍了拍李诺亚的肩膀。李诺亚却被周泳手上的《体坛周报》吸引了，所以他即便感到被拍得不爽，也没有对吴振旦发作。

"这是阿庄的。"周泳解释道。

"哦。"李诺亚又瞧了两眼，道，"那你看完了借我看看吧？"

周泳点头，可潘宇宙回座位了，插队道："这期的我还没看呢。"

"哦。"李诺亚完全没有真正的"老板娘"那种强势，一贯柔和，而熟识的人却都知其柔中带刚。他客气地向潘宇宙道："潘宇宙，那你看过了给我看看吧。"

真是好柔好柔的"老板娘"啊！——吴振旦心想，挂着笑摇摇头。他想揶揄一句，不过并没有说出口，边走边又拍了拍李诺亚。李诺亚同学甩甩肩说："吴振旦，我叫你不要拍我了呀！"这语气就有点硬了。说话间，他俩经过动如脱兔吴卯卯旁边，吴卯卯追问吴振旦道："哎，吴振旦，你推荐的歌没有被采用吗？再推荐一首吧……"

　　吴振旦头也不回，知道吴卯卯在开他玩笑。笑靥如花汪芳芳嘻嘻笑，见吴振旦不搭理，便认真向吴卯卯道："不知孙恰他俩的歌选好没有。"

　　"对，问问呢？"吴卯卯和汪芳芳手挽着手去找孙恰和美班长了。她俩回教室时，赶上吴振旦的"演出"已近尾声，有一丝丝遗憾；这会儿再怂恿吴振旦，人家也没上当，又多了一丝丝遗憾。

　　美班长正梳理名单，而梳理的时候，心头又不时被月考的紧箍给"咒"一下，紧张兮兮的。她也正想找吴卯卯和汪芳芳呢。美班长目光扫过，这边孙恰和黄秀文正一起研究港台曲目，蒋安安静静地在一旁听她们，偶尔呵呵地笑笑。隔着距离，仿佛都能听到孙恰的心声：

　　要尽快选定曲目了！

　　美班长正瞧向那边班长小分队的姚小君，吴卯卯和汪芳芳冷不丁就闯入了视野，好似大森林草地上蓦地蹿出来的两朵蘑菇。美班长欢喜起来。不过那边的姚小君竟有些失落的样子，大概是因为眼下同学们学习的多，搞事的少，九班变得斯文了。她百无聊赖之际，发现班级里不知何时换了一个新的水洒——值日时扫地洒水用的，她拿在手里把玩得出神。李蕉蕉好心提醒道："君君，你可别玩坏了。"姚小君没有听进耳朵里，对着李蕉蕉做鬼脸。羊羽同学正巧在一旁看值日表，略略对姚小君的鬼脸有些意外，但他还是稳住了情绪，不动声色，依旧保持着左手插在裤兜里、右手在墙上的值日表上比画的姿态。他是用手指的指背那么一敲一抬，活脱脱指点江山的架势。毫无征兆地，羊羽同学扭头凝视起姚小君和李蕉蕉来。李蕉蕉意外道："什么事，羊……羊羽？"

羊羽又将目光聚焦到姚小君手中的水洒上，迸出一句话："这是一个劳动工具。"

"噗，哈哈哈哈！"姚小君觉得羊羽同学太无厘头了。李蕉蕉也是佩服地笑。

这无厘头的一出惊扰了埋头玩文曲星的高手——美食当家韩露露，她揉了揉眼睛，调侃道："羊羽，你歌唱比赛报好名了吗？"

羊羽又将头扭向另一边，左手还是插在裤兜里，右手抬到脑袋旁，略作沉思状，缓缓道："我还在考虑。毕竟，全校赛事，比较专业的选手会多一点。"

"噗！"座位上的于娜娜也忍不住笑了，对着韩露露自言自语道，"哪有专业的啦。"不过，于娜娜倒有个小心思，就是窗户玻璃被打碎，不能说是自己的责任，但总归和自己有关，她一心想为这扇窗做点什么。坐在她前面的韩露露明白她这个心思，提议过：报名参加文体节的一项赛事，争取赢得一个名次，"将功补过"。于娜娜认真考虑了这个提议，所以现在她抓紧时间做"精编"，保证月考不出状况，如此才能全身心准备文体节比赛。

不过有个问题，就是：报名参加什么比赛呢？

人小鬼精于娜娜很快有了想法，她戳戳韩露露的肩膀，压低声音说："我决定了，我报名参加跳高和跳远比赛。"

韩露露手里捧着文曲星，赞同道："好啊！我看你很灵活，一定可以的。——可惜没有'俄罗斯方块'比赛。"

于娜娜便提议道："我看你跑起来很快，你就报名 100 米短跑吧？"

"好吧。"韩露露想都没想就接受了提议。无非就是一起玩玩嘛，挺好的。韩露露又看见斯文内敛邹琳琳，便拉她一起报名短跑比赛。邹琳琳一笑，同意了，不过她有事要走开，去找孙眷纷。不知该怎么说，总之那位孙眷纷同学一向神秘兮兮的。

她俩又动员邻家女孩唐田田。可是唐田田甜甜地说："我力气小，跑得也慢，顶多给你们加油了。加油！加油！"

女孩子最了解自己，一个念头出现后，时间稍长一点，这个念头往往就情不自禁会变了。于是于娜娜拉着韩露露去美班长那儿报名。美班长当然欢迎啦，马上填上她们报名的项目，还开心地说："小兔兔吴卵卵，好同桌汪芳芳，你们一出现就有人来报名，你们可真是我的福星啊！"这对"文体双花"也是笑容灿烂，吴卵卵不忘嘱咐道："你们到王睿同学那里'备案'吧，参加文体节不能影响学习，记得认真做'精编'哦！"

"我在做，在做，嘻嘻！"于娜娜很配合地表态。

韩露露也跟着表态，同时将手中的文曲星偷偷藏进了口袋里。不过没想到，当她俩来到王睿这里"备案"时，王睿告知要抽查"精编"。于娜娜赌气道："呀，这么严格，我偏不给你看怎么着？"

韩露露倒无所谓，随口问道："每个报名的同学都要被抽查吗？"

王睿便以学习委员的身份，一丝不苟，告知前来"备案"的同学，统统需要自觉主动完成学习任务，自觉主动不定时接受"精编"抽查。

就是因为一丝不苟，别人都不知道，他同桌庄荣丰已经和他置气了。没办法，谁让庄荣丰做"精编"有点吃力呢？

"你……能不能对我温柔点？我不会做，你可以温柔地教我。我可不想去陈老师办公室……帮帮忙啦，'暴力'！"庄荣丰向王睿诉说道。有一回，"G4"汝相如在走廊上时，还劝过庄荣丰，学习要搞好，要不文体节比赛肯定够呛，再说王睿也是为了大家……可是庄荣丰心里还是有一点点别扭。

虽然在王睿同学的支持下，九班足球队正式成立了，然而也正是在这节骨眼上，王睿同学又不通融，老想着抽查"精编"，这让足球队员们都有一点点膈应。

义气归义气，学习归学习嘛！王睿问心无愧，便打定主意，大不了被足球队抛弃。美班长知道了，完全站在他一边，全心安慰，并表示，如果出现矛盾，由她来主持公道，哪怕做"恶人"——自己是女孩子嘛，手握绝杀武器：两朵泪花。

——还有班长小分队呢，姚小君、孙恰、蒋安安、黄秀文，摇身一变为"四大恶人"，也不是不行，哇呀呀呀！

王睿吃了定心丸。

羊羽同学考虑再三，决定还是放弃唱歌比赛，报了一项长跑。长跑比唱歌更加需要耐力，也许更能排毒，对青春痘的消祛更有益处。羊羽面子大，还无意中拉了一个长跑队友——"司令"汤斯顿。汤斯顿呵呵笑，他主要想挑战一下自己的极限——体育运动。他这个决定让同桌"团子"杨立方惊掉了下巴。汤斯顿还动员道："你也多参加参加运动，不要总学习。"

"我？嘿嘿！"杨立方不好意思地笑。

"多踢踢足球啊，"汤斯顿继续动员，"你可以加入足球队。庄荣丰不是还教你'一记大脚'来着，哈哈！"

杨立方被同桌说动了，更准确地说是被汤斯顿带动了。他也知道，因为月考压着，虽说自己学习还可以，但是足球队的练习没那么酣畅，自己除了"一记大脚"，并没什么进步——绝对的替补。

王睿责无旁贷地到处抽查"精编"，不亦乐乎，这回真像是

"狼奔豕突"，绝对的"妙不可言"的另类体验。陈老师都看在眼里，心中暗自欣慰，也沉下了更多心思用来备课，以及终于能抽出时间来给女朋友写回信。

写回信的时候，陈老师忽然想起那封匿名信来。近来，又是月考带来的紧张，又是文体节带来的躁动，这件没头没脑的事，看来没必要去花费心思了。陈老师决定，让班长王乃思尽快交给学校收发室，由学校去处理。而目前来看，并没有产生什么影响，按常理判断也不会有什么意外吧？即便，那是一封学生之间遗落的信，或许还包含着特殊的情谊，毕竟也是花季雨季的人之常情，同样也包含着一份美好吧。

嗯，陈老师越想越觉得自己睿智：以上纯属推测。可是，爱情还是很美好的啊！陈老师甜蜜地埋下头继续写回信，那信纸上的满篇文字，仿佛是蘸着蜂蜜唰唰写就的。这也就不难解释，近来上课，陈老师都是满面笑容，那种由内而外散发的情绪，每分每秒感染着同学们。大家学习的心情都是空前美好。

学习啊学习！——关键还是主线任务要抓住。

加油，九班！

4

月考，文体节，大家都很用心用力。难免有同学压力倍增。比如动如脱兔吴卯卯，她主要十分担心月考。这些天，几乎每天的日记里，她都会写下自己如是这般的心情：

"我心之忧虑，好似热锅上之蚂蚁也。故求助于菩萨，找出玉佩，于香盆沐浴之后，挂于胸前。但愿精诚所至，金石为开；心诚则灵，分数则来。我已斗志满了！如若再考出上次那般丧尽天良的分数，则无颜见江东父老矣，不如乌江自刎算了……"

　　女生善以排解情绪来减压，男生则不同。男生更倾向于沉默，是来自"实力"的压抑或挑战。就拿帅一点的人来说，"篮球王子"李臻寰，月考对于他这位学霸来说，不成问题；篮球比赛的胜负，是他无法放下的心念，更是日甚一日的热血激情。

　　其实不仅九班，全年级都在月考的重任下有所收敛，无论足球或篮球，活跃于球场的人头一时少了许多；还能腾出时间去玩的，时间也压缩了不少。"全能明星"葛亮自有安排，定时定点在一楼走廊里练习篮球技术：运球，传球——对着红砖柱子，练投篮动作。李臻寰在二楼走廊望见了，只是定睛看，不喊不嚷、不说不动，连表情都收敛了起来。吴功道便上去拍拍他的肩膀，默默陪在一旁，而吴功道的眼神就闪动多了。

　　"篮球王子"独自默默地坚持着。每日作业之后，星月漫天，待附近公园球场的人群渐渐退散，他便安排好时间去练球。他只对吴功道说过训练计划，因为吴功道既是好搭档，也是学霸，两人完美合拍。有时候，家住不远的汝相如同学也会出现，毕竟"G4"成员之间不会有秘密。而林统作为老同学，听闻此事，即便离得远一些，这位左撇子球员也忍不住偶尔去露个面。由林统而传至吴振旦，吴振旦便难耐内心骚动。但摆在眼前的难题是，吴振旦住得比较远，大晚上骑车赶来是不现实的。所以他多次谋划，企图蹭住在李臻寰家或吴功道家，汝相如家也行。

　　然而，蹭住的可能性太小了，吴振旦被这几位老友都以"家里太小"为由，赤裸裸地狠心干脆地拒绝了。林统家倒可以，但还是远了点；吴振旦的想法就是，能蹭住就蹭近点的，远了也没意思。急了，他在内心深处便升腾起一股"不靠谱"的心火：大房子，要有大房子——球馆，干脆有座私人球馆……哈哈哈哈！

他"不靠谱"而不自知地傻乐起来。

除去这样傻乐的状况，在陈老师那里，吴振旦的表现令陈老师频频点头，学习真的上去了不少。而作为班主任，陈老师不知哪里来的能耐，班级、同学的事，竟然无所不知，李臻寰晚上公园球场练球的事他知道得清清楚楚，就连吴振旦想蹭住的念头他也明明白白。于是找准话题，陈老师真诚地表示，欢迎吴振旦蹭住他的宿舍，他们可以深入讨论下"精编"，深入讨论下人生也未尝不可。

吴振旦苦笑道："谢谢了，'老班'，你宿舍太小了。"

吴振旦同学早已不用"关夜学"，这使得他那位堂弟更加崇拜这位大哥了。而吴振旦对堂弟严肃指出："写作文不许再写我了！肉麻，受不了！"

教育理论认为，良好的氛围也是一名无形的良师。吴振旦学习上去了，原本总同他不是去陈老师办公室，就是去陈老师宿舍的老几位，沈烨朱、薛红枫、李星星……心里倒有点不服。这天，三人中午又被"请"到办公室"钻研精编"，趁陈老师去找袁 sir，他们嘴上议论起来。

李星星说话自带气魄，道："不妙啊，我们被吴振旦同学超越了。"

薛红枫脸不红、心不跳，道："他不是超越了我们，是超越了他自己。我们这成绩，无所谓被超不超越……"

沈烨朱听了薛红枫的话隐隐不太舒服，但又说不出原因，只好死硬道："开玩笑了，吴振旦都行！"

吴振旦在教室里就无端地打喷嚏，耳朵也烫起来。他认为这是攻克"精编"后，内力增强的反应。为此他找"大力兄"马天阳探讨过。但马天阳同学不敢肯定，只是模棱两可地建议吴振旦继续保持状态。钱望鸿尖着耳朵听见了，直言道："这是背后有人说你。"

"说我？"吴振旦不太相信这种"迷信"。

实诚的"大头"徐模杰也凑过来肯定道："钱望鸿的说法有一定传统文化的根据，因为生活中大人们都这么解释的。"

吴振旦奇怪道："你是物理课代表，你要用科学来解释。"

徐模杰呵呵一笑，以奉劝的口吻道："大人说的总不会错。就像陈老师常说……"

"陈老师那是老师。"钱望鸿及时纠正。

徐模杰却不是这样认为，他接话道："对，陈老师是老师没错。但我首先认为陈老师是大人，所以我才觉得他都对。"

"哐——"这话被巡查而来的王睿听进了耳朵里，他喟叹道，"'大头'，你这个逻辑，和'奶包'有的一拼，我猜你又把吴振旦思路搞糊涂了！"

吴振旦即刻向王睿竖起大拇指，嘴角露出狡黠的笑："对对对，数学课代表就是厉害！顺便，抽查下'大头'的'精编'。"

王睿不紧不慢对吴振旦道："'大头'又没有报名参加文体节的活动。我是来抽查你的'精编'的，你可是篮球队主力。"

"你知道我是主力，还要来找我麻烦？"吴振旦强调。

"例行公事，例行公事。"王睿转变语气，转变策略。

吴振旦又即刻推出钱望鸿道："你先抽查他的，他是足球队主力。"

钱望鸿猝不及防，假言道："小 P 还找我呢。"说罢，他就赶紧一颠一颠地走开了。

要说徐模杰就是实诚，主动站出来说："那还是抽查我的吧，啊，反正我都做好了。还有，我虽然没有报名文体节的比赛，但是，我报名了做裁判，所以，也算是参加文体节活动了吧。所以，抽查我的'精编'，也是应该的。请吧——"

王睿顺水推舟，向吴振旦道："看看，多向徐模杰同学学习。"

"我也做好了。"吴振旦说着，却学起了钱望鸿，边走开边说，"我也要去找人呢。"

吴振旦说去找人，原也不假，之前要找徐小根沟通篮球赛的事，还没有正式谈过。他现在明知徐小根同学不在教室，为了躲避王睿的抽查，故意绕到徐小根座位那里，只见施千昱在看《电脑画报》，吴振旦就从后面撑在施千昱的肩膀上，凑下去一起看。施千昱哪受得了身坯比自己大一圈的吴振旦，连连蜷缩，喊道："谁！谁呀！"一瞧是吴振旦，又求饶道："拜托拜托！拜托……"

吴振旦也不纠缠，象征性地问了句："徐小根呢？"

"好像他宿舍同学找他……"施千昱重新坐好。

"哦。"吴振旦感觉和施千昱玩没意思，一点不留恋地离开了。找徐小根的事反正不急，吴振旦从后门踏出教室，在走廊里瞧见了郭德柏与丁剑在闲聊；他俩旁边是"大侠"梅奕昇，扒着水泥栏杆在望野眼，望着五代山的方向。吴振旦走近，听到郭德柏说，文体节上，体育比赛最好对付的就是科少班了，一个个还是初中生模样呢；而文化比赛不好对付的也是科少班了，一个个都是少年天才。丁剑补充道："国际班更不好对付，个子大，脑子又好。"

"对对对。"吴振旦加入，道，"篮球赛，我们'篮球王子'强劲的对手，就是国际班的——二班那位……"

"我们整体实力强。"郭德柏自夸也好，打气也罢，说得倒在理。他也是篮球队员，目前暂时为"主力替补"之一。

"咦？怎么不见'G4'？"吴振旦发问，不等回答，又道，"徐小根舍友是科少班的，要打听就找他问。"

应该不会有人想打听科少班参赛的事。不过，徐小根确实和舍友去准备文体节的活动了，是以宿舍为单位的演出活动。

郭德柏便找"G4"的话题，有点夸张地恍然大悟道："今天是'G4'汝相如生日啊，他们吃面去了！"

"汝相如生日啊！"吴振旦有点意外，也有点怪自己没留意，应该和他们一起吃面去的。他便半开玩笑说："那祝愿汝相如早点'肉来'，多来点肉，哈哈！和丁剑一样白白净净……"

这祝愿虽佳，毕竟奇葩。走廊上的闲谈一时冷场，却听一旁的梅奕昇幽幽道："我看，五代山上倒来了不少'瑞气'……"

"锐气？"郭德柏不解。

"是祥瑞之气吧？"丁剑同学做出另一种理解。

梅奕昇微微点头，道："嗯，愿'紫气东来'吧。"

听到这神秘感十足的话，吴振旦想起了自己的耳朵，忙问梅奕昇道："梅奕昇，你给我看看耳朵。"

梅奕昇意外，转过身道："我又不是医生，嘿，给你看什么耳朵？"

"你是化学课代表，懂科学。"吴振旦解释，"我耳朵烫，是有人在说我，还是耳朵有毛病？"

梅奕昇皱眉思索起来。这时远在陈老师办公室的沈烨朱、薛红枫、李星星，一个接一个打起喷嚏来。薛红枫揉着鼻子，道："不会是吴振旦在说我们吧？"

沈烨朱不同意道："他怎么会想起我们？开玩笑了。"

李星星中气十足道："他应该比我们打喷嚏更多，说不定耳朵还在发烫呢。"

这边三个人打完喷嚏，说完话，又埋下头做"精编"。那边梅奕昇思索了一会儿不知道该说什么，来了个哲学性中庸的回答："如果有人说你，那是有人有毛病；如果没有人说你，那是你耳朵有毛病。反正有毛病，就得看医生。"

"嘿嘿嘿！"郭德柏听了狂佩服，道，"这水平，可以参加辩论赛。"

"找'奶包'一起报名。"丁剑建议。

"还真被你们说对了。"梅奕昇干脆道，"我真是想报名参加辩论赛呢。可是还没找齐人。"

辩论赛至少五名选手吧，一辩、二辩、三辩、四辩、替补。

郭德柏勾着丁剑的肩膀，继续建议，向梅奕昇道："你能叫上'奶包'的话，我们和你们一起组队参赛。"

"别拉上我呀。"丁剑本能地推辞。

吴振旦趁机添乱，说："好，我给你们去报名。顺便我叫王睿来抽查你们的'精编'。呵呵，哈！"

"别！"郭德柏不管吴振旦说的是真是假，上前推他，"你还是继续攻克你的'精编'吧。'精编'做完了去做几何习题，快快，快去！"

吴振旦被推走了。丁剑远远补上一句："别走火入魔啊！走火入魔记得找马天阳——"

"走火入魔了我有办法——分筋错骨手！"梅奕昇比画了一招，随即转换话题道，"好了，我们去找俞中华吧。"

"啊？"郭德柏急了，"真的去辩论啊！"

岁月的节气里，有一种猛兽，称之为"秋老虎"。"秋老虎"来时，炎热堪比盛夏；而今年的"秋老虎"，还带来了更多的雨水，"淫雨霏霏"，"秋水长天"。这日，一场连续两三天的雨水停歇后，"秋老虎"驾着秋风走了。秋风便吹得人备感凉意。

这几日，"奶包"俞中华收到参加辩论赛的邀请后，还一直在考虑中。实则这是他的策略，他和梅奕昇、郭德柏及丁剑说："你们看，只要一报名，王睿马上来抽查'精编'；所以，只要不报名，就不怕抽查'精编'了啊。"

"不报名没法参赛啊。"梅奕昇不解。

"现在不报名，到截止前再报名。"俞中华解释。

"那反正要报名啊。"丁剑觉得没必要，他反正不怕抽查"精编"。

"晚两天也好。"郭德柏赞同俞中华的策略，还煞有介事道，"也给王睿同学减轻工作量。"

梅奕昇怕耽误事，一针见血道："你，你，不都是篮球队的吗？你们不是已经在抽查之列了吗？"他指了指俞中华和郭德柏。

郭德柏张张嘴，一时语塞。俞中华从容道："那不一样。在篮球队，我俩是替补，可以免检。"

"还有这说法？"丁剑好奇，眼睛都瞪大了。

梅奕昇快刀斩乱麻："我们辩论队还有·名是邢尔杰，我已经和他说好了。要报名就马上，省得夜长梦多。"

俞中华还有话说："我们没经验啊，谁做教练？"

"先报名再说。教练我去找。"梅奕昇说罢，伸出手。

几人会意，都伸出手，搭在一起，加油："大侠辩论队，耶！"

王睿很忙。原本就少的足球队训练，他还常常缺席。他和庄荣丰说，自己可以做守门员。庄荣丰因为抽查"精编"的事，觉得同桌一点儿也不放水，满肚子郁闷。不过王睿的认真和诚意，还是很快打动了同桌，两人已破镜重圆。庄荣丰不同意王睿做守门员，道："不行不行！你中场大将，我破门还需要你呢！"

要说足球队阵容，优势明显，劣势也突出。优势是，"足球小将"庄荣丰是绝对球星，身为校队"野狼队"主力而名扬球场，不是吹的，靠的是盘带、配合、射门、防守的全面技术。如果对手不出"黑脚"，庄荣丰一人过五人全然不在话下。

加之中场王睿，边锋钱望鸿，后卫邢尔杰，前锋陈兆强，攻守平衡，能令对手闻风胆寒。就是守门员不太稳定。但球场上有句俗话："进攻是最好的防守。"为弥补这一点，庄荣丰天天苦练射门。不过他是住宿生，晚上宿舍管得严，不能像"篮球王子"李臻寰那么灵活地安排时间。宿舍门卫老王，是分管宿舍的德育王老师的老爹，尤为严格，一脸络腮胡茬，看着就不好惹。住宿生到了时间点，最远的活动范围就是宿舍传达室——可以在这里买袋装牛奶。所有住宿生，晚上想出去到食堂旁的水房打瓶热水都不行。

但早起是可以的，甚至是鼓励的。庄荣丰挣扎了几个早晨，终于突破了被窝的"盯防"，起早去操场锻炼——射门。所以这些天，每天都早早的，在王睿同学到教室之前，庄荣丰都将"精编"先扔在了课桌上。

王睿抽查"精编"是真的负责，对同桌更是温柔，看到不对的题目，细致地给他讲解。为了全力支持"足球小将"，王睿承诺道："每场比赛，我保证至少有效助攻你五次。"

"行嘞！"庄荣丰两腿外八字地站在课桌边，听了王睿的话，眼神直闪亮，"你说话算数。"

"我什么时候不算数？"王睿拍胸脯保证，"不过我们的守门员要再物色人选。"

"这包给我。"庄荣丰有底气。

在物色到适合人选前，守门员暂时由周泳同学担任。周泳动作和反应都可圈可点，就是个头太小，仅仅高出小 P 潘宇宙一点点。这个个头问题，也正是足球队最大的劣势所在——全队就没有个子高点的队员。若是碰上长传冲吊、以高个子争头球见长的对手，还真不好打。

九班篮球队就没有明显短板，同时也有"明星效应"加持——"篮球王子"李臻寰，中学生界"苏城四大分卫"之一。"分卫"即得分后卫。其他的"四大分卫"人物，就有国际班"全能明星"葛亮，另外一个班级的某某，以及外校学生一名。中锋"老板娘"李诺亚，正因其柔，打法风格独特，是难得一见的柔性中锋。而中锋替补"大猩猩"李星星，放其他球队就是绝对主力。大前锋吴振旦，身材威猛，还是狡猾的左撇子，进攻、防守两端无破绽，自称中学生界唯一"篮板王"；他除了"大灌篮"没有打出过，其余技术数据惊人，仅"火锅"盖帽一项，据不完全统计可达场均五个；还值得一提的是，正是他热心帮助徐小根同学提高篮球水平，在场上成为自己的得力助手。大前锋的替补是"G4"汝相如，沉稳矫健，视之为场上的 X 因素。小前锋吴功道，他和李臻寰的挡拆配合行云流水，一手投篮更是帅出天际。小前锋替补是"猴子"郭德柏，他每次跳投时，两腿极富弹性地左右张开，人又修长，那样子像一架圆规，但投篮命中率之高令人百思不得其解。控球后卫是徐小根，其实他打球时间并不长，所谓"控球"，仅仅是因为跑得快，对手追不上罢了；若真是落了阵地组织进攻，每个球都得交给李臻寰，所以李臻寰实际是得分后卫兼控球后卫外带组织后卫，场上进攻发起和终结的关键。这个控球后卫的位置，另一人选是"奶包"俞中华，俞中华同学的弹跳与"拉杆儿"反手上篮出众。所以有时也是徐小根做替补，俞中华首发。不过无论谁首发，谁替补，可以这么说，九班篮球队两套阵容，都是攻守平衡的主力型阵容。除此之外，"吃哥"薛红枫是神秘"摇摆人"，中锋和大、小前锋三个位置都能替补，除了特别瘦之外，并没有别的破绽。而谦让是他的个性，首发呀，替补呀，都无所谓。不过首先，和李星星一样，"精编"是他俩所有实力得以发挥的巨大的拦路石啊！

　　足球队，准备就绪。篮球队，摩拳擦掌。大侠辩论队，报名完毕。可惜因为没有女生篮球赛，磨刀霍霍的九班女生篮球队只得遗憾取消。而俞中华和郭德柏都多了辩论任务，所以专程找李臻寰说明，两人篮球队就做替补。李臻寰和吴功道都夸他们，但也难免有点忧虑：

　　"你们真行！多才多艺！万一时间有冲突怎么办？"

　　男生之间其实很少当面夸赞，往往夸赞都包含在半真不假的玩笑里。而当面的忧虑却是毫不掩饰的真实的。

　　李臻寰将这个情况告知吴振旦，吴振旦终于正式地找到了徐小根说定，要他全力做好首发准备，不能掉以轻心。徐小根倒有点心虚，因为他成绩忽上忽下，逐渐只下不上。吴振旦鼓励他道："你放心，有我在。"

　　徐小根没明白，是球场上有他在，还是学习上有他在？但无论哪方面都解决不了问题：球场上的表现得靠自己，学习上的表现也得靠自己。他不知怎么脑海中灵光一闪，对吴振旦道："嗯，以你为榜样。"

　　吴振旦倒也没客气，他已然适应了"典型"的榜样形象。他似乎确实不用人担心了罢。

　　但"篮球王子"李臻寰还有担心的一点，就是中锋替补李星星，为此他找王睿——学习委员兼数学课代表商量，看陈老师那边能不能……王睿顺手找了副班长陈兆强。陈兆强和潘宇宙不知在聊什么呢，他想了想，努努嘴说还是得找美班长。王睿就去找美班长，美班长一听，觉得可以开展一场"大猩猩进化行动"。她义不容辞对王睿说："怎么不让李臻寰直接来找我呢？"

王睿不明就里，道："副班长说来找你……"

美班长就嘱咐道："谁有事，都直接来找我好了。当然，我知道你们也都热心爆棚……"

"哦！"王睿恍然大悟，"我晓得了。我这就叫李臻寰来找你商量。唉，他们篮球队的事，我也不擅长处理，还得班长出手。"

说完，王睿调皮地敬了个礼，又顺道拉过副班长，道："走，副班长，我们还是让'篮球王子'亲自跑一趟吧！"

陈兆强还想和潘宇宙继续聊，对王睿的话没多想，机械地点头道："好呀好呀……"可是一点也没有挪动。

王睿环视了一圈，在教室后门口发现了"G4"，其中李臻寰的神情看上去比平日似乎荫翳了那么一点。

或许是自己的心理暗示。——王睿对自己说。

潘宇宙抬起稍稍有点扁的脑袋，道："王睿！喏，喏！你不是要去找李臻寰吗？"他的嘴巴连说带比画，表情十分丰富。

王睿看看他俩，扭头道："好吧，还是我去。"

"大猩猩进化行动"，给了王睿同学一个灵感。距离月考时间不多了，这时候可以成立几个"互学小组"：学霸区一组，主力区一组，潜力区一组。思考了两节课，大课间，他又风风火火去找美班长商量。

他又忘了叫上李臻寰。

5

美班长和吴卯卯、汪芳芳，还有班长小分队一起合计"美小姐"孙恰的参赛曲目。孙恰同学有些焦急了。"一姐"蒋安安温柔地安慰她。"女暴力"姚小君又拍桌子又踢椅子，Sammi 黄秀文劝她，但根本拉不住。还是听闻动静赶来的李蕉蕉有主意，她分散姚小君注意力，道："那天大雨过后，你是不是去抓鱼了？"

注意力转移成功，乃至连孙恰的注意力都被吸引过去了。没等姚小君开口，孙恰抢答道："对的，我也去'拷鱼'了。还有羊羽……"

孙恰说的"拷鱼"是方言，就是捞鱼、抓鱼，虽然听上去别扭，但意思大家都知晓。姚小君对于这个话题极度兴奋，恨不得捂住孙恰的嘴，她自己一个人尽情地说。所以她提高音量强行插话道："对对对对对！你们猜我怎么抓的鱼？"

安安静静的蒋安安被吓得不轻，幽怨道："小声点哪！"

"不知道啊。"孙恰互动道，"我只知道羊羽用手抓了三条鱼。"

"我用花洒去抓的，哈哈哈哈哈！"姚小君得意极了，"就是羊羽同学说的——劳动工具！哈哈哈哈哈！"

"不过，你去池塘里抓鱼，还是太危险了，女孩子家家。"李蕉蕉指出道。

"我是在花坛里拷的。"孙恰乖乖道。

人小鬼精于娜娜像条小鱼儿一样游弋了过来，笑嘻嘻道："我也拷了，我也拷了，嘻嘻！我中午直接带回家的——加餐！"

"味道怎么样？"吴卯卯羡慕得两眼直瞪瞪望着于娜娜。

"味道么……"于娜娜当然没有吃，只是说着好玩儿，"就是……吃多了牙疼。"

"嗯?!"姚小君心头一颤,心里想自己幸好没有把鱼带回家。她原本打算那么干的。

手里玩着文曲星的韩露露,其实也竖着耳朵在听,当听到于娜娜"一本正经的胡说八道",笑得手抖。她心知肚明,于娜娜牙疼和吃鱼没有半点关系。

女生们你一言,我一语,弄得王睿不知如何开口和美班长谈话,他已经像个隐形人一样傻站在一旁小半天了。看围过来的人越发多起来,王睿只好打断话题,说:"班长,借一步说话吧。"

大概是李臻寰没有来找美班长,所以美班长放下材料,顿了顿,对班长小分队说:"你们继续,我和王睿说一下……"

当得知王睿的"互学小组"想法后,美班长完全同意,并立刻和王睿去办公室找陈老师。陈老师一听,连连叫好。袁 sir 恰好经过,被陈老师叫了进去。袁 sir 一听也是举双手赞同,并保证,马上安排一堂外教课,给九班打气。

"有你们,有这样的班长,这样的学习委员,真是我们九班的幸运。九班好样的!"陈老师夸奖道。

"那还是您选得好呀。"美班长"卖乖"道。

王睿却在出神地看陈老师办公桌上的材料,除了摄人心魄的"精编",各种试题,各种分析,各种计划……好像有信封被紧紧地压在了最下面,那一定是陈老师女朋友的来信吧。陈老师又没空写回信了。

当天,各个"互学小组"成立:学霸互学小组的任务,除了友情解答同学的学习问题外,就是全力以赴拿下月考班级成绩的高分。主力互学小组的任务,就是拼尽全力保证月考班级主体成绩稳定,不出现波动。潜力互学小组的任务,就是以吴振旦为榜样，全面提升月考班级短板成绩。

吴振旦捧此"榜样"殊荣，心情难以平复，对陈老师道："不知该说什么，我只想说：代数的公式我都弄懂了，几何的定律我也一个不放过。"

陈老师按捺住激动，点点头道："对，去做几何吧！"

在回教室的楼梯上，吴振旦碰见了美班长。美班长叫住了他。吴振旦以为还是学习安排，但美班长却关心地问："你们篮球队，没问题吧？"

"没有啊。"吴振旦脱口而出，随即又道，"哦，现在'大猩猩'的问题不大了，应该没什么问题了。"

"这样啊。"美班长握拳，满意地笑道，"加油！"

吴振旦嘴角一笑，便大踏步上了楼。来到走廊上，一眼就看见"G4"一个挨一个摆着POSE（姿势），尤其"篮球王子"玉树临风地靠在栏杆上吹着风，吴振旦似乎明白了一点儿什么。他走向李臻寰，道："快，给我看一下你的几何作业。"

"干吗啊？"李臻寰同学拒绝抄作业。

"'老班'说了，要你负责我的几何成绩。""假传圣旨"是吴振旦的又一门拿手好戏。

"我不信啊。"吴功道语气肯定。

吴振旦煞有介事道："不信就去问美班长。"

这时，"吃哥"薛红枫又在于娜娜的座位上，他从窗户里探出头来，嘻声道："吴振旦，我看干脆'G4'一起给你保驾护航吧。"

"有道理。"吴振旦觉得自己占便宜了，"怎么样，'G4'？"

"咦？"吴功道怕被吴振旦黏上，有意转移话题，问薛红枫道，"这个玻璃，什么时候换好的？"

听到"玻璃"二字，难逃"当事人"身份的"奶包"俞中华从教室门口踱步过来，说："我认为问题要按顺序回答，先回答吴振旦的问题。再说玻璃的问题。再说了，玻璃早就换好了，也不是问题了……"

吴功道顿时觉得满脑子都是俞中华的声音，嗡嗡的，赶紧表态道："走，吴振旦，我们做几何题目去！'吃哥'说得对，你的几何，我们'G4'包了。"

薛红枫得意地对吴振旦道："嘿，你要谢谢我啊！"

"好，我谢谢你。"吴振旦回应薛红枫，又扭头说，"还要谢'奶包'。"

俞中华客气道："谢我干什么？我只是实话实说。关键是玻璃早就换好了，不再是重要的事；你的事才是重要的事。你说我说得对不对？而且，我们都是篮球队的……"

吴振旦和"G4"走进教室，李臻寰对汝相如耳语了几句。只见汝相如拐向"大侠"梅奕昇的座位，"G4"朱尉玉也跟着去。汝相如传话给梅奕昇说："抓紧让俞中华去练习辩论，他一定可以让对手痛不欲生的！"

"绝对的！"梅奕昇信心满满道，"我们大侠辩论队实力很强的。"

朱尉玉及时提醒道："对了，我们真的应该向有经验的辩论队取取经。"

"嗯。"梅奕昇想是也想的，但一时无措，"我去找找班长吧。"

汝相如顺带推荐道："你们辩论队要是缺人，可以找我们朱尉玉同学哦。"

"好的！""大侠"向"G4"汝相如和朱尉玉抱拳拱手。

　　"大侠"一找美班长，美班长立即行动。她和梅奕昇去找副班长陈兆强，却见他的同桌周泳在数一叠食堂的饭票，周泳说陈兆强和潘宇宙上厕所去了。找王睿同学，不想也不在座位上。"这个王睿，人呢？"美班长嘀咕。她马上叫来姚小君，交代她立刻把王睿或者陈兆强找来。

　　王睿不在座位上，但他的同桌庄荣丰正在做"精编"呢。庄荣丰随口问道："找我同桌什么事啊，美班长？"他特意说"我同桌"，而且那么亲切。

　　梅奕昇把事情一说，庄荣丰一拍大腿，道："我有办法。"

　　"喔？快说呢！"美班长开心了。

　　庄荣丰回头看了看，喊道："徐小根，来，过来！"

　　徐小根也不知在看什么课外书，慢悠悠站起来。庄荣丰等不及，又喊："快点呢，有事！"

　　美班长和梅奕昇面面相觑。徐小根又慢悠悠走了过来。庄荣丰说："你宿舍里那位朋友，就是辩论手，哪个班的？"

　　"三……班的。"徐小根声音很轻很慢。

　　庄荣丰声音响亮："快找他一下，我们辩论队要向他取经。"

　　听明白了，美班长欢快地问徐小根道："真的吗？你有朋友是辩论手？那给我们联系一下吧？"

　　令美班长没想到的是，徐小根一和女孩子说话，竟然那么害羞，这时他一句话也讲不出来。

　　"你你你……"急得庄荣丰同学也说不出话了。

　　梅奕昇对美班长说："我和徐小根一起去找，交给我吧。"

　　美班长点头，不忘对庄荣丰和徐小根说："谢谢你们哟！"

　　"哪里哪里！"庄荣丰大方回答。而徐小根快速逃回了自己座位。

　　紧张而有序，严肃又活泼。朝气蓬勃的一天又迎来了日落。夕阳余霞里，城市道路上，骑着自行车结伴而行的青春身影就是时间的化身。他们深夜里的每一个梦，都扶摇而上，化作满天繁星，遥望着世界，照耀着彼此。

　　学校宿舍里的夜晚，又别有一番风情。徐小根回到宿舍，就像回到了自己家一样，和在班级里判若两人。这让同班但隔壁宿舍的周泳啊，庄荣丰啊，有点纳闷。他趁晚自修的课间，找到三班的辩论手朋友，谈妥了"取经"安排。庄荣丰为此还特意请客了两袋巧克力袋装奶。徐小根客气推让，结果一不留神，就被舍友们分食殆尽。

　　不容细想，时间已经不多，距离月考的日子扳着手指头数起来清清楚楚了。第二天中午，徐小根带大侠辩论队去辩论手朋友的三班；刚走下楼梯，吴振旦就在身后喊他。徐小根只好把大侠辩论队送到三班走廊里，就匆匆回九班。

　　吴振旦早在楼梯上等他了，开门见山地说："篮球坏了，得马上凑钱买球。"

　　一个品牌篮球好几百呢！篮球队员一起凑钱买，每人也好几十。徐小根犹豫又心虚，手在口袋里只摸到几张食堂的饭票，他掏出来羞赧道："我得周末回家了才能拿钱来。"

　　吴振旦惊讶得张大嘴巴。徐小根边上楼边说："要不先找班长想想办法吧。"

　　吴振旦嘴角又挂出了狡黠的笑，说："对对，我有办法。"

　　原本来说，中午时分的走廊上、楼上楼下，该是热闹喧嚣的。但这几日一日比一日安静，各个班的各个学生都乖乖缩在教室里。树枝上不时停留几只小鸟，发出蛊惑的鸣叫。"G4"也没有照例靠在走廊的栏杆上摆POSE。风吹过树梢，几片树叶落在走廊的栏杆上，翻动了几下，又无趣地落到地面上去了。

"人呢？"吴振旦滴溜溜四处看。

"谁？"徐小根问。

"李臻寰。"吴振旦嘴里含着秘密一般，道，"还得篮球队长出马，亲自找美班长才行。"

终于在吴振旦的推拉扯拽下，"篮球王子"李臻寰不情不愿地在吴功道的相陪下，挪到美班长座位旁。教室里有一部分同学在，各干各的，做"精编"、背单词者有之，听音乐、玩游戏者有之，交头接耳、高谈阔论者有之，闭目养神、白日做梦者有之……动如脱兔吴卯卯和笑靥如花汪芳芳在神侃。姚小君和李蕉蕉在给于娜娜和韩露露出主意如何比赛跳高、跳远和 100 米短跑。"美小姐"孙恰在几首曲目中犹豫不决。黑黢黢的李帆一个人嘀咕着什么。潘宇宙回"阿潘砂锅"吃饭还没过来，这让副班长等得有点无聊了。王睿在转悠着抽查"精编"。李星星、薛红枫、沈烨朱老时间老规矩，去陈老师办公室了……

"篮球队有事吗？"美班长按捺着心头小鹿，问"篮球王子"。

不说话，都等李臻寰开口。李臻寰停了两秒钟，开口道："你问吴振旦吧。"

"你少来，快！"吴振旦笑着说。

"是你发现篮球坏了。我还不知道怎么回事呢？"李臻寰对着吴振旦。

"啊？篮球坏了？"美班长着急了。

"得买新球。"吴功道声音不响，话很清楚。

李臻寰搭着吴功道，还是不说话。吴振旦怂恿道："你是篮球队长，快请美班长想办法，赶紧买球啊！"

美班长非常善解人意，表态道："我马上想办法。我马上找陈老师。我马上申请班费买新球……"

美班长起身，走了两步，折回叫上副班长和王睿。吴振旦还追上去提醒道："李臻寰要一起去吗？"

"要去你去吧！"李臻寰很难为情地说道。

吴功道替李臻寰解围："吴振旦，你去你去。看在我们给你讲解几何题目的分上……"

吴振旦竟真的跟着去了。这边班长小分队一瞧美班长匆匆出去了，都想跟着去。孙恰又急着选曲目，一时进退维谷，身不由己。黄秀文当机立断安排：蒋安安和姚小君驰援美班长，自己陪孙恰继续选曲目。

姚小君雄赳赳走在前面，还故意绕道走过匡星雨同学座位旁。但匡星雨不在，姚小君不爽地捶了一下他课桌上的一摞书。

必须要确定曲目了，报送就要截止。匡星雨倾向于英文流行歌，而孙恰倾向于通俗民歌。黄秀文左思右想，郑重建议道："你们不如唱热播剧——《神雕侠侣》主题歌《归去来》，男女二重唱……"

"是首不错的歌，旋律，技巧，都有，就是……"孙恰有点担忧，"它是一首情歌吧。"

"我看是人间大爱，意境很好的！"黄秀文坚持推荐，还哼哼了一句，"'啊……啊……涌起落落余晖任你采摘'……"

暂时没有更好的选择。"嗯！"孙恰决定了，又担忧，"那匡星雨同学能同意吗？"

黄秀文有把握道："他就交给姚小君去通知啦！你只管准备吧。"

并不很久，美班长一行回来了。这期间，陆陆续续也有一些同学回教室，包括匡星雨。美班长一回来，几件事就马上都有了下文。首先就是姚小君不费吹灰之力便让匡星雨点头——男女二重唱《神雕侠侣》主题歌《归去来》；要不，就再去体育馆门口"华山论剑"一回。

"唱班歌啊。'在我心中……'"副班长脱口而出。

"班歌要四个人唱！"姚小君打断了副班长陈兆强。

"其实，你们的声线真的蛮适合这首歌的。"吴卯卯也同意道。而事实确也是这么回事，不是假的。Sammi 黄秀文用力点头。

小 P 潘宇宙终于冒出来了，深情道："'啊……啊……'我以为就是那首……《新白娘子传奇》，摆渡歌……"

"小 P 你——"匡星雨终于找到发泄对象了，扑了上去。

潘宇宙同学本能地往陈兆强身后躲。陈兆强捏着潘宇宙的一条胳膊，嘴上硬气道："不就是匡……匡星雨吗？"

其次是新篮球有着落了。陈老师同意用班费买，但实不相瞒，班费并没有多少，不足部分还得另想办法。陈老师当场表示资助一部分，他又去找袁 sir。顺着这个思路，美班长又想到足球队缺不缺装备。庄荣丰不在座位上，王睿抓过来潘宇宙，拉着一起去寻人。

"若足球队也需要装备，那缺口得多少呢？"美班长更加心急了。

前后脚，李星星、薛红枫、沈烨朱都回了教室，最近他们表现也不错，有直追吴振旦的趋向。尤值得一提的是李星星同学，他在外教课上表现抢眼，以当红明星巩某俐为例，从大众审美的角度完美阐述了中西文化的差异，大意为：我们东方人可能不怎么觉得巩某俐漂亮，可是你们西方人都觉得巩某俐漂亮。（原话为英语表达！）

而吴振旦就数学来说，已经代数、几何双通；英语也多次得到袁 sir 的赞扬；语文还不敢保证，不过一通百通，外国文字、阿拉伯数字统统搞得明白了，中文也不在话下。

闻听美班长的烦恼，"吃哥"薛红枫挺身而出，道："我出钱！"

"大猩猩"李星星不甘落后，也挺身而出："我赞助！"

没想到，班级里最瘦和最壮的两位同学，也是最富有的！

"开玩笑了！"沈烨朱跟着兴奋，一兴奋把口头禅也说得很有品位。

很快问到庄荣丰。庄荣丰准备充分，坦言道："装备我有的是。谁不服气，我马上叫厂车把平望职业足球队整个拉过来！"

除了篮球，其他项目没有隐忧，美班长和大家的情绪都安稳下来。副班长陈兆强发言道："我建议动员同学们交点班费，毕竟说不好，接下来哪里又需要用钱。"

在场的众人都同意，决定由美班长牵头，王睿同学记账，陈兆强同学管钱。吴振旦嬉皮笑脸道："能不能让我管钱啊，嘻嘻！"

"那不行！"陈兆强不让，还显摆说，"我有助手。"

"谁？"薛红枫好奇。

"周泳啊！他管钱可拿手了，就像银行一样！"副班长自豪道。因为周泳上课常常偷偷整理食堂的饭票，红色的、绿色的、白色的、黄色的，一摞一摞，仔仔细细，每一顿都花得明明白白。

"嗯，'周行长'！"王睿玩笑道。

事情安排妥当，就等通知收班费了。看看时间也差不多到点了，美班长便在讲台和门口之间来回踱步。刚踱了两圈，只听"唏嘘呼呵"一阵嘈杂，大侠辩论队回来了。

"我们取经回来了！"丁剑学着《西游记》的台词欢呼。

郭德柏捂着嘴笑不停。邢尔杰本身就胖，乐得呼哧只喘。"大侠"梅奕昇也是拍手跺脚地乐。只有俞中华红着脸，郁闷地揉嘴唇。

郭德柏扬起手中的一段胶带纸，笑得话都说不出来。

"怎么……怎么回事？"美班长摸不着头脑。

梅奕昇笑着解说道："我们去取经。结果……结果俞中华他太能说了，把人家辩论手给……给气得，俞中华被人家用胶带……把嘴给封上了！哈哈……"

郭德柏好歹停了下来，学着别人的语调，说："'我们是辩论，辩论是一门科学！不是抬杠！'哈哈哈……"

笑声中，俞中华同学不乐意了，甩出话说："我首先声明，我不是抬杠。我只是从不同的角度，用不同的思路考虑问题，当然观点就不一样。我哪有抬杠！你们谁能说出来，我哪句话是抬杠？其次，我宣布退出辩论队。"

笑声凝固了，大家没想到俞中华真的生气了。

美班长赶紧上前劝慰，但俞中华还是冷静地说："我还是打篮球吧。"

王睿顺嘴说："对了，篮球坏了，要买新篮球，篮球队在凑钱呢。"

俞中华一愣，从容改口道："那我踢球。足球总没有坏吧。"

"足球就缺个守门员。"王睿调侃道。

"守门我最合适了。"没有俞中华接不上的话，"本来打篮球用的就是手，守门正好用手！我现在就加入足球队。"

"那得庄荣丰同意。"王睿虚晃一枪。

可是这边梅奕昇慌了阵脚，待大家散开，他对丁剑说："我们少一个人了，怎么办？"

"赶紧补充，我这就去打探。"很少见丁剑同学刻不容缓的样子。

王睿说的，加入足球队得庄荣丰同意，本来也就是个托词。不料俞中华当了真。放学后，俞中华叫住了庄荣丰。庄荣丰急着抓紧时间踢两脚球，一分钟都不想耽误，可是俞中华同学眼神甚为诚恳。也罢，庄荣丰将球交给潘宇宙。潘宇宙抱着球，冲上走廊，回身一挥手，钱望鸿啊，周泳啊，陈兆强啊，跟着冲出去。王睿有点想溜，早被庄荣丰看了出来，庄荣丰的眼神就一直盯着他。杨立方轻轻走过来问王睿去不去踢球。王睿算是看在杨立方的面上，两人跟在大部队后面同去操场了。

好了，没人了。俞中华悄悄掏出一张游戏点卡——800点的！荣丰庄根本不玩游戏，对这张点卡并不"感冒"。俞中华大方道："送给你。"

"我又不打游戏！"庄荣丰莫名其妙，"你送给王睿吧。"

俞中华一愣。庄荣丰又说："送给小 P 啊，钱望鸿啊……"

"王睿他要告发的。"俞中华说，"你看他抽查'精编'如此铁面无私。"

"那你送给美班长，她温柔的，不会告发。"庄荣丰恶搞的语气。

"女孩子要什么点卡？她们又不玩游戏。"俞中华不屑道，"别让人以为我对班长有什么意思呢。"

"难道你不喜欢我们班长？"庄荣丰偷换概念。

俞中华也是坦然："班长当然是我们每个人都喜欢的。"

"赶紧踢球去吧，别扯没用的了。"庄荣丰不耐烦了，跑了出去。俞中华识趣，边跑边收好游戏点卡。

也是在今天放学后，大侠辩论队快速补充了人员，他就是"G4"朱尉玉同学。别看朱尉玉斯斯文文，说话也轻声轻气，可是思维缜密，恰恰是辩论的好手——这一点正是大侠辩论队取回的真经。朱尉玉本想推脱，可是"G4"中其他三位都是篮球队员，为班级去争光了，汝相如又极力赞同，当时就替朱尉玉答应了下来。好脾气的朱尉玉也就答应了：

"那好吧。"

朱尉玉参加辩论队确实不错，可"大侠"梅奕昇还是匆忙之中疏于考虑，其实更应该趁机补充进来一名女队员，比如"霸中霸"成柠同学，或者语文课代表俞顺瑶同学。只能算还是经验不足吧。朱尉玉本是个散淡之人，加入了辩论队，心情难免紧张。放学后，他被裹挟在人群中，刚出校门，看见了陈老师。"难道陈老师又在校门口逮人？"朱尉玉心想。

再走近些，陈老师和美班长、吴卯卯、汪芳芳在说话。他走过，打招呼，吴卯卯没头没脑对他宣布道："明天开始，全班练大合唱！"

"啊？"朱尉玉蒙了。

陈老师快语吩咐道："赶快，都先回家，复习还是第一位的。马上就月考，先过月考这一关。"

"嗯！"同学们领会精神，昂扬而去。

陈老师走入学校时，在校门口的那方青砖上停了一停：月考，文体节；成绩，胜负……今天逮人吗？不了。回办公室备课吧。

原来，根据文体节最新安排——应该说是最终安排，抽取几个班登台大合唱，以展现班级凝聚力和集体风貌。九班被抽中了。

第二天课间，美班长通告了这项安排。课后，陈老师进班级，演练大合唱。大合唱曲目现成的——班歌《真心英雄》。大家七嘴八舌，都说这个歌不用排练了，随时登台就能唱。陈老师想了想，决定还是要有个编排，于是快速商量了一个"分—总—分"的形式，即开头由四名同学分唱，中间大合唱，结尾再由这四名同学小合唱。

其他班级好多同学经过九班，看到这阵势，都面露钦羡之色。林统和他们班篮球队员也经过，在窗外故意用篮球逗吴振旦。吴振旦指指班级里的篮球，无声地告诉林统：买新篮球啦！

林统做了个投篮动作，他们一班人马便杀向了篮球场。吴振旦开始心猿意马。"篮球王子"李臻寰也偷瞧窗外，他最近练得手感超棒。

排练效果还不错。

陈老师清脆地喊道："吴振旦！"

"在！"

"马上月考了，不要放松！"陈老师叮嘱吴振旦，其实就是在叮嘱全班。

"Yes，sir！"吴振旦大声回答。

解散。

对了，还要音乐伴奏呢？还要有个小指挥。令陈老师没想到的是，飒爽英姿的孙眷纷同学竟有这方面的特长，这就好了。明天再挤出时间，带伴奏加指挥，再练一遍吧。

班级里一片嘈杂地收拾东西，然后各自值日干活。当羊羽同学转着小羚羊电动车的钥匙走过时，王睿想起了一件事情，他追上去喊住陈老师，问："这个大合唱，相当于全班都参加文体节，那就是全班的'精编'都要抽查咯？"

陈老师眼珠睿智地一转，道："那不劳你抽查了，通知——月考前一天，'精编'收上来，我统统检查。"

收"精编"？吴振旦都不怕了，别人还会怕么？李星星、薛红枫、沈烨朱都是大无畏的姿态。时间到最后两天，数学、语文、英语，各科都布置了一叠试卷和习题。数字、文字、字母纷纷扬扬，把所有人带入了那个年纪才有的第五季节。

深呼吸。月考来了。冲啊！

冲过月考，就是文体节！

6

临江仙·无双

金风瑟瑟晨昏凉，木樨开满道旁。花季飞驰梦正长。雨打丹桂落，何处不飘香？　　香飘摇摇透木窗，青春纸上尽忙。秋水远天任潜翔。得失一时事，应念情无双。

为庆贺月考结束，犒劳这阵子奋战的自己，一帮子男同学准备好了在"阿潘砂锅"美美撮一顿。庄荣丰原准备偷偷带两瓶法国红酒，但大家都拒绝了。庄荣丰一番好意也不想收回，便对小P潘宇宙说，放在店里，以后有机会喝。

潘宇宙很紧张地说："不行不行！我不得被我老爹胖揍……"

真的是谁也不敢饮酒，也不想。王睿便奉劝道："阿庄，月考结束，马上就是文体节，足球赛先进行预赛。喝酒影响发挥。"

庄荣丰被掐住脉门。

钱望鸿跟上说："我们还都靠你呢。"

同样先期进行预赛的还有篮球赛。篮球队长——"篮球王子"

李臻寰全身心投入准备，月考庆贺宴也没有参加。吴振旦今天先打了会儿球，然后跟着去吃喝了。不过一反常态的是，他看上去有点恍恍惚惚。

"吃哥"薛红枫自然不会缺席"吃"的盛宴，不像"大猩猩"李星星一样总是借口不方便。薛红枫看到吴振旦的神情，问他是不是担心月考。

"有点。"吴振旦答。倒真被薛红枫说中了。

"别去想了。"庄荣丰不想提这个话题，"都过去了，要有信心。"

吴振旦真的担心起来，缓缓道："我感觉有几道题目，不是很有把握……估计算错了。"

"这是好事啊！"学霸代表之一王睿传授经验道，"你感觉做题目可能做错，说明你已经达到一个层次了。如果什么都不会，根本也就不知道自己做对还是做错了。"

"有道理。"吴振旦嘴上虽这么说，但心里还是打鼓。

直到"妙不可言"的阿潘砂锅端上桌，所有人终于在美味中放下所有烦恼，大快朵颐，一个个吃得肚子圆滚滚。

霞光满地，渐进月色如水。同学们骑着车回家，一路心飞扬。

庄荣丰回宿舍晚了，被批评。他默不作声，在老王那里一气买了十袋可可牛奶。

作业后，李臻寰和吴功道在公园球场加投了两百个篮。大侠辩论队的都在背词。"羽坛小天王"匡星雨在纠结要不要给拍子换线。孙恰和美班长"煲电话粥"，直到耳朵疼。吴卯卯日记里记下了自己十分担心月考成绩，同时也记下了女生篮球队被迫取消的万般无奈和遗憾。于娜娜在加做高抬腿，韩露露又在做美食。羊羽同学在自己书房来回踱步，思忖着长跑策略，只是策略中遗漏了自身体能这个关键项。汤斯顿就抓住了这个关键，思考累了就跳绳……

文体节开始了，然而也没有敲锣打鼓、张灯结彩地大肆渲染。它开始就是开始了，进行中……上课还是上课，作业还是作业，"精编"还是"精编"。凡有预赛的项目，每天安排在课后进行一轮；决赛正好安排至闭幕那天。

第二天中午，美班长和孙恰在班级转悠时——美班长操心啊，要确保篮球啊足球啊，篮球队啊足球队啊……诸器材装备、诸同学都良好——碰见"吃哥"薛红枫在座位上看《体育画报》。美班长便神秘兮兮地找薛红枫谈话。薛红枫一开始有点紧张，以为月考成绩不理想。不过很快他就不在乎了——月考完已经美美吃了一顿，这比成绩重要。还真有这么巧的事，美班长竟然是来"质问"，昨天"妙不可言"的"阿潘砂锅"大餐，怎么不叫上她们女生。"吃哥"咪咪笑，保证道："班长放心，比赛一结束就再去。我来叫你们！"

美班长开玩笑呢！其实她正经要说的是，让"吃哥"转告后排的同学们，一起给今天的大侠辩论队加油。

"可是，今天也是足球预赛，第一场。"后排的俞中华得知后，提醒同学们。俞中华同学原来是辩论队的，现在又是足球队的，所以他具有这两个队的同类项的性质，两头都关心。

"明天是篮球队第一场预赛。"吴振旦把篮球捧在手上，拍打得嘭嘭响。

"那今天我们去看辩论，还是看足球呢？"李星星发问。其实他心里已经有自己的答案了。

"明天肯定看篮球。""大力兄"马天阳笃定道。明天只有篮球赛。

"看辩论。"丁剑同学一本正经道。他是大侠辩论队的，自然给自己吆喝。

大侠辩论队队长梅奕昇，足球队队长庄荣丰，都有点紧张。谁都想旗开得胜，先下一城。但有个难题摆出来了："焖肉"邢尔杰是辩论队的，也是足球队的，也是个"同类项"，怎么办？

经过辩论队、足球队和班长小分队合议，邢尔杰可以先参加辩论赛，因为辩论赛先开始。足球赛他先做替补；等辩论赛一结束，就马上换上邢尔杰这位"重量级"后卫上场——邢尔杰的"吨位"摆在那，是防守端不可或缺的堡垒之一。

"壬戌之秋，七月既望，苏子与客泛舟游于赤壁之下。……"

"过去完成时，再举个例子……"

"所以说，这个 f（x）就可以表示为……"

这种日子里，老师们上课依然气定神闲。

"叮——"辩论赛开始。"大侠"梅奕昇，"焖肉"邢尔杰，"一字电剑"丁剑，"G4"朱尉玉，首发；"猴子"郭德柏替补。因为郭德柏同时还是篮球队替补，万一篮球队训练那边有需要，他可以随时抽身。

九班的一支啦啦队在辩论赛现场——阶梯教室——加油，美班长带队。九班足球队已开向了操场热身。九班篮球队在篮球场观看今天其他班的预赛，同时也进行对抗练习。

辩论赛似乎没有想象的激烈，关键是不专业。对手明显没有教练指导，和取过经的大侠辩论队不在一个档次。而令人没想到的是，"G4"朱尉玉，似乎具有那么一点辩论天赋，语言和节奏甚为妥帖，赢得了同学们的刮目相看。"霸中霸"成柠同学、语文课代表俞顺瑶同学也在阶梯教室加油助阵，若真的她们中谁参加了就更完美了。尤其"霸中霸"成柠，一眼看去就有完美的辩论手气质。今天这阵势下，辩论赛有望提早结束，同学们好尽早去声援足球赛。九班最神秘的男生——"司令"汤斯顿便先行乐呵呵地离场了，他决定早点去给足球场上的同桌"团子"杨立方加油。

九班另一支啦啦队在给足球队加油——吴卯卯和汪芳芳带队的，这时，她俩竟钻进了阶梯教室。足球赛应该开始没多久吧？美班长急忙打听情况。吴卯卯张开两只手，兴奋地压低声音说："10:0！"

"啊?!"美班长一愣。

"庄荣丰同学一人进了5球。"吴卯卯数起来，"小P都进了1球。'暴力'一直助攻阿庄，'暴力'自己也进了1球。"

汪芳芳补充："钱望鸿也进了1球。不过他摔了一跤，哈哈！"

"还有呢？"美班长乐了。

"还有……"汪芳芳回想，"哦，副班长也进了1球。"

"对！"吴卯卯也回想，说，"还有周泳进了1球。10:0！"

"周泳不是守门员吗？"美班长问道。

"守门员换俞中华了。"吴卯卯回答道，"俞中华守门厉害的，对方一个球都进不了！全被他盖帽了。"

汪芳芳赶紧纠正："那不叫盖帽，篮球才叫盖帽。"

掌声响起。阶梯教室里的辩论赛结束，大侠辩论队完胜！来不及庆贺，九班同学们激动地奔向足球赛场。却见庄荣丰同学已经在场边做起了教练，浑身汗都没有。场上比分保持在10:0，九班足球队员们现在就相当于以赛代练，在实战场上练习阵型。邢尔杰呼哧呼哧地瞧着场上，原来是李帆暂替了场上位置。李帆虽然没进球，但是防守卖力，跑得黑脸都红通通的。于是庄荣丰一瞧见邢尔杰，赶紧换人，让邢尔杰实战练习下，也让李帆歇歇。后面的比赛，确实多亏俞中华这位守门员了，即便九班足球队基本放弃了进攻，但对方还是一个球都进不了。

九班足球队首战告捷。庄荣丰神气地迈着外八字大步流星走在前面，俞中华抱着足球有说有笑地夹在人群中，足球队携众同学浩浩荡荡回教室去。美班长提醒王睿，去报告陈老师旗开得胜的好消息。可以这么说：我方大胜是因为"足球小将"要命的进攻，而对方大败是因为俞中华要命的守门。——这样点评逻辑没问题。

胜利的队伍经过篮球场，九班篮球队员们已闻讯捷报，陆续跑到半道上庆贺。"篮球王子"李臻寰更是热血沸腾，返回球场上继续练习时，差不多火力全开的势头。吴功道赶紧给他"减油"，免得比赛还没到，状态先用完。所以吴功道故意说道："哎呀，累死了，赶紧歇一歇。"

九班几位女生，美班长啦，孙恰啦，吴卯卯、王芳芳啦，于娜娜、韩露露啦……跟着篮球队跑去篮球场，有的看比赛，有的看九班练习，有的看"篮球王子"。因而一听到吴功道这么说，美班长责无旁贷地附和道："对的，不要太累了哦！"

孙恰挽着美班长的胳膊，一个劲儿点头。

"不会吧。挡拆再练一下，篮下'老板娘'的点多打。"李臻寰根本停不下来。

"哎，你们看——"吴功道指着正在打比赛的一片场地，"那不是'大头'吗？他做裁判？"

果然，那是"大头"徐模杰，他做起了篮球赛裁判。那场比赛的双方，实力都较弱，九班篮球队员们比较了解，所以没有围过去看比赛，而是一直在抓紧时间练习。现在吴功道同学一吆喝，半是歇息，半是看新奇，九班篮球队员们便拥到比赛场边，看徐模杰如何做裁判，也顺便看两眼十分不精彩的比赛。

"明天我们的第一个对手，可没有这么菜。"李臻寰这么说，是提醒队员们不能轻敌。

凡比赛，都要有比赛的样子；否则，就不要上场的好。

队员们都点头。汝相如和"老板娘"李诺亚还特意挨在一起研究了场上一个来回的攻防。吴功道也拉着"吃哥"薛红枫，指给他看刚才场上一记妙传。而薛红枫似乎敷衍地点点头，转头望向别处。

"李臻寰！"薛红枫喊，"你看，葛亮在那儿——"

是的。不出意外的话，决赛会和他站上同一片球场，相向而攻。李臻寰远远看着葛亮同学的训练，热血越发奔涌，因为对手就是另一团火，正熊熊闪耀着沸腾的梦想。不过，当"篮球王子"想再上场地练习，才发现刚才没有留下人来看场地，场地已经被占了。

"也好，早点回去休息。"吴功道提议。说这话时，他还特意四下找了找班长王乃思她们，却已不见了女生们的踪迹。她们也许……一定是……不知道，女孩的心思反正猜不着。

"怎么没见吴振旦？"李臻寰突然察觉。

"他先走了。"徐小根木木地回答，"刚才他和我说了下，他要去找陈老师。"

"哟，吴振旦这个情况看不透哇。"李星星意外。

"难道他知道成绩了？"薛红枫从最坏的方面猜想。

"篮球王子"李臻寰鼓舞士气道："他没事儿。明天第一场比赛，我们全力以赴，必须旗开得胜！"

旗——开——得——胜！今晚，有人梦里尽是红旗招展。"月出于东山之上，徘徊于斗牛之间。……不知东方之既白。"

"用词组造句——after all。李星星，你先说。薛红枫你别笑，下一个就是你……"

"庄荣丰，你能不能说说，你昨天射门的弧线，可以用什么样的抛物线方程来表示？"

"王睿，篮球投篮的抛物线方程，你想过没有？喔，谁？'司令'——汤斯顿？好，他算得出来，但可能他自己投不进。"

"嚯——"篮球赛，第一场，跳球！

"徐小根，快！"吴振旦一声喊。

中锋李诺亚跳球，完美地将球打到前场，徐小根接球三步上篮，2:0。

开场2秒钟。

徐小根的任务完成了，整场比赛，他主要负责这个进球。

对手回底线发球时，有点错觉，比赛到底有没有正式开始，他们有人不是很确定。对手拍着球推进，进攻。李臻寰象征性防守了一步，觉得没有威胁，便放对方投篮。

果然，对方慢悠悠地举起球投篮。

"嘭——"可怜的球刚出手，就被飞过来的吴振旦一记大盖帽，打出了球场。

场边加油的九班女生们，集体欢呼。美班长还格外欢呼一声：

"吴振旦！哇——"

吴振旦顿时感到自己的胡茬脸比手感还烫，但他在场上，他脸红谁也看不出来。俞中华霸气解说道："吴振旦这是在打排球。可惜没有排球赛……"郭德柏和李星星听了都乐。

李臻寰知道吴振旦会过来盖帽，早已闪在一边，但这个"大火锅"还是超出了他的预想。"篮球王子"笑道："你要不要这么恐怖啊？"

吴振旦没说什么，只管跟上去逼抢对手的边线发球。还真有他的，把对方逼迫得发球失误，旁边徐小根见机，快速捡起球飞奔。李臻寰在后面跟进，徐小根行进中一传球，李臻寰轻松上篮得分。

中锋李诺亚才跑过半场，折返道："早知道我不跑了。"

小前锋吴功道也摊摊手，说："千金难买——早知道。"

对手又回底线发球，吴振旦又上去抢。对手将球扔了出来，吴振旦还去抢。好像是太生猛了。犯规，裁判一指吴振旦。

"呀——"好多女生，九班的以及非九班的，不知是被吴振旦的生猛惊着了还是吓着了。连带着，九班篮球队员们也有点神情紧绷。

李臻寰提醒吴振旦道："放松，放松。你不会是紧张吧？稳着点打好了。""篮球王子"一一与场上队员击掌，大家各个回防。

场边九班的同学们更为诧异，加油声由热情高涨而回落。美班长带头，和班长小分队好言安慰队员们的情绪。

吴功道、李诺亚先后上前轻轻拍拍吴振旦。徐小根不说话，只是悄无声息奔着球而去，一出机会，就捡起球狂奔。

开场不久，也迎来一个 10∶0，"篮球王子"四投三中得 6 分。场边"足球小将"庄荣丰兴奋地开玩笑道："可以结束比赛了。我们昨天 10∶0 就结束比赛了。"

王睿、副班长陈兆强、小 P 潘宇宙、钱望鸿一众人只是笑。女生们又跳脚又鼓掌。玩笑间，场上对手得到了一次快攻机会。徐小根已经放弃了追赶，毕竟篮球赛中快攻得分是常规方式之一。

但是吴振旦生猛地追上去一个大帽，连人带球都盖到了地上。

恶意犯规。

暂停。队员们过去道歉，再回来商议。吴振旦情绪不稳，先替换下场吧。吴振旦也感觉有点控制不住，不说话。"大力兄"马天阳替他解释说，可能是最近内力涨得厉害。

继续比赛，汝相如替换上场。毕竟对手太弱，不需要用力过猛。汝相如和徐小根主要吸引对方，拉开对方防线即可。李臻寰一个人足以左冲右突，杀进杀出：吴功道一挡，他跳投得分；一拆，他突破分球，不是给李诺亚篮下得分，就是给吴功道接球上篮；连续得分时，李臻寰突入禁区，回传给三分线上的吴功道，吴功道一瞄篮，三分球应声而落。而很多时候，"篮球王子"只需一晃一拉，急停跳投就能稳稳得分。到底是啊，每晚上几百个投篮不是白练的。在如此的进攻下，防守也可以省很多力气，对手不是投不进，就是难得地得上几分。

九班女生们的欢呼声和兴奋的心情，都随着得分上涨而上涨。美班长开心得拍手不停，直呼新篮球买得太值了。男生们大声喊"加油"，庄荣丰一次次地向王睿宣布"我们赢了"。陈老师借口路过，还瞄了一下比分，然后笑眯眯地悄悄走了。孙恰、姚小君她们发现了陈老师，想拉住他，但他做了一个"嘘"的手势，安心回宿舍给女朋友写回信去了。

"唰！"随着汝相如一记底角空位投篮命中，上半场结束，九班篮球队遥遥领先。下半场吴振旦再次替换上场，而他也找准了感觉，全力协助李臻寰进攻，完全控制了篮板。李诺亚主动要求换李星星上场。李臻寰同意。"大猩猩"李星星双手拍打着，打气道："我要上场啦！"

"吃哥"薛红枫调侃："捶胸，你要捶胸！"

"去！"李星星不睬他。

俞中华靠过来对薛红枫道："要有香蕉才行。"

薛红枫回头，说："猴子也爱吃香蕉，对吧，'猴子'？"他问郭德柏。但"猴子"郭德柏竖着两只招风耳，不睬他们，只看场上比赛。

"嗷——"一声吼，中锋李星星在篮下得分了。他兴奋起来脸色就很严肃。这把对手吓得，以为现在才是真正的主力中锋上场了。

在狂轰滥炸中，比赛进入最后2分钟。李臻寰排兵布阵，郭德柏替换吴功道，薛红枫替换徐小根。两位生龙活虎的大瘦子，一上场就卖力表现。郭德柏圆规式跳投令对手目瞪口呆。薛红枫和李星星篮下双中锋，两人还客气，我传给你，你传给我，直到对手放弃防守后，"吃哥"薛红枫才稳稳得分——"吃"下2分，耶！

俞中华精彩总结道："最后2分钟，由'猴子'和'吃哥'完美地接管了比赛。"

"这解说没毛病。"王睿夸道。庄荣丰也竖起大拇指。

篮球队也旗开得胜。众人回教室时，李臻寰专门打听了二班的比赛情况。"G4"不是盖的，很快收集到了信息，所以他们虽然没有看到二班的比赛，但对葛亮的表现也知道了个八九不离十——狠人啊！将对手捶得嗷嗷叫。

明天的比赛会更紧张，辩论赛、足球赛都是第二场比赛（相当于半决赛了）。歌唱比赛也会进行一轮预赛。

月考有多令人紧张，文体节就有多令人欢快；当然比赛也紧张。紧张、欢快，就是一组复数吧。——陈老师的睿智给同学们以无穷能量。

不，等等……月考还不知道成绩，究竟会是几家欢喜几家愁呢？

薛定谔的猫还在月考的箱子里。九班几项比赛均旗开得胜，这令九班同学们自嗨不已。报名运动会各个项目的同学们，都跃跃欲试。羊羽拉着汤斯顿跑步；人小鬼精于娜娜结伴美食当家韩露露，还有斯文内敛邹琳琳，也去过操场踩点；Sammi 黄秀文在女生篮球队取消后，甚为不甘心，报名了跳高比赛；"大力兄"马天阳神不知鬼不觉地报名了跳远，而李星星不知被谁瞒着给他报名了掷实心球……钱望鸿原本也想报名一个单项，但最终还是退缩了，这时候两眼巴登巴登的，有点懊悔。

一放学，"足球小将"庄荣丰就带领足球队员们直奔球场。以吴卯卯、汪芳芳带头的"啦啦一队"紧随其后。以班长小分队带头的啦啦二队，其中依然有"霸中霸"成柠和语文课代表俞顺瑶，拥着大侠辩论队前往阶梯教室。汤斯顿同学还是先看辩论，再去给同桌杨立方加油。邢尔杰的防守位置依然由李帆同学顶替。

而今天又多了"啦啦三队"，因为九班"校园十佳歌手"之匡星雨和孙恰要去参加资格赛。"啦啦三队"便由班长王乃思亲自带头，而王颉鸪同学则陪伴着匡星雨。

本场大侠辩论队的对手稍有实力，双方你来我往，比第一场精彩多了，看得九班同学们手心捏汗。班长小分队黄秀文和蒋安安忍不住要去找美班长告知情形，又不想离开，便都看向姚小君。姚小君干脆道："我去！"

才走出门口，姚小君就遇到美班长同"美小姐"孙恰，还有

"啦啦三队"几位同学眉开眼笑着过来了。

"资格赛通过了？"姚小君开门见山。

"对呀！"美班长得意道，"直接通过。"

"嘻嘻！""美小姐"也得意。

"啦啦三队"的同学中，孙眷纷走出一步说："校园十佳歌手，果然厉害，种子选手，直接通过！"

"哇哦！"姚小君赞叹，随即紧张道，"快进去，今天'大侠'们碰到对手了……"

美班长神色一紧，赶忙和同学们悄然进入阶梯教室的观众席。

辩论赛遇到了对手，但足球队今日依然所向披靡，还是砍瓜切菜。匡星雨和王颉鹄毕竟是男生，资格赛一完事，两人就去足球场加油。等他们到场时，已经是5：0的战况了。匡星雨问观战的"吃哥"薛红枫，"吃哥"云淡风轻道："我们稳'吃'，对手已经放弃抵抗了。"

看得出，场上的对手只能疲于应付，根本无力反击。"看，庄荣丰又拿球了！"有同学喊，"开玩笑了！"是沈烨朱，他这句口头禅此刻包含着无限激情，比"加油！""耶！"这种口号精彩生动一百二十倍。赶紧看场上，可真不是开玩笑——"足球小将"凌厉的进攻上演了。庄荣丰中场接"暴力"横传，一蹚便过了一人；带球直冲，左盘右带，一个回旋从包夹而来的两人中穿过；一拨，一停，一加速，甩掉对方后卫线的后卫；正待拔脚怒射，对方另一名后卫堵上来；好吧，庄荣丰顺势一挑，完美挑过另一名后卫；"足球小将"彻底摆脱防守，横向微微一拨，调整角度起脚，只听"嗖——"的声波震荡空气，足球的疾速旋转与空气摩擦产生的冲击气流，令对方守门员本能地躲闪到一旁抱住自己脑袋保命要紧……

"砰！嗡嗡嗡——"足球击中球门横梁，弹向天空，很高很高。庄荣丰遗憾地一跺脚：这帅爆的一球，就差一厘米高度！

双方球员都望着天，等蓝天上的足球落下来。钱望鸿仰着头高喊："我来！我来！"可是他在人丛中推挤，自己左脚绊了右脚，还没起跳就一个趔趄。但钱望鸿的喊声倒使对方球员不敢轻举妄动，重点盯防起他来。这时球终于落地，还带着旋转，斜斜地反弹到了埋伏在边线的小P潘宇宙脚下。

对方一看是个子最小的小P，所有后卫一拥而上。眼见小P就要被"包饺子"，急得副班长陈兆强从边锋线冲刺过来营救，边跑边喊："小P啊——"

小P可机灵了。就在对方形成包围圈前，他用足弓一推，将球过渡给中场压上来的王睿同学；王睿也用足弓一推，带着稳稳的力道，球又传到了锋线位置的"足球小将"脚下。"足球小将"庄荣丰这回不再怒射，只是一记禁区内的弧线吊射，将球送进球门。

6:0，全是"足球小将"进的球。其中"暴力"王睿助攻5次，完成任务，他想下场休息去了。

"行，'暴力'，你换那个谁上来吧。"庄荣丰放松道，"你去休息。"

换谁呢？王睿看啊看，咦，看到"焖肉"邢尔杰跑过来了，呼哧呼哧的。丁剑追在邢尔杰身后，喊："我们来啦——"

辩论赛结束了？结果如何？

邢尔杰跑近，满脸堆肉又堆笑，看来妥了。"一字电剑"丁剑比画了一个剪刀手"V"。紧跟其后跑来的是汤斯顿同学。汤斯顿练习了长跑，果然体质见强，停下时都不怎么喘气，他宣布道："辩论赛拿下！'焖肉'快上吧！"

王睿下，邢尔杰上。不一会儿，美班长等同学们都到了，三支啦啦队胜利会师。又不一会儿，经和王睿通过气，比赛完全没什么悬念了，美班长便请薛红枫去篮球场，通知篮球队员们过来一起庆贺，沾沾喜气。

终场哨响，比分锁定为8:0。最后副班长和小P一人各进了1球。本来钱望鸿也有机会进球，但他的一记头球偏出了球门，有点可惜。本场比赛最省力的就是守门员俞中华了，他有点无聊地喊后卫线上的周泳道："周泳，要不还是你来做守门员吧！"

周泳却是乖乖地说道："我……我没有你厉害的，还得你守！"

俞中华同学被"无意"地夸奖了一番，隐隐得意起来，竟跳跃起来抓住了球门横梁，高高地吊着"作壁上观"。

差不多是整个九班的阵容，神采飞扬地行进在校园里。没有谁见过这阵仗，老师、学生，连宿舍门卫老王都惊讶：这是多么难得一见的一个班级啊！

话题传到陈老师那儿，陈老师觉得略略张扬了些，可以低调点。但他心里还是偷着乐，"口是心非"解释道："没办法，这帮孩子，就打球、踢球好，唱歌好，就感情好呗！明天篮球赛，我嘱咐一下他们吧。"其实陈老师也不知道要"嘱咐"什么，这场面多可爱呀。

明天的第二场篮球赛，也是关键一场，胜者进入下一轮争夺冠军。"篮球王子"志在必得，也信心满满。

志在必得，信心满满，这恐怕是九班同学们的共同心情。吴卯卯同学在当天的日记中记录了下来：

"上一场篮球赛，我们赢了X班，很轻松，但有点小意外。

明天的比赛，我们将迎战 Y 班，应该没有问题，但也不能掉以轻心，但愿不会再出现上一场比赛用力过猛的意外。九班必胜！"

对手 Y 班唯一需要注意的一点，就是他们也拥有"苏城四大分卫"之一人物：Y 某。但他一人独木难支，他们班打篮球的人并不多，此外就再没有像样的队员了。可以这么说，他们能否凑出一支有战斗力的球队还是个难题呢。

所以九班篮球队的战术很明确：彻底封死 Y 某。这个重任，就落在了吴振旦和徐小根身上。

"走啦！比赛要开始啦！"姚小君手上还拿着值日的花洒，都来不及放好，拎着就和大部队奔向篮球场。

人小鬼精于娜娜追上她，指着花洒玩笑道："看看，里面还有没有鱼？"

旁边的美班长听了一愣，孙恰和李蕉蕉便一路走，一路又讲了一遍"拷鱼"的趣事。

姚小君在她们的笑声中，模仿羊羽的语气道："这是一个劳动工具！哈哈——"

场上已经跳过球，可是比分 0∶0，没有见徐小根同学；要不，比赛开场应该是 2∶0 才对。问吴卯卯和汪芳芳，她俩都摇头不知。问副班长，问小 P，问王睿，一直问到庄荣丰，庄荣丰从周泳那儿得知，徐小根宿舍有活动，耽搁了。不过并不碍事，场上汝相如顶替首发，他埋伏于底线外侧，吸引对方，将防线拉开来。

"篮球王子"持球进攻，突破到篮下，反手上篮得分。俞中华同学羡慕道："这记'拉杆儿'漂亮！"

只是盯防对手 Y 某的重任落在了吴振旦一人身上。Y 某被吴振旦防得死死的，没有机会。果然，Y 某挑衅道："李臻寰，不敢和我对位吗?"

两人虽然都是"苏城四大分卫"人物,但区别在于:李臻寰还是队长,这个角色是Y某——自己班级并没有篮球队——没法体会的。面对挑衅,李臻寰从容道:"今天我们是联防加盯人战术。"说着,李臻寰一招手,吴振旦上前将Y某盯住。李臻寰接过球推进,一晃过人,突到篮下。对手中锋跳起封盖,李臻寰低手一传,篮下"老板娘"李诺亚轻松得分。而三分线外吴功道已是做好了投篮准备,此时遗憾地给李臻寰眨了下眼,又伸出大拇指点赞"好球"。李臻寰笑笑,也用眼神向吴功道暗示"下一次"。下一次进攻,李臻寰从底线突破,汝相如掩护佯装挡拆;对手外线补防过来,吴功道被放空;李臻寰击地反弹传球,吴功道接球瞄篮,三分应声落网。

对手Y某心急如焚,没有机会也只好强攻,投篮屡屡"打铁"。对方中锋被李诺亚牵制,吴振旦牢牢控制篮板。得篮板,打快攻,李臻寰前场接球一转身一过人一"拉杆儿",对方回防球员北都还没找着,李臻寰已经得分回自己半场了。

"哇——"九班所有女生已经眼珠子鼓成圆圆的,齐刷刷对"篮球王子"放电。连Y班的女生也偷偷笑着议论这个"对手王子"。"美小姐"孙恰听闻议论,暗地里用力地勾勾美班长的手臂。美班长不动声色,全身心地喊"加油"。

"篮球王子"独领风骚。上半场结束,比赛完全控制在九班手里。唯一遗憾的是,吴振旦因为防守重任,得分较少。但他其他数据还是不错的,篮板和盖帽有望创新高。李诺亚将对方中锋牵制得心灰意冷,暂停时,对方中锋和队友抱怨说,没见过这么篮下"让"着打的中锋。吴功道投篮帅到天际,三分球三投三中,外加挡拆跳投,也是吸引了大批女同学的目光。汝相如在底线埋伏成功，除了多次掩护李臻寰，也能抓住空位投中，为得分添彩。

中场休息时刻，九班有女生跑去看二班的战况。孙恰拉着黄秀文，拖着蒋安安，快速打探了一圈回来。那边二班已经开启了下半场，葛亮打得满头大汗，他手上的技术与脸蛋上的酒窝，都很标致，都极具杀伤力。

"还是我们'篮球王子'帅！"跑回九班赛场这边，孙恰表态道。

"当然！"酷酷的黄秀文不假思索应和。

蒋安安转移了话题，挽着孙恰的手臂，细声道："下半场开始了！"

"九班！加油——"美班长、吴卯卯她们又第一时间带头鼓劲儿。

下半场，对手并没有放弃，Y某加强了进攻，但仅凭他一个进攻点，实在得分有限。李臻寰以牙还牙，Y某中一球他也进一球。Y某得2分，他就助攻吴功道得3分；或者制造篮下得分，李诺亚也频频得手。对手中锋实在急，开始篮下犯规，防守直接拍到了李诺亚。李诺亚不爽道："不要拍我！"

似乎要有火药味飘起的时候，徐小根匆匆跑了过来，静悄悄地和李星星、郭德柏、薛红枫还有俞中华这些篮球队员们站在一起。美班长瞧见，赶忙喊："喂——李臻寰，徐小根来了，要不要换人？"

吴振旦听闻，赶紧同意，这下他可以减轻盯人防守任务，腾出手得分啦！汝相如下场休息。这时，李诺亚又提出，需要让对方中锋"冷静"下，自己换"大猩猩"李星星上。比赛继续。这下对方中锋只有"冷静"的份儿了，李星星这个不懂得"让"的中锋，直接就将他打爆了。对方 Y 某也体力透支，Y 班兵败如山倒。

又到了最后两分钟。郭德柏和薛红枫替换上场。"奶包"俞中华在一旁羡慕地解说道："又到了替补队员接管比赛的时刻了！"

丁剑接话道："又到了解说被'奶包'包了的时刻了！"

随着篮球队大胜，九班激动而紧张地迎接辩论赛、足球赛、篮球赛，还有歌唱比赛的决赛。美班长激动得难以入眠，月上摩天楼了，还在和班长小分队商议，并一起动手赶制了一面大旗：

"无敌九班，谁与争锋"！

7

文体节闭幕日，运动会大决赛的日子，如期而至。可是，听闻有班级已经发布了月考成绩……

小道消息令同学们开始心跳，渴望又害怕得知分数。同学们都推美班长王乃思，还有数学课代表兼学习委员王睿去打探，可是陈老师顾左右而言他；袁 sir 也是躲着不见人。

有同学想出了一个念头，去找所谓发布成绩的班级要答案。可是所有班级的同学们都去参加文体节活动了，大操场上人声鼎沸，就是没有所谓的月考成绩的声音。——这也许就说明小道消息到底是谣言。

一到大操场，运动会的风云激荡，早就把一切烦恼和心思涤荡干净！跳高比赛，Sammi 黄秀文好矫健，标准的跨越式，两轮下来名列第三，荣登前三位置的实力毋庸置疑。可是跳高比赛就要结束了，还不见人小鬼精于娜娜出现。最后一轮了，竟然美食当家韩露露站上了赛场，她闭着眼一跃，过杆。呀！她自己都不敢相信，竟然也得了第六名。

于娜娜偷偷拉过韩露露，感谢和祝贺她冒充自己去比赛："我真的不舒服！比赛奖品也归你啦！"

"哈哈！"韩露露也偷偷地开心，"我要去跑100米啦！"

"加油！"于娜娜打气，又压低声音悄悄道，"我的跳远比赛，你也替我去啊！"

"好嘞！"

美食当家韩露露和斯文内敛邹琳琳一同站上100米起跑线。各就各位——预备——"嘭！"

"加油！加油！"没听见几声"加油"，100米刹那间结束了。

斯文内敛邹琳琳榜上有名。美食当家韩露露榜上无名。

"可能没吃饱……"韩露露自嘲，还是很开心。

于娜娜被逗乐了，安慰道："你还有跳远呢，嘻嘻！"

韩露露马不停蹄，就去跳远赛场。人小鬼精于娜娜到底心虚，没敢跟着去，她打算走到哪里算哪里，不知不觉来到了铅球赛场边，见李诺亚啊，李星星啊，徐模杰啊，李臻寰、吴功道和汝相如啊……都站得比较靠前，却都很斯文，也不呐喊两句。不过九班同学推铅球的成绩不错，同学们该喝彩时便纷纷喝彩。就当其他班级的同学推出好成绩时，也情不自禁啧啧赞叹。这时吴卯卯和汪芳芳跑来，找到"大猩猩"李星星，急道："'大猩猩'，你怎么还不去掷实心球？"

"我吗？"李星星有点摸不着头脑。

"快吧，已经开始了！"吴卯卯更急了。汪芳芳补充："马天阳在检录处帮你争取时间呢。快走！"

"那就赶紧去吧。"钱望鸿挤过来发言，还捂着嘴偷笑。李星星顾不上追究原委了，撒开腿赶去实心球赛场，都没来得及换运动装，穿着牛仔裤，热了一下身，努力一掷……旁边不知哪个班的大个子选手看呆了：

"哇，实力这么强劲！"

于娜娜还是牵挂着跳远比赛，不想看比赛了，兜兜转转，最后决定回到看台的九班大本营去。不料半道被韩露露给截住。"你……"于娜娜才开口，韩露露就开心道："第五！跳远第五名，哈哈！"

"这么厉害！"于娜娜替她欢呼，确切说，是替她们俩欢呼。

"对了，马上就是男生跳远比赛了。"韩露露说道，"马天阳同学要跳远呢。"

当两位女生到达跳远赛场时，只有李诺亚、钱望鸿和周泳几个同学在加油。她俩一看啦啦队人数太少啦，当即要去看台的九班大本营，招呼同学们赶紧来给"大力兄"马天阳加油。

"怎么也不见王睿？"于娜娜疑惑。

"王睿应该和庄荣丰、潘宇宙他们去练足球热身了吧？"韩露露猜测，又说，"对了，班长，还有好些同学，都去辩论赛场或者歌唱赛场了，看，大本营里也没几个人……"

放眼看台，"无敌九班，谁与争锋"的大旗猎猎迎风。

运动场上青春飞扬。阶梯教室内，此时此刻同样是飞扬着青春。大侠辩论队决赛碰上了三班专业辩论队，在苦苦抵抗。"霸中霸"成柠和语文课代表俞顺瑶都看得心急如焚。体育馆内，羽毛球赛场上"羽坛小天王"匡星雨顺利进入决赛，此刻和对方也是打得难分难解。原本，"全能明星"葛亮也报名了羽毛球比赛，但他分身乏术。篮球赛是团体赛，比羽毛球个人赛更重要，他只得大义取舍——全力备战篮球赛。

匡星雨把歌唱赛暂时抛诸脑后了，正杀得眼红。这可急坏了大礼堂内候场的"美小姐"孙恰。虽然前面还有好几位选手，可是匡星雨同学一刻不到位，她终究一刻也放不下心来。

战线拉得很长啊！必须要有人统领。陈老师镇定调度：

运动场上，安排美班长携班长小分队成员镇守大本营。美班长难免对室内的这些比赛心焦，便辛苦姚小君来回打探，及时传递大大小小的消息。"不辛苦！一阵风的事儿！"说罢姚小君一阵风似的没了影，颇能和小P潘宇宙的风驰电掣一较高下。

足球队去助威阶梯教室的辩论决赛。王睿用力一点头，庄荣丰便甩开外八字步，招呼着陈兆强、潘宇宙、钱望鸿一众人，在"团子"杨立方的嘿嘿笑声中奔赴阶梯教室。

篮球队去给体育馆的羽毛球决赛加油。因为篮球队有大个子同学，只等匡星雨比赛一结束，马上护送他至大礼堂与孙恰会合，绝对要争分夺秒。

而陈老师亲自坐镇大礼堂，给孙恰吃定心丸。

运动场无忧。开始进行男生长跑赛了，羊羽同学和汤斯顿同学披挂上阵。

辩论赛场有序。虽然"大侠"们渐渐难敌三班，但气势不减。只是足球队长庄荣丰毕竟牵挂球赛，不时和王睿低语。王睿说："决赛中场我来安排。你放心。"

任务最艰巨的就是篮球队了，李臻寰和吴功道紧盯着匡星雨的比赛进程。快拿下来了——"匡星雨，加油！""羽坛小天王"果然不简单：放网，挑远，截杀，扣球落地！赢啦！李臻寰和吴功道冲上去，与匡星雨击掌，又转身招呼篮球队员们立即护送匡星雨赶去大礼堂。没想到吴振旦和徐小根几名队员在体育馆角落里练传球，真是急人。李臻寰赶紧拉过李星星、李诺亚、薛红枫也当仁不让凑上来，九班的大个子们直接将"羽坛小天王"匡星雨架了起来，一路烟尘滚滚飞奔而去。

"怎么走也不叫我们？"吴振旦还纳闷呢。

徐小根摸摸鼻子，轻声道："快走，去大礼堂！"

大礼堂里幸亏有陈老师，不然"美小姐"孙恰就急哭了。马上要上场了，陈老师也有点坐不住了。他强作镇定，先和孙恰商议，万一来不及，就临时换为女生独唱——孙恰最拿手的《太湖美》；然后他起身朝后台的门口望了望，向歌唱比赛的组委会那边走去……远远传来一阵嘈杂，有人高喊："让让啊，'神雕仙侣'要起飞啦！"

伴着嘈杂的喊声，匡星雨被运送到后台。立马整装，候场。

陈老师长舒一口气，折返回来，缓解紧张的氛围道："刚才谁说'神雕侠侣'要起飞？"

同学们不明所以，面面相觑。薛红枫玩笑道："是李臻寰吧。他是杨过……"

陈老师继续调解氛围："不应该是'神雕侠侣'要起飞，应该是'雕'要起飞了。"

"对。"吴功道说，"我们是'雕'。匡星雨和孙恰是'神雕侠侣'。"

"祝你们成功！"李星星咧着嘴笑。这一路把匡星雨运送过来，他这最壮的"大猩猩"可是主力，此刻他有一种很神奇的美妙感受，比做出了"精编"作业上的难题还舒畅。

吴振旦和徐小根匆匆赶来。大礼堂里响起了报幕："下面请听男女二重唱，《神雕侠侣》主题歌：《归去来》。高二（9）班'校园十佳歌手'匡星雨和孙恰同学，有请——"

歌唱比赛，前面的诸多选手，给评委们留下深刻印象的并不多，只有一曲美声和一首摇滚让观众感佩和激动。而孙恰他们的二重唱，可以说是将声线与气息运用到极致的流行金曲了，曲目的旋律与选手的实力均不同凡响。

天籁绕梁。这次的发挥，比上次去电台录音的效果更好。"美小姐"谢幕下场，心潮起伏，而台下掌声热烈，评委们也频频点头，这一曲得到了专业与观众的双双首肯，真真切切是"留住刹那永远为你开"！

这边大礼堂掌声响起，那边阶梯教室掌声落下——"大侠"梅奕昇不甘失败，最后总结陈词，激昂慷慨。可终究回天乏术，既倒难挽。"一字电剑"丁剑抱了抱梅奕昇，各个"大侠"相互握手，向观众致谢。

从阶梯教室出来，同学们打起精神，一部分赶去大礼堂，一部分赶去运动场。然而去大礼堂的同学们很快和陈老师一起出来了，陈老师边走边安慰着孙眷纷同学，道："我们大合唱的伴奏带出了问题，我已经和组委会交涉好了。不要遗憾，还有机会……"

"可是……"孙眷纷正要开口，陈老师点头轻轻拍了一拍孙眷纷，提高音量道："我们去加油啦！加油！"

运动场上，汤斯顿同学正咬牙拼命冲刺，体能到了极限，他脑海里竟然浮现出：终点，可能就是四维空间的入口了，加油！

对了，羊羽同学呢？好像不在长跑赛道上了，怎么回事？同学们左打听，右寻找，直到派出了吴卯卯、汪芳芳和副班长组成的临时小组，才在食堂水槽的水龙头旁找到了羊羽。

"羊羽，你怎么了？"吴卯卯上前问道。

"没什么。"羊羽同学强作镇定，"有点反应。"

"吐了？"汪芳芳惊疑。

羊羽点头。

副班长陈兆强上去搀扶，问："要不要去医务室？"

"不用了。"羊羽清楚自己的状况，"我比赛前喝了参茶，喝太多了。"

哈哈哈哈哈！这样的退赛，也算史无前例吧。

运动场上的各项田径赛一个接一个结束，而压大轴的必定是男子4×100米接力赛。"吃哥"薛红枫是接力赛最后一棒，上场前他急急往嘴里塞了一块什么东西——巧克力？他高高瘦瘦腿又长，吃再多巧克力也不怕胖！

4×100米接力赛，激烈又热血，呼呼呼呼四阵风，比赛就出结果了。要说输给别人，薛红枫同学不服（比如从没服过壮实的李星星）；但最后一棒无奈输给了体育特长生，薛红枫走出赛道，弯下腰，两手扶着自己膝盖喘气，接受着同学们"虽败犹荣"的庆贺。

"走啦！"于娜娜一半关怀加一半惋惜。

"哦……"薛红枫乖乖站直身体，"对，足球决赛马上开始。走，去加油！"

整个运动场都空出来了。九班的旗帜在看台最高处依然猎猎迎风。

庄荣丰全副武装。他真的想过要把平望职业足球队的全套装备都运过来，只是他老爸没理他，厂车忙着送货呢。

决赛对手，是有着多位校队"野狼队"主力的"制霸Z队"。

比赛哨响。"足球小将"庄荣丰边路等球，王睿中场推进。却见王睿压得很上，这让庄荣丰有点意外。再看，王睿身后多了一名守在中场的队员，原来是王乾。庄荣丰暗暗佩服王睿睿智的部署，真不愧是睿智的"数学王子"陈老师的数学课代表。

王睿横传，庄荣丰接球，突破到底线附近，起脚传中。王睿、陈兆强、钱望鸿，杀入禁区争头球。可是 Z 队后卫身材威猛；守门员更是雄壮，跃过后卫们将球打回中场。幸亏中场留了王乾，不然就被对手得球打快攻了。庄荣丰远远向王睿竖起大拇指。王睿也回以大拇指。这两个同桌果然心心相印。陈兆强往回跑，提醒王睿道："防守啦！"

不只是身高的优势，Z 队的"野狼队"成员，对"足球小将"庄荣丰的球技和风格了如指掌，专门制定了防守策略。庄荣丰总是无法彻底摆脱防守人员。九班后卫线上"焖肉"邢尔杰遭到前所未有的挑战，累得呼哧直喘。小小的人儿周泳也拼尽全力，死守后卫线，身受了多次冲撞。守门员俞中华紧张极了，时刻瞪着眼，不敢有半点疏忽，也有多次可圈可点的扑救。

你来我往，上半场艰难打平。

"俞中华同学这个正经的样子很少见。"丁剑解说道。

一时想不出更好的策略，"足球小将"决心拼尽全力，不留遗憾。王睿思路清晰地关照着各位队员，并特别夸赞了俞中华，为大家鼓劲儿。以班长小分队领头的九班女生们，也倾心赞扬和加油。美班长看着如此激烈的比赛，揪心得很，也为即将举行的篮球决赛而浮想联翩。她情不自禁望了望"篮球王子"李臻寰。

篮球队员们都聚拢在一起，为足球赛助威，也为篮球赛心跳。

下半场开始。"足球小将"提速再提速，终于拼出一次机会。庄荣丰和王睿二过一，单刀机会出现了。"足球小将"行进中正选择射门角度，不料脚下被人身后飞铲。庄荣丰重重摔在地上。禁区犯规，点球！

可是裁判远远跑来——假摔！庄荣丰气得想给裁判飞起一

脚，但被王睿抱住。亏得庄荣丰装备精良，没有受伤，可是到底被狠狠铲了一脚，一时半会儿有点隐隐作痛。陈兆强和钱望鸿改作锋线"箭头人物"，发起进攻。可是Z队后卫线太强，射门都被拦截，传切配合也都被破坏，头球更是难以争抢。王睿的助攻早已不知多少次了，但统统不见效。

时间不多了。

全场不被注意的小P潘宇宙同学，偷偷溜到对方角区附近，因为他个头最小，再加上有意蹲伏下来，竟没有人发现，他便想来个出其不意，攻其不备。九班艰难抢到球权，全线压上，中场—边线—内切—回传……钱望鸿活跃在禁区线附近，今天他立志要超越自我，为九班打出贡献来。瞄准机会，庄荣丰插入禁区，钱望鸿外脚背一塞，"足球小将"抢前铲射，球进啦！1：0！

九班队员们狂奔，阿庄激动得脱了上衣绕场！九班同学们山呼海啸一般庆祝，陈老师也抑制不住地挥舞起双拳。

"嘟、嘟、嘟！"裁判吹哨：九班越位在先。

裁判指向了小P潘宇宙。（按当时的足球越位规则，未参与进攻的队员处于越位位置，进攻一方也属于越位违例。）

小P摊摊手："我回撤了！我真的回撤了！"

进球无效。

庄荣丰又想给裁判飞起一脚。这回他自己忍住了。

小P跟着裁判，一遍又一遍申明自己回撤了，不在越位位置。但裁判没有理睬，示意继续进行比赛。没想到，Z队也就此注意到了小P。Z队发起攻击，竟然就冲着小P的边线狂攻。小P咬着牙，晃着稍稍有点扁的脑袋拼命顶住。可是根本顶不住，对方人高马大，直接将他从角区撞飞出去。

"小P啊——"副班长陈兆强从边锋线上飞奔回来，"我和你们拼了！"

Z队撞飞小P，二过一突破邢尔杰和周泳，攻入禁区。九班全体队员回防。王睿边回跑边高喊："'奶包'，守住啊！"

Z队已经起脚射门，那一脚威力一点也不比"足球小将"逊色。"奶包"俞中华使出吃奶的劲儿，舒展全身高高跃起，一个横向鱼跃，碰到球了！大拇指碰到了球！射门被干扰变线，球打到门柱外侧，滚向角区。

好险！

角区附近的小P潘宇宙爬了起来，摇晃着身体，看见球滚过来了，却已无力起脚。潘宇宙一眼看到紧张得缩在一旁的"团子"杨立方，将球点给他说："快，一记大脚，给前面阿庄！"

"阿庄不是教你'大脚'了吗？"杨立方想起了同桌汤斯顿的鼓励，闭闭眼，一记大脚，"嗖——"球向前飞！

"阿庄接球——"

九班又全线压上。陈兆强、王睿、钱望鸿，三叉戟挺进！庄荣丰追在最前面，飞身停球，带球斜穿入禁区——单刀啦！

"嘟——嘟——嘟——"裁判吹响了哨声，抬手宣布：

"比赛时间到！"

"足球小将"已经不想去踢裁判了。如果去踢，王睿也不想去拉了。

按时间安排，足球决赛结束，正好紧接着篮球决赛。可是足球决赛需要进行点球大战了（不设加时赛），这是所有人都没料到的，更是不想见到的。

陈老师鼓舞士气道："快！别被足球赛影响。李臻寰，现在忘掉一切，马上带队员们上场，把士气都拿出来！"

可同学们还是都很郁闷。吴振旦更是不服，恨不得自己要上场去踢点球。陈老师只能使出撒手锏，宣布道：

"吴振旦！我正式通知你：你的月考成绩全部及格！非但及格，各科平均分均超过全年级平均分！我今天可以自豪地喊你一句：吴振旦，学霸！"

"吴振旦！学霸！""吴振旦！学霸！""吴振旦！学霸！"

陈老师的撒手锏非常奏效。吴振旦激动得摘下眼镜，竟抹起泪水。美班长上前玩笑道："哟，劳动委员哦！哈哈！"

"美班长高兴就好！"吴振旦笑起来，回头又喊，"李臻寰，上场啦！无敌九班，谁与争锋！"

"谁与争锋！吃了他们！""吃哥"薛红枫喊得别出心裁。

8

这一天终于来到了！"篮球王子"李臻寰和"全能明星"葛亮赛前握手。葛亮一如既往笑嘻嘻的，还露出两个小酒窝。"哇，葛亮耶！"不知哪里来那么多女生，各个班级的都有。美班长和班长小分队呼啦一下，展开九班大旗，把那些女生全都挡在后面，领头高喊："无敌九班，谁与争锋！"

"无敌九班，谁与争锋！"

首发李臻寰、吴功道、李诺亚、吴振旦、徐小根。"嚯——"跳球。不用吴振旦喊，徐小根一闪眼就冲到了对方篮下，可是这次让人意外，李诺亚竟然没能争到跳球。对方中锋可是一名看上去白白嫩嫩的男生，怎么会？更没想到的是，对方竟然也是跳球快攻，突破，回传，底线跳投。"嘭——"吴振旦一记大火锅，直接将球摁下来，击地反弹给李臻寰。李臻寰快速推进，葛亮来不及追上去，但对方已有两人上前包夹。李臻寰高抛，将球直接抛传到对方篮下，徐小根还留在那里呢，接球就上篮。可是葛亮回防了，徐小根无法出手，跳起又落地，违例。

"没关系。"吴振旦安慰。

徐小根不说话，默默回防。

对方发球快攻，直传内线，得分。李诺亚挠头，感觉遇上对手了。

"盯人，防住！"李臻寰鼓舞士气。他直面葛亮，防住他不给突破，只能投篮。葛亮跳投时跳得不高。果然，"打铁"了，吴振旦抢下篮板——但也被对方中锋狠狠拱了一下。他龇了一下牙，传球给李臻寰。李臻寰推进，不等葛亮回防到位，一个变向加速接三步上篮，得分。

吴功道上前击掌。对方已经推进过来。李臻寰扩大防守范围，对方侧身躲闪，球刚落地，徐小根不知怎么冲过来抢断。球被打到后滚向场外，而李臻寰本能反应跑向前等快攻。吴振旦飞身出场，将球打回来，吴功道接住，甩给李臻寰。葛亮也是不弱，他早就放弃了回抢，而是直接回防，防住李臻寰。李臻寰接到吴功道传球，在前场和葛亮形成了一打一。

一打一，"斗牛"，必有一得，必有一失。

运球，转身，急停，摆脱，起跳。李臻寰跳投比葛亮跳得高，命中率也高，球奔着"空心"去了。葛亮一声大叫跃起，那一跳真高，喊得也响，一时他脸上的酒窝都消隐了。葛亮指尖触到球，球打框弹出去。

"干扰进球——"李诺亚站得远，看得清，指尖是在球开始下落时碰到球的。

裁判没反应。也许没听见。

球弹到三分线外，吴功道杀上空位，瞄篮，三分球进。

"我是盖帽！"葛亮强调。不否认，刚才他的防守确实是好球。趁着势头，葛亮左突右冲，撤步后仰，很帅的一记命中得分。

"呀——"很多班级的女生都发出小迷妹的欢呼。这种小迷妹的欢呼，九班女生也很擅长，不过多是给大帅哥袁 sir 的；此刻有人竟要控制不住地眼神迷离了，美班长一跺脚："九班加油！无敌九班！"

比分犬牙交错。坚决不放葛亮突破，李臻寰防得很紧，吴振旦补防，徐小根抢断。但是内线有点意外，李诺亚一"让"，被对方毫不客气上来就是一掌。"不要拍我！"李诺亚怒了。得球，进攻，李诺亚难得地打出了对抗得分，对手有点惊讶。

"嚯！"裁判吹哨，进攻犯规。

李诺亚挠头，急得跳脚："我没有……他……他撞上来的！"

看来对方的中锋很狡猾。为保护李诺亚，中锋换"大猩猩"李星星上。李星星一上来就扛，扛啊扛，扛得"吃哥"薛红枫都急了，他在场下对同学们说："只怪我自己太瘦，唉！'大猩猩'扛住啊！"

有李星星在内线牵制，李臻寰全力在外线突破，分球，跳投，一波小高潮到来，九班领先了！但比分又很快被反超。——葛亮这个狠人，不能被他脸蛋上的小酒窝迷惑了！葛亮底线突破，横移，单脚跳起打板，球进了。

吴振旦又要补防，又要抢篮板，影响了得分。他悄悄对徐小根说："用我们两人的配合打。"这两人的小配合，是吴振旦发明的，他佯装跳投吸引防守，实则跳起将球传给徐小根上篮。

可惜被识破！吴振旦跳起后，葛亮预判到了，不过他预判球会传给李臻寰，招呼人包夹李臻寰。徐小根接球上篮，却是心慌，动作失调，球竟然转了一圈滚出去了。李臻寰冲开包夹，倒地抢到落球，对手有人扑到他身上。

"嚯！"哨子又响了。吴功道以为争球，赶紧叮嘱李星星。——按说还应该是李臻寰先抢到的球。谁也想不到，裁判认为，就是因为李臻寰先抢到的球，然后他倒地，双脚离地，轴心脚动了，属于走步违例。

"我也要去踹裁判！"急得"G4"汝相如这么文质彬彬的男生都失态了。

毕竟，裁判，也都是业余的。"大头"徐模杰不是也做了篮球裁判吗？"着急"也是比赛的一部分。但是，每个人的斗志，是和汗水一样真真的、汩汩的、灼灼的。

上半场就在这样精彩的攻守交错中结束。中场休息，除了商量几句战术，九班同学们都屏住呼吸，不敢多说什么。望望二班那边，场面看上去似乎差不多情形。

"篮球王子"和"全能明星"的眼神无意间碰撞上，彼此快速躲闪开，却双双心头激荡了一下。

下半场开始，依旧激烈，难分难解。李臻寰被屡屡犯规。吴功道向裁判抗议道："他们打人啊！"

对方中锋也指指点点自己身上被拱、被撞的部位。裁判不说话，示意继续比赛，并和颜劝导双方"友谊第一"。吴功道埋伏在三分线外，心态受影响，屡投不中。吴振旦还是腾不出手来进攻。李星星快扛不住了，没想到对方这么有力气。李诺亚又上，换下李星星。可是李诺亚已对抗得很疲惫，裁判逮到他躲闪的打法出现违例动作，便上前发出警告。李诺亚露出小虎牙对裁判抗议：

"你应该警告他别拍我！"

徐小根好不容易得到一个空位，但距离有点远，投篮不中。对方得球后进攻过来，差不多距离的空位上，小酒窝的葛亮稳稳命中。李臻寰着急，控球、组织、得分必须靠自己顶起来。吴振旦掩护，吴功道配合，李臻寰每球必攻，紧紧咬住比分。强突，起跳！李臻寰只见两双手向自己扑来。他空中发力，向外线喊："道道！"

"道道"自然就是吴功道。吴功道心领神会，接球瞄篮，三分球射出。终于进了！九班再度领先。

不知何时，足球队员们已经过来了。篮球决赛正如火如荼，同学们心照不宣，每一双眼睛都盯着场上。"足球小将"庄荣丰脸上掩藏着无限温柔的深意，仿佛平望酱菜那么令人回味无穷。

足球队员们和九班同学一一击掌，向篮球场上高喊："九班必胜！"

见俞中华，李臻寰当机立断，换人：俞中华上，徐小根下。俞中华同学必须在防守端扛起重任。

李臻寰继续全力进攻；有了俞中华，他便可以减少回防，以保存体力。俞中华不负重任。对方快攻，后场球直传前场。俞中华在中场一个横跃，直接空中截下篮球，整个人落在地上，将球滚给李臻寰。李臻寰无人防守，稳稳跳投命中。

扩大比分！耶！俞中华还吹嘘道："我说过吧，守门用手，打篮球也用手。"

葛亮也会累的，他叉着腰直喘气。

然而李臻寰跳投落地后，脚一抽，倒地不起。

"不好，脚抽筋了！"吴功道心疼地跑上去，将李臻寰扶起。

"快暂停比赛啊！"吴振旦向裁判喊道。

裁判赶忙吹哨，并上前询问情况。

比赛暂停。李臻寰被抬到场边。陈老师急切地上来，说："不要受伤。胜负都没关系，我们已经非常出色了。我们九班冠军！"

"不！"李臻寰咧着嘴，只吐出一个字来。

美班长开始眼圈红红了。姚小君摇起大旗："九班必胜！"

打篮球脚抽筋一般来说不是大事，但确实影响发挥。经过医务室老师和队员们临场处置，李臻寰再次上场。葛亮也满怀着斗志，运球，突破，成功组织了几次进攻。二班比分迫近。吴振旦将篮板任务交给俞中华，挺身而出进攻。吴功道也加强突破，并且在防守端和李臻寰包夹葛亮。

可是葛亮改变策略，接连在外线命中三分球。二班将比分再度反超。

李臻寰伸手接球，吴功道给他掩护，推进。吴振旦和俞中华在禁区附近卡位。李诺亚拼着最后的犯规死扛篮下。来到前场，李臻寰像一只"年兽"一样靠一只脚撑着，对手还来包夹，全力防他跳投。李臻寰忽然停球，喊道：

"篮板！"

这一声"篮板！"将所有人的视线都喊向了二班的篮筐上方，都等着"篮球王子"跳投。对方两名防守队员，已经扑了上去。

可是李臻寰举起球后，并没有起跳，却是微微侧身，将球从头顶往后面传了出去。谁能料到他这么分球助攻？

而有那么大默契的人能是谁？吴功道。吴功道在李臻寰举起球时，已经一个反跑，往三分线外一跳，到了李臻寰身后。

吴功道接球。

吴功道三分线外瞄篮。

防守李臻寰的两名队员都下意识地丢开"篮球王子"，直扑吴功道而去。就当对方从李臻寰身前一移开之际，吴功道来了一个假投真传，击地将球又传给了李臻寰。

"年兽"李臻寰侧身抓起球，凭一条腿——跳投。

吴振旦卡住身位，两眼盯着篮板。

"唰！"球进了。九班反超比分。

李臻寰落地。一条腿的"年兽"再次倒地。

谁去防守葛亮？葛亮突破，上篮……防守犯规。

罚球两次。

场上场下都沉静了。一阵微风掠过，九班的大旗微微地抖动。而场边飘旋的落叶，也小心翼翼的，不敢发出声响。

葛亮站上罚球线，全神贯注以至两个酒窝都收紧了。"唰！""唰！"两罚两中。二班又反超比分，领先 1 分。

经典剧情——相差一分地交替领先。

裁判提醒，距离比赛结束还有 20 秒钟。

只要还没结束，比赛就永远充满希望！李臻寰像是在深夜的公园球场，清澈的心中只有繁星点点，而那每一颗星就是他练习命中的一个投篮。燃起冲破黑夜的意志，"篮球王子"跛着一条腿，一个反跑摆脱，接球起跳，向着篮板投出了流星般的一球。

许愿吧。向着流星许愿。

——愿望实现了！球打板弹跳了几下，落进网袋！

"时间到！正好时间到！"所有人看去，是"大头"徐模杰，他今天在做计时裁判。

可是另一名计时裁判说："我的计时器上还有 20 秒。"

"不——"徐模杰高喊，"我这边的时间对的！时间对的！"

场上场下几名裁判碰头商议，给出决定：打完时间，还有 20 秒。

有时间，就应当继续，就如同应当全力过完人生每一分每一秒。

"篮球王子"跳不起来了。葛亮组织进攻，得分。

篮球决赛直打到日落霞飞。这一天，过去了。

走吧。

文体节，落下帷幕。

每个人都行走在人生的路上。一路上，也许"怎么走"就是一种命运，"和谁走"就是一种缘分。

美班长又落下两滴泪。很多年，一直在路上，总不会落地。

9

"副班长，你知道吗？我在陈老师办公室看到一位女生。"潘宇宙晃着稍稍有点扁的脑袋，神秘兮兮地说。

"女生有什么奇怪的。"副班长陈兆强回应道。

"坐在陈老师的座位上，是和他差不多大的女生。"潘宇宙解释。

王睿有点明白了："你是说，陈老师的女朋友来了？"

"你是数学课代表，去打听打听啊。"吴振旦起劲道。

"不过，我倒打听到一件事。"王睿突然改变了语气，"唉，不想和大家说。"

"什么事？"庄荣丰好奇，关心道。

王睿想了想，还是决定说："高二下学期，不就要文理科分班了吗？我听说，有人建议拆分我们九班。"

"那我们所有人全都选一样的科！全都留在九班！"吴振旦脱口而出。

"还是当面问陈老师，问清楚。"副班长冷静道，看看潘宇宙。

陈老师来了。班长王乃思紧紧跟着，她一半脸儿哭，一半脸儿笑。美班长招呼同学们都坐好，陈老师要宣布两件事——

第一件，拿出剩余的全部班费，我们自己开一场奖励大会。我们自封月考加文体节"总冠军"！我们学校历来流传着这样一句话：第一名只有一个，但成功属于每一个人。

第二件，很不舍，我们有同学要离开了……

陈老师话没说完，副班长插话问道："是要拆分我们九班吗？"

陈老师一愣，语气肯定道："谁说的？没有的事。"

美班长抑制不住激动道："九班不散！"

"那……"王睿放下心来，问。

陈老师解释："孙眷纷同学要去北京啦！我们祝福她。"

大家鼓掌。孙眷纷羞涩地看看大家。陈老师接着安排道：

"文体节最后的大合唱，我们不是因为伴奏带出了问题，没有唱吗？孙眷纷还担任指挥呢。不过不遗憾。我们现在就再合唱一遍班歌，请孙眷纷来完成指挥，好不好？"

"好！"

"在我心中……预备，唱。"

……

把握生命里的每一分钟，
全力以赴我们心中的梦。
不经历风雨怎么见彩虹，
没有人能随随便便成功。

把握生命里每一次感动，
和心爱的朋友热情相拥。
让真心的话和开心的泪，
在你我的心里流动！
……

校门口。陈老师目送同学们放学回家。

"陈老师！"已经骑上车的潘宇宙回头问，"你办公室的女生是谁呀？"

陈老师一笑，没有回答。他站在校门口的那方青砖上，睿智的目光看向深秋的天空。

秋游篇

1

秋寒风起，吹皱一池绿水。五代山下池塘中越来越多的枯叶，遮蔽了鱼儿头顶的蓝天。这时节，鱼儿们很少再贴近水面，好比校园里的学生们，沉潜积累，也是青春一种勃发的姿态。

而青春的头顶，是无穷无尽的蓝天。

接近蓝天的，是参天大树。树下，远远望去，意气风发的陈永麟老师步子没有平日快，时疾时徐。他身旁，同行着一位清丽的女子。那女子时而低头迈着小步，时而举首环顾四周树木景色。他们经过了一棵又一棵柳树，走到了池塘堤岸与校园大道的交会处，在一棵大柳树下继续着话题。

那棵大柳树后经常会躲藏班长小分队的"女暴力"姚小君，不过这会儿她没出现。九班在上课。

偶尔有学生经过，是上体育课、或计算机课、或实验课的。有学生注意到了大柳树下老师模样的一男一女，便目不转睛地打量他们，又不敢靠近。没有注意到的学生，便只是匆匆或悠悠地一晃而去，好似鸟儿从树梢掠过。

陈老师掏出腰间的诺基亚手机，看了看时间，说道"快下课了"，便带着那女子转过弯，沿校园大道，经过实验楼、小操场、花坛、灌木丛……来到教学楼"红楼"下。下课铃声正好响起。仿佛是休眠的火山被激活，各个班级喷涌而出一拨拨学生。二楼的走廊很快拥挤起来，甚至有的班级后门口还发生堵塞，急得想去上厕所的男生们大呼小叫、推推搡搡。

无论学生制造出什么动静，陈老师都见怪不怪了。他狡黠地转身对那女子说：

"做好准备了吗？"

陈老师个头不算高，又瘦削，而那女子也不算矮，微微胖。她从容而清晰地答道："没关系"。

陈老师下意识想：她怎么不回答"准备好了"？

就如同要给她打开一个神秘的魔盒一样，陈老师带着一丝丝激动和一些些得意，领她上二楼去九班。沿着楼梯走到二楼拐角处，陈老师脚步一慢，经验丰富地提醒道："当心。"

"什么？"那女子疑惑不解。

"嗖——"果不其然，一个足球贴着走廊地面飞过去。

接着有脚步声跑近，发出"八八八"的声响。

"外八字！"陈老师道，"一定是庄荣丰。"

陈老师脸上带着笑意，心里带着小心——拐弯。他已经想好了如何震慑一下"足球小将"庄荣丰同学。

"哎哟！妈呀！"一个纤细而惊恐的女生叫起来。

"哟！"陈老师也意外。

定睛一瞧，是"一姐"蒋安安挽着"美小姐"孙恰。"陈老师！"

"干吗去？"陈老师问。

"呃……上厕所。"不光是在学校，任何地方，"上厕所"永远是万能的一种回答。

陈老师尴尬地笑一笑，关照道："快去快回！"

"好嘞！"孙恰调皮道，拉着蒋安安快步走。在拐弯处，她俩和那女子擦肩而过。"谁呀？"蒋安安嘀咕。

"快去快回。"孙恰狡黠地应道。

陈老师的目光捕捉到了那个外八字的身影。那外八字也瞄到了陈老师，一晃就闪进教室里去了，飘出声音来："'暴力'——'暴力'人呢？"随后一个稍稍有点扁的脑袋从教室前门探出来，又立马缩了回去。这一番动静引起了"吃哥"薛红枫的注意，他照例倚靠在人小鬼精于娜娜座位旁的窗户里侧，喊道："哈哈，小P，你慌什么！"

"'吃哥'，于娜娜回来了！"小P潘宇宙回敬道。

薛红枫同学一个激灵，猛地直起身，不料一只手撞到了课桌沿，疼得他直甩。吴卵卵和汪芳芳目睹了"吃哥"吃撞的一幕，一搭一档又起劲了："哎哟，撞得好疼！""不疼，有人就爱去那个座位！""哈哈哈……"

那女子来到走廊时，陈老师已从前门进教室去了，教室里的分贝顿时降低一半。而走廊上摆着统一POSE的"G4"不出意料地吸引住了她的目光，她带着盈盈笑意打量他们："篮球王子"李臻寰、默契的吴功道、汝相如和"一枝花"朱尉玉。"G4"发觉一双陌生的异性的眼睛在看自己，李臻寰不好意思地笑着看向别处，看到楼下，正好看见二班"全能明星"葛亮仁立在走廊边沿上，若有所思的样子。汝相如和朱尉玉则不动声色地与那双眼睛对视起来。还是吴功道调皮，语带双关喊朱尉玉道：

"一枝花！嘿，看！一枝花！"他眼睛却瞥那女子。

"看什么？"汝相如又中招了，傻傻地问吴功道。

"看什么！"朱尉玉明白吴功道的弦外之音，道，"看，陈老师进教室了。"

可巧，吴振旦和老友林统上完厕所回来，吴功道一手搭着李臻寰肩膀，一手指指教室，诓吴振旦道："学霸吴振旦！快，陈老师在教室，肯定是找你！"

"怎么不是找你？"吴振旦不上当，嚷嚷着，"你也是学霸！哈哈哈——"

由"你才是学霸"到"你也是学霸"，吴振旦如今终于有底气把"才"字换成"也"字。一字之易，百般功夫，千道"精编"，万分得意。

吴振旦得意地大笑，惹得并肩的林统都嫌弃了。"什么学霸！吓我一跳！"林统发现了走廊里的陌生女子，看着不像是女学生，他推推吴振旦。

"哈哈！"吴振旦还没刹住车，大笑着一扭头，瞬时和那女子四目相对。

那女子大方地微微一笑。

吴振旦这个班级劳动委员、球场篮板王、新晋学霸、上下学飞车侠、网吧座上宾、冒胡茬戴眼镜大身坯的男孩子，当时就发生了一件他自己都没法相信的事：脸红了。

这时美班长奉陈老师吩咐，出来叫那女子进教室。眼尖心细的美班长一眼就发现了吴振旦的窘态，玩笑道："哟，劳动委员的脸怎么了？"

"有什么事需要我做吗，班长？"吴振旦嘴角一扬。仿佛他总是这么积极主动爱劳动。

林统惊了，喃喃道："这么讨好女生？"林统三步一回头地往自己班级走去，顺路和"G4"打招呼。"G4"吴功道调侃道："吴振旦一向在女生面前爱劳动。"

"在班长面前别瞎说。"吴振旦这话一出口，马上意识到这是钱望鸿的口头语，怎么自己也会这么说？于是他又说道："美班长作证，我从不偷懒的。"

不等美班长回答，教室后门口有半个身子探出来，一个浑厚的男声低沉而有力地喊："吴振旦！吴振旦，'老班'叫你！快进来……"

吴功道嘿嘿笑起来，道："我没骗你吧？赶紧的，陈老师等你呢！"

吴振旦半信半疑地看看后门口的"大猩猩"李星星，两腿不情不愿地往教室里挪去。美班长也在吴振旦身后催，但很快转过头来，向那女子开口道："是房老师吗？我们一起进去啦！"

房老师点点头，还是带着盈盈笑意，与美班长王乃思进教室去。美班长走到教室门口，回头向"G4"道："李臻寰，你们也都进来吧！"

吴功道一听，便立马把"篮球王子"李臻寰使劲推了出去，调侃道："美班长喊你。"

李臻寰不好意思道："道道，你少来！是喊我们，好吧？"

"G4"默契十足，不约而同地以统一的表情和步调，也带着一点好奇之心，和九班其他同学鱼贯而入教室。

美班长自豪地向房老师轻声介绍道："他们是'G4'，三个篮球队的，一个辩论队的！"

"嗯！"房老师称赞道，"都很帅。"

"嘻嘻！"美班长笑着，把房老师往讲台前的陈老师身旁带去。

王睿不失时机冒了出来，调皮道："刚才的劳动委员也很帅。"

一直在找王睿的庄荣丰上前拉他，低语道："有点事，我有事，我想……"

王睿难得见到同桌庄荣丰如此神情，一把勾住同桌的肩膀同回座位。

同学都已坐好，美班长也利落地入座。陈老师的目光带着房老师的目光，缓缓扫视：前排区域有副班长陈兆强、小小的人儿周泳、"大侠"梅奕昇、"焖肉"邢尔杰、"大头"徐模杰、王乾、"包公"李帆，中排区域有钱望鸿、"羽坛小天王"匡星雨、英语课代表王颉鹄、团支部书记羊羽、九班最神秘的男生"司令"汤斯顿、"团子"杨立方，后排区域有"猴子"郭德柏、"大力兄"马天阳、"一字电剑"丁剑、"奶包"俞中华、"老板娘"李诺亚……女生们有人小鬼精于娜娜、美食当家韩露露、斯文内敛邹琳琳、清水芙蓉鲍卉卉、气质清纯唐田田、邻家少女金郁郁、时尚女神盛坤、"霸中霸"成柠、语文课代表俞顺瑶、"大姐大"李蕉蕉、班长小分队之Sammi黄秀文，还有周少苕、童效惠、张明明、陈希、沈雯玉……施千昱举手报告说，同桌徐小根找宿舍同学去了，还没回来。"机器猫"沈烨朱点头称是。英姿飒爽孙眷纷已经去北京了，陈老师的目光在她的空座位上停留了两秒钟。

"同学们，我来介绍一下……"陈老师刚开口，就被下面各种搞怪的嘀咕声打断了。有声音飘荡在教室里："哇！好般配耶——般配耶——耶——"

美班长明白同学们为啥起哄，可是她也不能当堂宣告：这不是陈老师的女朋友。美班长蹙着眉，打着手势道："嘘——别乱喊！"

"阿嚏!"王睿一个喷嚏。同学们被震笑了。庄荣丰本来有件心事想和王睿说说,可现在不是时候。于是他只好暂时抛开心事,牵挂起走廊上的足球,不时偷瞄窗外,若有熟识的人经过,好请人帮忙把足球收拾好。庄荣丰在同学们的笑声中转回头,玩笑道:"'暴力',你温柔点!"

陈老师用手势维持好秩序,继续说:"我给大家介绍一位……呃……实习老师,也是一位新朋友——房老师!"

同学们有意无意地都"哦——"一声长啸。潘宇宙和钱望鸿还在比谁的调拖得更长。

房老师十分友善地微微鞠了一躬。

猝不及防,陈老师向同学们提问道:"我没念错吧:房老师这个姓是念房子的'房'吧?还是作姓时念'庞'?"其实陈老师是在提醒同学们,别喊错了。

果真,好些同学一愣。

孙恰小心翼翼道:"是'阿房宫'的'庞'吧?"

汤斯顿同学只是嘿嘿笑笑。他这一笑,就让孙恰同学心里发凉,连带着美班长也心里没底了。

俞中华压着声音自言自语道:"人家的姓怎么念,就让人家自己说好了啊!这不多余问嘛!"

后排男生都压着声音偷笑。吴振旦瞪着眼珠子,竖着耳朵,对这个语文知识也产生了兴趣。薛红枫用纸团扔他,道:"吴振旦,你的眼珠子要爆啦!"

李星星也调侃道:"比'猴子'的耳朵都直了!"

"猴子"郭德柏是招风耳,他一个怒回头,用眼神向李星星抗议。

陈老师镇定道:"俞顺瑶,语文课代表,你说呢?"

俞顺瑶只是超凡脱俗地点了点头，既没有站起来，也没有出声。

"霸中霸"成柠对俞顺瑶这样的回应佩服之至，情不自禁笑得一脸灿烂。但马上，她被同桌蒋安安拽了拽。成柠意识到有点失态了，赶忙正襟危坐。

"是房老师，不是'庞老师'。"陈老师不打算绕弯了，"房老师是中文系的高才生，希望同学们和房老师友好真诚相处。"

王睿第一个鼓掌，以改观刚才在实习老师面前打喷嚏的尴尬印象。班级里掌声响起来，交头接耳声也响起来。

"房老师要给我们上课吗？"美班长的话冲开一片嘈杂声。

王睿猜测道："上语文课吧？"

"好！"庄荣丰嘴里应和着，注意力还是在窗外，他仿佛看到有个熟识的身影经过。

吴振旦开启夸赞模式，情绪饱满道："太强了！"实在不知道他夸的是什么。但这种饱满的夸赞他人的情绪，往往是很能感染人的。

陈老师和房老师低语了几句，就离开了。似乎能感觉得出来，房老师故作放松地在教室里踱步，前前后后，看似闲庭信步。好些女生都热情地和房老师打招呼；而男生们下意识乖乖地坐好，多数有意避开这位实习老师的视线，不一会儿便各自开始低声聊天，或准备上课。

下一节是英语课，窗边的同学不时探头瞭望，看大帅哥袁sir有没有过来。李帆同学的大黑脑袋一探一探的，让庄荣丰有点心烦，担心那颗黑脑袋把经过的熟人给遮挡住。于是趁人不备，庄荣丰猫着腰溜了出去。

房老师走过美班长座位旁，亲切询问谁是英语课代表。美班长转身指了指王颉鹄那边："王颉鹄。"

"名字很好听。"房老师夸道。由英语课代表而至语文课代表、数学课代表、物理课代表、化学课代表……房老师一一细心询问。

"劳动委员，刚才在走廊上见到了。"美班长强调。

"劳动委员叫吴振旦。"吴卯卯补充。

"现在也是学霸。"汪芳芳进一步补充。

美班长也补充道："这两位是'文体双花'，文体委员，动如脱兔吴卯卯，笑靥如花汪芳芳。"

"这两个形容很贴切，有意思。"房老师果然很敏锐。

"大家的绰号才更有意思呢！""每个人都有。""文体双花"激动起来，音调盖过了美班长。

九班同学每个人的绰号，好听或不好听，有的确实有意思，而有的确乎已经说不出是什么意思了；有的有缘起，而有的已经追溯不了源头了。以最典型的俞中华同学为例，他的绰号——"奶包"，是"奶油小生"的意思；而这个绰号起于何时、出自何人之口，这就无从稽考了。

房老师觉得这无疑是和同学们走近的理想途径，便接话道："那我可要一个一个好好认识认识哩。"

铃声还没响起，袁 sir 也还不见出现。九班这个小宇宙渐进灼热起来。

"房老师留在教室里干吗？"见房老师停留在美班长那边，俞中华开始向左左右右发言了。

"可以听课啊。"钱望鸿晃悠过来。他其实要去"大侠"梅奕昇那里，可是梅奕昇见钱望鸿要过来，赶紧专心做"精编"，假装看不见他。副班长陈兆强很了解，这两天，梅奕昇可是怕了钱望鸿,"大侠"觉得钱望鸿练武心术不正,"走火入魔"就糟糕了。毕竟,什么消息都瞒不过潘宇宙,瞒不过潘宇宙也就瞒不过陈兆强同学。钱望鸿表面无所谓的样子,心里真怕同学不和自己玩,便主动地找存在感。他晃悠过俞中华旁边,继续晃悠着,特意从美班长那边路过,想偷听下房老师和她们在聊什么。俞中华没有接钱望鸿的话,"大力兄"马天阳却喊了他一声,问:"钱望鸿,不和梅奕昇练武了吗?"

"早不练了。"钱望鸿故作洒脱道。

"练练,多少能强身健体。""大力兄"语重心长道。

"五代山上蚊子太多。"钱望鸿随便找个借口。

丁剑同学戳穿道:"天都凉了,哪有蚊子?"

"蚂蚁!蚂蚁!"钱望鸿改口,还比画,"这么大!五代山上好多这么大的蚂蚁!"

钱望鸿不想和他们纠缠于谈论练武了,竟去招惹薛红枫;因为他闻到薛红枫身上有淡淡的怪怪的香味。"你抹香水了?"钱望鸿突然发问。

"嗯?"薛红枫惊异,"你说我吗?你闻到有味道?"

让"吃哥"薛红枫吃惊,钱望鸿不免有点得意。他也不回答,直接从后门出去了。他看到楼梯口一个身影,这让他吃了一惊。钱望鸿钻回教室,小眼睛一转,快步走到"篮球王子"座位旁,拍拍李臻寰,神秘兮兮道:

"葛亮!"

"什么?"李臻寰没反应过来。

钱望鸿认真道:"葛亮来了,现在!"

2

站在座位旁听"大头"徐模杰聊高科技的吴功道听见了，立马来到"篮球王子"李臻寰身旁。吴功道一动身，"G4"朱尉玉和汝相如也都围了过来。

"他不会是路过吧？"李臻寰揣摩道，"难道来找我？"

"去看看，去看看！"钱望鸿从来不嫌事大，只要和自己没关系。

"G4"action！帅酷开步——走！吴功道不忘招呼道："吴振旦！"

"啊？"吴振旦随手拿起一本书，假装认真在看。

"'吃哥'！"李臻寰也喊人，"还有——'奶包'！"

"来了！""吃哥"薛红枫还在闻自己的衣服呢，钱望鸿说他身上有怪味，他有点心虚。

"奶包"俞中华动身之前照例先动嘴，道："叫我干吗？"

李臻寰心中好奇，走在最前面，出去会一会，或者说迎一迎不速之客——"全能明星"葛亮。

可是出得门来，"G4"他们第一眼看到的是"足球小将"庄荣丰。

"阿庄？"李臻寰一愣。

"原来是找阿庄的。"薛红枫跟上来，平静道。

"难道葛亮想改踢足球了？"俞中华接得自然流畅。

钱望鸿一瞧没戏了，怕追究到他头上——谎报军情，赶紧缩进教室，奔潘宇宙和陈兆强那边而去。不料被王睿半路拦住，要敲他的头，请他吃"毛栗子"。幸好房老师还在教室，王睿的手被梅奕昇截住，道："先放他一马。"钱望鸿向"大侠"抱拳拱手，脚底开溜。

葛亮刚才和庄荣丰说话，见九班篮球队的一窝蜂出来，下意识往后退了一步。庄荣丰看看葛亮，又看看同学们，说："都……都温柔点。没什么事……好好说，都好好说。"

"嗨！"李臻寰热情地打了个招呼。因为还是比较熟的，并不需要怎么客套。通常，越简单的招呼，越表示男生之间不简单的关系。

"嗨！"葛亮回以同样的招呼，同时环视了一圈其他男生——注目礼。

吴功道挥了挥手。

吴振旦开口道："是找我们单挑的吗？"仍旧像球场上过头的防守一样"爆"。

"李臻寰，你没事吧？"葛亮糯糯地问道。糯糯，是极具江南韵味的一种风格，无论放诸男生或女生身上。而在男生身上，比附古代来讲，类似于"儒将"的感觉——"风流再莫追思"，总被雨打风吹去。

庄荣丰语气温柔，道："葛亮专程来找我们篮球队的。"

葛亮和庄荣丰都是住宿生，虽不是同宿舍，但楼上楼下的他们彼此也走得很近。这就对比出差别来了，同样是住宿生：徐小根住208室，葛亮住头顶308室，但他们的楼上楼下就像天上地下一样，距离隔得很远。篮球场之外，徐小根对葛亮的印象似乎不多；就是有一回，葛亮在宿舍洗脚，把盆打翻了，洗脚水从老旧的地缝渗透下来，滴滴答答，好久也没有滴完，208室只好派人上去交涉。

时光如水。很多年后，来自那段时光的回忆，也滴答不尽，然而那时的人，后来却真的可能已经天上地下，难再遇……

"没事！"李臻寰大声道，"你是说我的脚吗？"

吴功道见葛亮如此关心，吃起"死党牌"醋来，酸道："特地来关心你的。"说着，轻轻将手搭在了李臻寰肩膀上。

大家自然地靠近，又自然地倚在走廊栏杆上。

"其实……"葛亮欲言又止，实则他是个挺会害羞的男生。

九班篮球队员们等着葛亮往下说，不料庄荣丰一把扯住葛亮，道："马上上课了。回头再说吧……"

"什么呀？干脆点呢！"吴振旦心里一直隐隐不爽。篮球决赛后，当他卷起"无敌九班"旗帜时，一阵一阵的冲动在心头翻涌。时隔多日，现在还微澜不息。

薛红枫站在吴振旦后面，不经意扭头，看见大帅哥袁sir正走过来。他别着头说："袁sir来了。"因为别着头说话，那个"sir"没有发出声音来，让人听了以为他在说"原来了"。

"原来什么？"俞中华果然听差了，问道。

吴振旦借题发挥："我们原来是不服的！不过现在……"

庄荣丰知道葛亮来关心是出于好意，但也担心惹吴振旦冲动起来，场面不好看。既然袁sir来了，庄荣丰赶紧说："真的上课了！"说着看看葛亮。葛亮眼神躲闪了一下，他很明白庄荣丰的意思，匆匆说道："我下课再来吧。"

葛亮一边挥手一边下楼，李臻寰对着他背影匆匆道："Bye——"

袁sir已经走到教室前门口了。庄荣丰抱着足球赶紧从后门钻进教室。吴振旦语气冲冲的，说道："要么再比一场，我们肯定赢！"

袁sir似乎是故意只听到吴振旦的话，笑嘻嘻调侃道："吴振旦，比什么呀？"

吴振旦知道袁 sir 调侃他，便只是笑，随口答："没什么，没什么！我们'篮球王子'不服气！"

"诶！"吴功道说公道话，大声说，"和我们李臻寰没关系啊！"

俞中华怂恿的语调："吴振旦最猛，他可以单挑！"

李星星起哄："吴振旦，真男人！"

薛红枫吃吃地笑，落座，又想起衣服上的味道，抬起两个胳膊闻了闻。吴振旦不理他们，然而他刚坐下，才发现身旁的过道上正坐着房老师，他有些不适应，又无可奈何。

"好了，大男孩们，上课！"袁 sir 宣布。

袁 sir 上课挥洒自如，魅力十足。同学们看似漫不经心，却好似八仙过海，各显神通，跟着袁 sir 的节奏，一节英语课不知不觉就到了尾声。如果有可能将人的思维捕捉了播放出来的话，那么同学们在袁 sir 课堂上的思维画面必定是最丰富多彩的，必定是任何伟大的编剧都无法构思的。——包括这样的想法，也是其中的思维之一。九班最神秘的男生汤斯顿，便思考过这个问题：捕捉——播放——刻录——存储。

时间＝思维。

即便是实习老师，也总归是老师。吴振旦拘谨地上完了这堂英语课，他心思暗生：下课就将房老师的椅子搬到李星星座位旁去。下课了，房老师却没有离开，看得出她想尽快和同学们熟络起来，于是原地和吴振旦聊起天来。

同样在原地聊天的王睿，一猜就猜准了，他和副班长陈兆强、小 P 潘宇宙说："房老师是来实习做班主任的。"

潘宇宙同学不信，故意唱反调——真的是"故意"的，唱反调总是能令他获得一种快感。陈兆强就提议找美班长核实，还和潘宇宙打赌。潘宇宙知道美班长肯定是知道答案的。此刻美班长和班长小分队都不在教室。于是潘宇宙想了个点子，说："我们叫羊羽去问问。"

李蕉蕉和美食当家韩露露听到了这个点子，都笑着赞同，她们也很想见识见识羊羽去正式打交道时一本正经的模样。李蕉蕉还说："我们九班有的是人才。"

"嗯！"韩露露学着羊羽的口吻，"这，是一个人才！哈哈！"

王睿想让庄荣丰去叫羊羽，可是庄荣丰不知什么时候跑开了。潘宇宙只好当仁不让地去执行这个任务，他脚踏风火轮一般嗖的就到了羊羽跟前，谓如此这般，这般如此。羊羽同学一听，摸了摸两颊渐渐愈合的青春痘瘢痕，两眼炯炯有神，胸有成竹道："好，好！我来出马！"

潘宇宙继续侦察，房老师已经和吴振旦结束聊天，踱到了走廊上，开始同以"G4"为中心的同学们联络感情。潘宇宙在前门口招手；羊羽边走边整理发型，待走出教室，左手老练地揣进裤子口袋，右手有力地边挥动边喊道："房老师，你好！"

房老师原本学着"G4"靠在栏杆上，见羊羽同学大模大样地过来，连忙立正，回应道："同学你好。"

"这是书记。"李臻寰郑重介绍。

"吃哥"薛红枫又扒在人小鬼精于娜娜座位旁的窗户上了，像看电视剧一样通过窗户的"荧屏"看走廊上上演的各种剧情。

"书记？"房老师一时搞不清这是绰号，还是什么。

吴功道意识到了，解释说："我们团支部书记，羊羽同学。"

"羊？"房老师略略惊喜，"这也是少见的姓吧。"

羊羽闻言，很大气地说道："对，羊是一个'大'姓。"他这话乍听矛盾：既是大姓，就不少见；既是少见，就不是大姓。

但他的意思是："羊"姓少见，但"羊"姓历史悠久；"羊"同"吉"，早在产生祭祀的上古社会就出现这个字了。因而从历史、从文化上来讲，"羊"是"大"姓。

羊羽同学进一步说道："可能比'房'姓历史还要悠久。"

房老师微笑着点点头，表示认同，但有关姓氏的博大精深的文化，一下子竟想不起说什么，只好从其他话题聊起："原来是团支部书记，羊羽同学你好！据我所知，团支部的工作是很重要的。我做学生干部时，也做过不少团的工作。"

不但是羊羽这位团支部书记，其实很多同学都只知道"团支部书记"也算"班干部"之一，但不一定明白团的工作和班级工作有什么区别。羊羽扬着右手，贴着脑袋轻轻转了两圈，顿了顿，很认真地敷衍道：

"是的。每一项工作都重要。"

在场的同学们，甚至房老师，都很佩服羊羽同学谈话的"艺术"和"气质"，佩服得嘻嘻笑起来，期待着羊羽继续发挥。

梅奕昇也靠着走廊栏杆，但他并没有关注谈话。他一直注视着前方的五代山。他在校园里纷乱错杂的身影中望见了陈老师的身影，报信说："陈老师来了！"

郭德柏竖着招风耳第一个听见，便顺着梅奕昇的目光望去。他撤回目光时，顺便望见了楼下草坪上的庄荣丰。以庄荣丰为中心，猴子又扫视了一圈，"搂草打兔子"——偷看了几眼其他班的女生，这才喜滋滋地转回身来。"G4"朱尉玉看到了郭德柏的神情，问他看见了什么。郭德柏凑近朱尉玉道："王睿呢？叫王睿出来看啊！——喏，草坪中间，小笛！"吴功道听见了，不顾房老师在走廊，扯着嗓门喊："王睿！快出来看啊！"

小笛是一名好看又善良的女生，也是一名总被无辜卷入关于王睿的玩笑之中的隔壁班的女生。

王睿跑出来，以为羊羽问到答案了，没想到还没进入正题呢。他有点"肚肠根痒"了，提醒说："对了，羊羽，你不是有事要问房老师吗？"正说着话呢，他就被郭德柏和"G4"吴功道、朱尉玉拉了过去。梅奕昇看在眼里，强调道："陈老师过来了。"

羊羽以非常正式的姿态，求证了房老师果真是来实习班主任的。潘宇宙赶在陈老师走上楼之前，脚踏风火轮一般回到了座位上，并单方面向陈兆强宣布："我赢了！"

"你赢什么了？"陈兆强根本不把潘宇宙当一根葱。如果是一根葱的话，那就拿他来煮面吃。

"打赌我赢了啊！"潘宇宙底气十足的样子。

王睿挣脱郭德柏和"G4"的捉弄，也赶回了座位上，正赶上潘宇宙在耍赖。

陈兆强和同桌周泳正在看《体坛周报》呢。周泳一看潘宇宙这作死的架势，抓过报纸，对陈兆强说："都给我吧，你看不成了！"

陈兆强郁闷。潘宇宙无赖道："刚才打赌，又没说谁赌什么？现在我先选，那肯定我赢了！"

"你脸皮呢？"王睿一脸鄙弃。

周泳听了，也看不成《体坛周报》了，埋着头吭吭吭偷笑。

陈老师就像农场赶鸡鸭鹅牛羊的农场主，一出现在走廊，九班这些"鸡鸭鹅牛羊"就自觉地往圈里回。美班长在这一群中尤为夺目，进教室时王睿在贬斥潘宇宙——"你赢个球！"美班长顺带着啰唆一句，对潘宇宙道："不要在教室里玩球哦！"

潘宇宙摊开两手，申诉道："班长，你听错了！你听错了！"

孙恰同学听到美班长这么说，想到了庄荣丰，但庄荣丰没在教室。

"庄荣丰在后面,我看见了。是吧,Sammi?"姚小君对黄秀文说。姚小君身后是追星族 Sammi 黄秀文,再后面是蒋安安。黄秀文耳朵里塞着耳机,边走边听 Walkman,是香港女歌星 Sammi 的最新专辑。所以她完全没听见姚小君的话,只顾自己回到座位。这惹得姚小君鼻孔里"嘁嘁"地冒烟。而蒋安安轻声细腻地"嗯"了一声。

美班长手里捧着一个礼盒,里面不知装着什么玩意儿。好多同学的目光被美班长手上的礼盒吸引了。美班长正准备打开礼盒呢,陈老师已经和房老师站在教室里了。

还有几个同学没赶回教室,这也是正常的。庄荣丰正赶回来呢。而李帆的黑脑袋,又从窗户里探出去了,他总想探到些独家消息,好在同学中间引发轰动效应。

美班长见陈老师站上讲台,就准备回座位,但陈老师示意她留着。

睿智而善于抓住重点的陈老师简要地讲明了房老师的实习计划——实习班主任,全面了解学生的学习生活情况。

美班长鼓掌,要不站着也挺尴尬的。掌声中,庄荣丰猫着腰,悄无声息地仿佛贴着地面一样,钻进了教室。陈老师见了,字正腔圆地喊:"庄荣丰!"

荣丰庄站直,条件反射道:"到!"

房老师见了,开玩笑道:"庄荣丰,你推荐的平望酱菜特别美味。"

庄荣丰点点头,一点也不含糊,回道:"嗯!我再让家里捎点过来。还有,平望足球队也不错!"

"我知道,你是'足球小将'!"房老师一点也不见外地聊了起来。

但此时此刻似乎不是聊天的时候，庄荣丰识趣地快步走回座位，一屁股坐下来。同桌王睿关心问道："你去干吗了？"

庄荣丰既是回应王睿，也是报告老师，道："陈老师，就是……"

话未出口，黑脑袋李帆得偿所愿，像个探子一样嚷嚷起来：

"那不是葛亮吗？葛亮来了——"

这是一则独家消息。

"葛亮"这个名字一喊出口，不少女生心头为之一振。但心头振得最猛的，当属"篮球王子"李臻寰。"这家伙到底要干什么？"李臻寰思忖。

班长小分队的"美小姐"孙恰和"一姐"蒋安安，互递了一个眼色。这个眼色显然表明了女生之间的某个秘密，但究竟是何秘密只有天知地知你知我知，他人不得而知了。当然，也许仅是一个故作姿态的眼色，其实并没什么，只是女生之间奇异的互动而已。

美班长放下手上的礼盒，向门口迎去。教室里又响起吴振旦的声音："他又来干什么？"

美班长差点和葛亮撞个满怀。那葛亮反应迅捷，一侧身，让开来；一定睛，沉住了气，招呼道："你好。"他或许并不知道眼前的王乃思同学就是九班班长；或许他知道九班的"美班长"，但并不能对上号就是眼前的王乃思同学。

美班长王乃思友好道："葛亮，你是特地到我们九班来吗？"

葛亮规规矩矩地站立着，点点头，眼神却往九班教室内瞅。一瞅，他就瞅到了庄荣丰。庄荣丰给他比画手势，一下子"V"，一下子"OK"，一下子"加油"，特别像流行的"ICQ"小人儿头像表情。又一瞅，瞅见了"篮球王子"李臻寰，李臻寰咧着嘴笑，一副主场优势的神情。又一瞅，瞅见了吴振旦，吴振旦眉头紧锁，缓缓站起身来，像游戏里的"小 BOSS（小头目）"，看上去有点凶狠。又一瞅，瞅见好多双眼睛，其中最忽闪的"美小姐"亮晶晶的眼睛仿佛在说"哇，葛亮耶！"，Sammi 黄秀文酷酷的眼睛则仿佛在说"这品位！"。

美班长倒是近距离感到了葛亮的局促不安，她上下打量，才看见他手中拿着一个精致的黑色笔记本。陈老师走过去，热情道：

"葛亮同学，请进。"

"陈老师好。"葛亮迈步跨进了教室，但又没深入九班。

王睿悄悄问庄荣丰："好事还是坏事？"王睿知道庄荣丰回来迟，刚才肯定是找葛亮去了。

后排的吴振旦放话："今天打球吗？放学后，球场！"

俞中华坐在座位上，用力背靠着薛红枫的课桌，向左左右右发言道："葛亮一只脚进，一只脚出，为什么？"

"为什么？"薛红枫可没注意，更没想过。

"万一要跑的话，跑得快。"俞中华同学抛出看法。

"跑什么？"薛红枫不解。

"哎呀，你这里什么味道？怪怪的？"俞中华忽然对薛红枫说道。

薛红枫同学不语。他和同学们一道，都等着葛亮进来后的剧情如何发展。

只见葛亮向陈老师递上手中的笔记本，尽量使自己沉着，道："谢谢陈老师。这本笔记本里记录了我们这次篮球决赛的日记，我想以后这会是一场珍贵的记忆。送给九班，谢谢九班！"

说完，葛亮竟深深一鞠躬。

鸦雀无声。实习班主任房老师被打动得一塌糊涂，身为女生眼眶立马湿润了。这让美班长见了，心中大呼佩服，想：我还没哭呢！

陈老师也是感动，接过葛亮的笔记本，也说"谢谢"。庄荣丰忍不住跑了上去，他一直怕葛亮"单刀赴会"惹麻烦上身，说道："太有心了！"

陈老师把笔记本交给美班长，耳语了两句。

美班长再次向葛亮友好地笑了笑。这时庄荣丰用眼神示意葛亮该撤了。葛亮会意，边撤边告别道："我走啦！"

"我们会找你的！"吴振旦的话追了出去，但不知道追上葛亮的耳朵没有。

俞中华自夸道："怎么样？我说他跑得快吧！"

可是薛红枫没有回应他。郭德柏、李星星、丁剑、马天阳，乃至李诺亚，都佩服吴振旦的霸气。

同学们被这一幕吊起了精神，前前后后、左左右右分别议论纷纷。黑脑袋李帆得意道："我说葛亮来了！我说的吧！我看见他往我们班走来……"

房老师随着美班长，来到了"篮球王子"李臻寰座位旁。"4G"吴功道、朱尉玉和汝相如想围过去，但碍于陈老师，只得坐在座位上，回转身子注视着李臻寰。美班长将这精致的黑色笔记本递上，细声对"篮球王子"道："李臻寰，给你。"

李臻寰虽然咧着嘴在笑，但心脏怦怦乱跳。他站直了身体，看也不敢看人家，接也不去接东西。房老师看出了其中青涩的别扭劲儿，笑眯眯地将笔记本塞到李臻寰手里。

李臻寰不知所措："啊？给我干吗？"

　　真是再帅的人也有欠缺：比如那么帅的"篮球王子"，却常常在女生面前"无语"；比如非常帅的吴功道，其实有很多难听的绰号；比如有点帅的吴振旦，一直缺……缺分数，现在才晋升学霸，加油。

　　美班长灵感附身，锦心绣口吐出了诗一样的一句话："因为你就是我们九班的回忆。"

　　这话吓得李臻寰手脚冰凉，他把笔记本像烫手山芋一样放在课桌上，向着吴功道说："道道，你比较到位，你来收好。"

　　吴功道这会儿也不知道什么"到位"不"到位"，但还是默契地配合道："好嘞！我们篮球队一起拜读下！"

　　"我们也要看看！"王睿也很想看。庄荣丰跟着点头。

　　"不稀罕！"也有女生根本不喜欢，像人小鬼精于娜娜，她表态的时候大眼珠子一瞪。她前面的美食当家韩露露点点头，仿佛不稀罕一道不合自己口味的美食，继续沉浸在文曲星的单词游戏里。

　　篮球队员们心潮澎湃，吴振旦不顾场合，抓起角落里的篮球，用两手拍得嘭嘭响。这让庄荣丰脚痒痒，恨不得来一记大脚。美班长一看不对，喝止吴振旦："不要在教室里玩球！"

　　姚小君也用眼神护卫美班长，瞪向吴振旦，又顺便瞪一瞪潘宇宙。

　　潘宇宙借力打力，转接到庄荣丰身上，小声道："阿庄，不要在教室里玩球！"

　　九班的宇宙又开始灼热了。动如脱兔吴卯卯和笑靥如花汪芳芳开始编排故事，吴卯卯还打算今晚记录到日记本上。而运行于"平行宇宙"的也大有其人。汤斯顿和杨立方在专心致志探讨题目。"霸中霸"成柠也埋首于习题。沈烨朱总爱找徐小根抄作业；徐小根心里认为沈烨朱不思进取，那么多同学的靠谱的作业不抄，竟然要抄自己的。徐小根悄悄地回答："我——也——没——做！"

"开玩笑了！"沈烨朱失望了。

潘宇宙调侃完庄荣丰，又去招惹吴振旦，火上浇油道："吴振旦破坏班级纪律，今天值日由他一个人做！"

谁也想不通，个头最小的潘宇宙，总是能说出口气最大的话来。

"他是劳动委员，本来就应该每天都值日。"俞中华"补刀"，更加惨无人道。

吴振旦不会吃亏的，他反击道："劳动委员，就是监督你们劳动的！俞中华，今天你值日！"

"好了！"陈老师脑子开始发涨了，示意安静，安排道："下面最后一节课，是自习课。赶紧做作业，做不完作业的统统留下来值日。"

同学们知道陈老师罚做值日是假，来脾气了是真。

九班的宇宙进入"热寂"状态，就是蕴含着无穷能量，但眼前看上去很平静。陈老师和房老师到走廊上透气，陈老师问房老师实习感觉怎么样。房老师说感觉很不错，这些孩子很可爱，很让人……

"你说什么？"陈老师很意外，笑了，"很可爱？"

房老师她确是觉得九班"可爱"，眼下确是实话实说。

被陈老师打断了思路，房老师一时忘了刚刚还想说的一个什么形容词。正想词儿呢，听后门口一个动听的声音喊："陈老师，我去上厕所。"

一看，是孙恰同学。

"快去快回。"陈老师不假思索地同意。

孙恰红着脸一点头，脚下开足了马力，腾腾腾跑下楼，直奔自行车棚而去。

房老师还是没想起刚刚被打断了的那个形容词，却想起了什么，向陈老师说："刚才，那是孙恰吧？她上厕所为什么还背着书包？"

"她背着书包吗？"陈老师知道自己疏忽了。但他万万也想不到，孙恰会耍什么滑头。

"嗯。我看见的，她背着书包。"房老师确信。

"那麻烦你去找找。我去问班长。"陈老师当机立断。

两名班主任分头行动。正牌班主任心想：竟然觉得这帮学生可爱，这位实习班主任才"可爱"！

3

陈老师走进教室，目光还未锁定班长王乃思，只听得从后排传来一声"'老班'来了"。陈老师循声望去，原来是施千昱，他拉扯着霸占他座位的吴振旦。而吴振旦岿然不动，对着木头一样的徐小根连说带比画。陈老师喊了声"吴振旦"，又因为着急找班长，并没有往下说。吴振旦默不作声，以不变应万变，暂停了嘴上的话和手上的动作。可怜施千昱，只好蹲下来，蹲在自己的座位旁，偷偷地看课桌洞里的《电脑画报》。沈烨朱瞧见了，捂着嘴笑，但口头禅还是捂不住，蹦了出来："开玩笑了！嘿嘿！"

陈老师来到班长王乃思旁边，眼睛盯着她，不说话。他知道班长知道老师为什么找她。但美班长还是故作镇定，假扮无辜状，问道："陈老师，有什么事吗？"

旁边的汪芳芳和吴卯卯故意干扰，问道："房老师呢？"

陈老师出奇制胜，平静道："房老师去找孙恰了。"他还是盯着班长看，看班长还能不能瞒得下去。一个是美班长，一个是"美小姐"，"美小姐"有什么事难道美班长还能不知道？

"孙恰不是上厕所去了吗？"黄秀文刺探虚实，抱着侥幸心理。

陈老师不再啰唆，吩咐道："班长，你和我去办公室说吧。"

尽管陈老师已经说得很小声了，但这一句话的声波还是荡漾到了整个教室。同学们或者暗自猜测，或者前前后后一块儿猜测：班长小分队是准备给大家 surprise（惊喜）吗？

美班长乖乖跟着陈老师走了。房老师却还没有回来。九班的宇宙便进入无序状了。起劲的同学立马围着班长小分队的姚小君、蒋安安、黄秀文打探内情。不爱八卦的还是老老实实做功课。薛红枫同学因为太八卦，在人小鬼精于娜娜的座位旁，吵得于娜娜和韩露露没法聊她们的八卦，便大眼珠子瞪了他两下。薛红枫把嘴巴拉上拉链，摇晃着竹竿身材，回到后排角落去了。

薛红枫走过徐小根座位旁时，听到吴振旦在安排徐小根，不由分说的语气，一刻也等不及的样子，说："快，写挑战书，挑战二班！"

二班就是葛亮所在的国际班之一。吴振旦说的"挑战"就是打篮球，再来一场篮球赛；毕竟若说挑战"精编"的话，吴振旦再是学霸也不是个儿。

"没写过。"徐小根声音颤抖地回答。

"你行的！"吴振旦无底线地怂恿。这时，李星星和郭德柏大约得着了薛红枫的情报，凑了过来。李星星同学拍着大脑袋瓜子，出主意道："直接挑战二班，用意似乎太明显了。不如我们从一班开始……"

"对!"郭德柏一开心，两只招风耳就会控制不住地微微扇动，他也建议说，"先打一班，就当是热身。一班的实力，好打的!"

郭德柏同学的自信和夸口之间，界线并不十分分明，但听上去总是让人感觉有点道理。

远远听闻"一班""二班""挑战"什么的，庄荣丰坐不住了，甩开八字步也凑了过来。一听，他心里为难了：一班有他同宿舍的阿亮，一班篮球队核心；二班是葛亮，今天刚过来很有诚意地沟通过感情。转眼又要挑起战火，这让庄荣丰同学左右为难，帮谁好、不帮谁好呢？他没有吭声，马上折回去找王睿商量——他感到现实对自己不太温柔。

吴振旦好话说尽，一定要徐小根写挑战书。——就从一班开始吧。徐小根也烦了，一口答应下来，当场就拿出纸笔，写了一段情真意切的大白话，根本也没有挑战书的格式。最后落款"九班篮球队"加日期。写完了，徐小根又想到加一句，就在下方按流行的写信方式，落笔：

"P. S. 最好明天就能开战!"

"好!"吴振旦看了，兴奋得跳起来，夸道，"有魄力，就要这个气势!"

挑战书写好了，谁去送呢？

这时吴振旦想到庄荣丰了，走过去直言不讳道："阿庄，帮个忙，把这封挑战书带回宿舍，交给一班的阿亮。"

庄荣丰摇手又摇头："不行不行！我送不了这封信!"

吴振旦倒没想到过庄荣丰会拒绝。他愣在那里想该怎么说。王睿开口了，说："篮球队的挑战书，肯定得你们篮球队的去送，怎么让足球队的去送？"

这个道理听上去很对，但并不能说服发情似的吴振旦。不过，既然王睿这么袒护庄荣丰，吴振旦就觉得没必要强求了。他从王睿的话中也得到了启发，转回去把挑战书丢给了徐小根，翘起嘴角一笑，说："徐小根，正好你带回宿舍，给一班的阿亮。拜托你啦！"

"……"徐小根默领了这项任务。

郭德柏转身就把写挑战的事传给了篮球队的同学们。李臻寰和吴功道都觉得太鲁莽，众口一词地责备吴振旦。

俞中华理性发言道："万一人家接受挑战，明天就开打，我们自己准备好了没有？"

"我们还用准备？"吴振旦信心爆棚，"'篮球王子'一个人就干掉他们了。他们就一个核心阿亮，我来防死他！"

柔性中锋李诺亚完全不喜欢这种挑战的节奏，皱皱眉，呲呲小虎牙，道："我没有准备好，我打不了挑战赛。"

吴振旦料定对手中锋实力弱，成竹在胸道："'老板娘'，你都不用出马，我们'大猩猩'上场就能搞定了！"

李诺亚听这么一说，心说"原来没有打算叫我打比赛，正好拜拜"，于是他不再言语了，如同开启了隐身模式。

房老师没有找到孙恰，回到教室，这才克制住了吴振旦多血质气质的骚动。"篮球王子"虽然隐隐不爽，但九班篮球队决不会临阵退缩，约好放学后再做准备。

下课放学，房老师和同学们道别后，赶去陈老师办公室。

下课铃仿佛不是下课铃，是开场哨音。哨音一响，篮球队跑去篮球场，足球队跑去足球场，"羽坛小天王"跑去体育馆，打游戏的跑去网吧，回家的跑去车棚，背单词用功的跑去五代山，住宿同学跑去宿舍楼，做值日的跑不了……而落单的总跑不出孤寂的心情。

徐小根书包里放着挑战书，半路上遇到了周泳。周泳见徐小根一人，便好奇地询问挑战赛的事。徐小根告诉他正准备回宿舍送挑战书，周泳嘻嘻一笑说：

"阿亮肯定还不会回宿舍，你直接去他班级里给他吧。"

言之有理。徐小根深以为然，掉头赶去一班。路上，他碰到了舍友，三班的"狗头军师"和科少班的"四猫、阿猪"。他们仨便兴味十足地跟去看徐小根送挑战书，还打赌徐小根会不会惨遭暴打。

"惨遭暴打？这严重了些。我看，会被鄙视吧。""阿猪"保守地说。

"被鄙视就已经很惨了，哈哈！""四猫"总是没心没肺的。

"狗头军师"又看见一个住宿的熟人，是隔壁宿舍的"哲学家"雷生。雷生颓废的气质总是那么出众，而"狗头军师"纯纯的理科气质男生，却意外地讨他欢喜。"狗头军师"叫住了雷生，但雷生对于这种俗世的行为并不高看，客气地笑笑并祝他们好运。

在宿舍一众人的客观助威下——他们主观上还是来看出丑的——徐小根格外硬气，直接找到阿亮，送上挑战书，道：

"给！"

阿亮和他的同学们愣住了，尴尬地笑笑。徐小根却紧张得头也不回地走了。他的舍友们觉得白跟了一场，连对话都没有，失望啊！

一班知道徐小根只是送信的，所以阿亮回宿舍的时候，特意路过篮球场，找到了李臻寰。

第二天一早，徐小根就和吴振旦说了经过。吴振旦低头不语，却问："房老师还是要来听课吗？我得表现得斯文点了。帮我找首婉约点的词，拜托！"

蝶恋花·春景
〔宋〕苏轼

花褪残红青杏小。燕子飞时，绿水人家绕。枝上柳绵吹又少，天涯何处无芳草。　　墙里秋千墙外道。墙外行人，墙里佳人笑。笑渐不闻声渐悄，多情却被无情恼。

"这是苏轼的词？"吴振旦觉得新鲜。

庄荣丰到后排取足球，他发现最近足球总是漏气。庄荣丰看到吴振旦嘴里念念有词，趁其不备将这首《蝶恋花》夺了过去，边瞅边回座位上递给王睿。

王睿看过，由衷赞叹道："苏轼这位豪放派词人，竟也写出如此动情的婉约派词，厉害啊厉害！"

于是王睿嘴里也开始念念有词，而脑中开始浮想联翩：楼下草坪楼上眺，凭栏断肠，草坪佳人笑。"唉，多情却被无情恼啊——"王睿忘乎所以地喟叹出声。庄荣丰吓了一跳，他感觉王睿也像足球一样在漏气。

"还你！"庄荣丰赶紧又把词还给了吴振旦。

按挑战书的约定，第二天就要开打的，可是包括吴振旦在内，大半天过去了，并没有半点准备比赛的样子。徐小根想去问问吴振旦，但只是想想罢了，他是能不动就一动不动的。

九班的同学们也不关注什么篮球挑战赛的事。同学们都在关注"美小姐"孙恰的八卦，也都在传颂美班长拼死不开口告密的义气。

美班长今天有心事了。为了护住"美小姐",她宁死不屈,没有吐露半个字。美班长只有一句话"不知道,她又没事";再问,就只有两朵泪花。陈老师也是拿女生没办法。至于实习班主任,毕竟刚来实习没几天,刚知道些同学们的绰号,还不知道同学们的"能耐"。

见班长王乃思眼眶湿润,房老师急火攻心,一股岔气也窜入眼眶,跟着啪啪掉出眼泪。美班长本来就意思意思,没想到房老师和她比掉眼泪了,那不成——美班长一使劲,原是顾盼流连的双眼如山洪暴发,好似动漫主角飙泪。办公室外面久候着的姚小君、蒋安安和黄秀文,终于听到美班长的信号了,理直气壮冲到办公室门口——她们并不敢冲进去。陈老师明了,挥挥手,让班长小分队把美班长接走了,叮嘱:"别哭了——"他怕被其他老师看见,又说他惹哭学生。

陈老师只好迂回,转过天找到了王睿,让王睿想办法通过班长小分队,打探点虚实。王睿脑子超快,陈老师刚说完"条件",他就得出"结果"了,说:"班长小分队!她们都是穿一条……"王睿意识到这么说女生不雅,就换了句话说:"她们都是一个鼻孔出气的。"

陈老师无奈地点点头,说:"那你找吴卯卯,她不是班长小分队的。"

"试试吧。"王睿并不抱太大希望,顺嘴建议说,"不如让小P暗中打探。"

"也行。"陈老师接受建议,又道,"你把陈兆强和潘宇宙叫来,我来关照他俩。"

小P潘宇宙正和庄荣丰讨论放学后去不去网吧、怎么去呢。待见过陈老师，潘宇宙没想到领到这么一个八卦味十足的任务。他回来和庄荣丰、陈兆强，还有王睿吐槽说，孙恰肯定有"私事"。

"废话！""暴力"指正道，"当然是她自己的'私事'。若是班级的事，公开的，陈老师还用得着着急吗？"

"不是。"庄荣丰纠正，"小P的意思，是说孙恰的事是私密性的，不宜公开。"

"那我们去打探个什么？"陈兆强明明白白指出。

"陈老师啊……"王睿想了想，还是说了，"他操的这个心啊，也太多了吧……不容易啊——"

"不容易什么？"副班长陈兆强的觉悟没那么高。

"'新事旧情'总也少不了。"难怪是陈老师的数学课代表，王睿不自觉地也操心起来。而"新事旧情"是他即兴照着"新仇旧恨"自造出来的词。

潘宇宙顺嘴就说："还'新仇旧恨'呢！"

"一说起新仇旧恨，"庄荣丰环顾，道，"不知道篮球队的挑战赛怎么样了。"

"不是不打了吗？"王睿对庄荣丰说，"你应该知道的。"

"对，我知道。"庄荣丰坦言，"我是说——如果不打比赛了，叫吴振旦一起去网吧啊！走！"

吴振旦在做"精编"，表态不去网吧。现在，做"精编"对他来说，已经是一桩家常便饭的事了，再也难不倒他。庄荣丰不敢相信这是真的，偏叫他去网吧。李星星有点佩服地说："他说他真的不去网吧了。不信你们问'吃哥'。"

"吃哥"薛红枫不太爱去网吧的。他是比较看得开的人，最大的喜好就是在女生面前狂表现，女生们的欢心就是他的欢心。

人小鬼精于娜娜最吃透他这点，大事小情让"吃哥"办了不少。美班长也很依赖"吃哥"跑腿和置办物品。薛红枫同学也从不推脱，而且他的应承是真正行动上的照办。

不过凡事总有例外。薛红枫同学对于吴振旦的事就并不会怎么放心上了。听李星星同学提到自己，薛红枫茫然道："问我什么事？吴振旦去不去网吧，我说了又不算。对不对，吴振旦……"听着挺严肃的话，然而还没说完，"吃哥"自己就先嗤嗤地笑场了。

吴振旦抬一抬头，道："'吃哥'，你知不知道李臻寰和吴功道去哪里了？他们去打篮球了吗？"

"你都不知道，我怎么会知道？"薛红枫想都不想就回答。

王睿接话："我听梅奕昇说，看到他们上五代山去了。"

"五代山？"庄荣丰奇怪，"难道他们去背单词？还是和'大侠'去练武？"

"真的假的！"吴振旦也不相信，"他们去五代山干吗？"

庄荣丰不耐烦，道："去看一下不就知道了吗，啰唆！'大侠'梅奕昇还能说假话？又不是钱望鸿……"庄荣丰只想大家赶快动身，早出去他就可以早回来；回来晚了宿舍大门不让进去，就算买再多可可牛奶，那王大爷也不开后门的。

"赶紧去！"潘宇宙响应庄荣丰，拉着陈兆强已经开步走了。

吴振旦收起"精编"。薛红枫落在最后面，他忘了李星星还没走，当他从口袋里掏出一小盒东西放书包里时，李星星瞧见后"炸"了：

"'吃哥'！你怎么拿这玩意？"

薛红枫赶紧"嘘"一声，恳切道："没有！不是我的！"

"难怪都说你身上有怪味！"

"拜托拜托！"薛红枫再三请求，"真不是我的。我今天就……"

"那好吧！应该怎么做你自己明白。"李星星相信薛红枫的话。

同学们都放学离开了。美班长没有招供，"美小姐"也没有交代。今天"美小姐"孙恰又开溜了。陈老师担心出事，决定晚上打电话给孙恰家里——"冤家还是得自己来做"，陈老师横下一条心。班长王乃思不招也罢了，竟然还躲着不见人。想到这里，陈老师发觉已经有阵子没有在校门口逮人了。

4

薛红枫追出教室去。

一众人看上去浩浩荡荡，但一汇入整个校园，就泯然众人矣。拾级而上五代山，能听闻缥缈的音乐声，音乐声中还有歌声。这五代山顶上其实有间教室，是音乐教室。"高山流水"之境，幽静遣怀之界。

五代山有五代山的魅力。历史的魅力，积淀的魅力。五代山顶上有一棵五代柏，即是唐代之后，宋代之前，唐宋之间五代时期古人手植的柏树。想想，音乐课上的一声唱，柏树听了，古今越过一千余年。而一千余年前，又是谁人曾在同样的树下歌唱吟诵呢？柏树还记得吧，但它不言。

王睿、陈兆强、潘宇宙、庄荣丰、薛红枫、吴振旦，几人健步登上五代山顶，在音乐教室外的亭榭走廊上看见了"G4"汝相如和朱尉玉。那甭问了，"G4"李臻寰和吴功道一定在里面了。

"喂！"王睿招呼了一声，听到音乐教室里传出录音带的伴奏，是一曲抒情摇滚。大伙儿便聚拢在门外听，有人从门缝往里瞧。瞧见，李臻寰坐在中间位置，吴功道高高坐在他后面一张桌子上。讲台那里背对着大家的是一名女教师，想必就是音乐老师了。她跟着伴奏轻轻地指挥，一抬手，她面前的男生就引吭高歌。那男生原本被音乐老师挡着脸，门外的同学们没看清；待他声音一出，原来是——葛亮。怎么哪里都有他！这家伙不打篮球也不打羽毛球，跑这儿唱歌来了。

——还把李臻寰他们"拐带"了过来。

他唱过一段，音乐老师便示意暂停，又暂停了伴奏，似在讲解要领。趁这空儿，外面的同学们轻轻推门而入，招手叫李臻寰和吴功道出来。

李臻寰对于去网吧，向来也不拒绝的，但今天他说答应了陪葛亮练唱歌。吴功道无奈道："我也没办法，这家伙偏要陪那家伙。"

汝相如和朱尉玉更不想在这儿听人练歌，若不是"G4"组合不分离，他俩早就溜之大吉了。庄荣丰提议道：

"我来和葛亮说一声，然后我们先去网吧。李臻寰陪完了葛亮，就赶来。"

众人点头，一个个耳朵里都仿佛听到 Windows 的开机声音了。李臻寰也点头。众人又下山去，又笑又嚷。个头最小的潘宇宙唱起了最豪迈的歌曲："大河向东流啊，天上的星星参北斗哇！"

"暴力"王睿戏谑道："没《鹿鼎记》好听。"

"是没你唱得好听吧？"

"'暴力'你什么时候给我们唱《鹿鼎记》？"

这一群好汉下了五代山。山脚下，正巧碰上推着自行车经过的林统。吴振旦上前，拍着自行车坐垫儿道："'秃头'，走，一起到网吧去！""秃头"是只有吴振旦这种老朋友喊的林统的绰号。

可见，并不是"九班同学们的绰号难听"，啧啧。那么，凡是绰号，基本是难听的。

林统却答道："你们陈老师在校门口，还有那位实习老师。"

吴振旦一愣，把林统的自行车抓得更紧了。王睿道："陈老师？带着实习老师逮学生吗？"

"这个操作不温柔。"庄荣丰叹道。

潘宇宙紧张道："陈老师未卜先知？知道我们要去网吧吗？"

汝相如有点胆怯了，小声道："那我们……还去吗？"

吴振旦大胆说："走啊，怕什么！还怕实习老师吗？"说着吴振旦就推林统的自行车。林统不得不随着吴振旦的推力往前走。

待各人取好了自行车——庄荣丰搭车——一帮学生虽然大着胆，但还是小心翼翼地推着自行车走向校门。接近了，果真见陈老师站在校门内侧，一夫当关；而房老师在校门外侧，站姿还有些生硬，一眼就能看出和陈老师这种"老手"的差距。

王睿和陈兆强暗递眼色，一把把潘宇宙推了出去。潘宇宙愤怒一回头，又被庄荣丰的眼色弹了回去。潘宇宙认命，只好晃着稍稍有点扁的脑袋向校门走去。

陈老师望见了潘宇宙，喊了一声房老师。房老师移步过来，陈老师进行人物简介："那是潘宇宙。看他走路一本正经的样子，他后面一定还有人。先放他过去。"

潘宇宙没料到陈老师没拦他，只是点头打了个招呼。他一时不知何去何从，硬着头皮走出去，草草地说了声："房老师再见！"

"G4"的朱尉玉走在头里，吴功道和汝相如紧随其后。王睿、庄荣丰、陈兆强驻留原地观察。吴振旦打算绕弯，悄悄脱离了大部队。

吴功道走到半道，折向了传达室那边的路，口中念念有词："我先躲躲！"他这话也是提醒朱尉玉和汝相如，但他俩还没反应过来，就被房老师看见了。

吴功道闪得快，一拐弯就遁了。他正深呼吸暗自庆幸，迎面撞见了李蕉蕉，李蕉蕉一旁是班长小分队的姚小君。吴功道礼貌地打了个招呼，姚小君意外道："道道！"

李蕉蕉马上制止姚小君，道："你女孩子家家，不要这样喊人家！"

姚小君不服："喊喊又怎么了？对不对，道道？"她觉得自己并不比任何一个男生差啊，男生喊得，自己如何喊不得？

吴功道尴笑，点点头，调侃道："这样喊亲切，好同学嘛！"

不料姚小君转移话题道："你看到校门口有陈老师吗？听说他在逮学生？"

吴功道又点点头，认真道："对对对！嘘——"

"你们遇上啦！网吧去不成了吧？"姚小君幸灾乐祸。

"怪不得陈老师要在校门口堵你们。"李蕉蕉对吴功道说。她也是佩服姚小君对于男生们的行动了如指掌。

"不是堵他们。"姚小君转向李蕉蕉道，"是堵美班长！"

这让吴功道也很诧异。

姚小君继续说："所以美班长让我先来探探路。"

"当真？"吴功道忙问。

"真的。"姚小君一点也没觉得自己正在"出卖"班长王乃思。

原来不是逮男生们（去网吧），吴功道心中暗喜。于是他帅气地说道:"我去替你们打掩护!"

吴功道又转回去,远远地向王睿他们招手,然后大模大样向校门口走去。陈老师老早就发现他们这些人了,只是他们今天真的不是陈老师的目标,所以陈老师镇定地挥挥手,统统放行。王睿心中不踏实,来了个主动出击,走近陈老师,问:"陈老师,Can I help you(能为你效劳吗)?"

陈老师听了,也不客气,说:"那你把吴振旦叫过来。Thank you(谢谢你)!"

吴振旦敢怒不敢言,对着庄荣丰他们碎碎念:"这个'暴力',这个'暴力'……"

大概是表示不满,走上前,吴振旦只喊"房老师好!",然后一声不响等着陈老师发话。房老师应道:"吴振旦,劳动委员,你好。"但陈老师看着吴振旦,不说话;待男生们的注意力都被吸引过来了,陈老师才清楚有力道:

"好自为之!"

吴振旦顿时觉得被一个成语给当场羞辱了,自己好歹也是新晋学霸,什么叫"好自为之"——果然,去网吧的人自己是不会觉得荒废时间打游戏是一种罪过的。

然而谁的成长里没有游戏?谁的成长里又没有罪过?

谁的成长没有荒废过时间?有的是一个两个嘀嗒,有的是半世一生。

——有,就是对的吗?先贤已随黄鹤去,"救救孩子"!

"知道了。"吴振旦只想脱身,"忍辱"答应道。

旁边的王睿心知陈老师是为大家着想,他有点懊悔,有点想不去网吧了。但想到已经在外面路边等半天的潘宇宙,还有"G4"朱尉玉、汝相如,还有脚痒痒、心痒痒的庄荣丰、陈兆强……这个重情重义的汉子，心中还是唱响了《鹿鼎记》："江湖情，再讲当年情……"

"陈老师再见。"王睿通过关卡。

陈老师又平淡地追问了句："王睿，看见班长王乃思了吗？"

"没看见。"王睿回答。这是实话。

美班长这两天不老实。陈老师下定决心：不水落石出不罢休。

"陈老师再见。"姚小君夹在人群里，想蒙混过关。

"你等下，姚小君！"陈老师语气很重。

姚小君心知不妙。

陈老师又向房老师介绍："这是班长小分队的，姚小君，班长的'护卫'，看着她。"

房老师觉得好严肃啊！

陈老师又对李蕉蕉说："李蕉蕉，麻烦你走一趟，就说姚小君已经被扣下了，让班长她乖乖出来吧。"

李蕉蕉神色凝重，连连点头答应，将自行车停在原地，小跑着折回去找美班长。

"姚小君，"陈老师直奔主题，"孙恰这两天干什么去了？今天又早退！"

"我不知道啊。"姚小君这时候嘴严了。

"不可能！"陈老师严肃道，"你们都是班长小分队的，你怎么会不知道？"

"我们吵架了。"姚小君从容淡定，看来早有准备。

"好。"陈老师不慌不忙，"等你们班长来了，我们都去办公室谈。"

陈老师心里还是着急的，都把美班长说成"你们班长"

了——他是不想要这个班长了吗？

房老师劝慰陈老师。陈老师耐着性子，挂着苦笑望望姚小君，又望望校园里的路。他的视线里已经没有男生们了，男生们逐个出得校门而去，隐在一边。

"来了。"陈老师远远望见班长王乃思，示意房老师准备回办公室。

美班长冲在最前面，后面是黄秀文、蒋安安，李蕉蕉紧随其后。

"走，去办公室。"陈老师指挥。

李蕉蕉请示道："陈老师，那我先回去了？"

陈老师点头："路上注意安全。"

"再见！"李蕉蕉跟大家打招呼。

美班长也打招呼："再见，李蕉蕉。"打完招呼，美班长便开始发功了，且看她：

脚踩八卦，坎位主水；

天干在癸，癸水温柔；

身合五行，水在当中；

三二一！哭！

陈老师的心情此刻也用一首歌唱出来的话，应该是他最心爱的那首《水中花》："卧看天空洒泪，任寒风吹……"

房老师安慰美班长无果。姚小君、蒋安安和黄秀文围着美班长，表面上是安慰，实质上是共筑起了铜墙铁壁。

虽然放学的高峰期已过，此时学生不多，但终究是在大庭广众的校门口，老师又惹哭了学生，这还了得！若是学校老师看到了，甚至校领导看到了，可不麻烦大了？

不过这点事，难不住睿智的陈永麟老师。陈老师"数学王子"的脑子光速运转，各种应对策略在脑中运行：

"010011000111101010101010000100101000001010011010101
0101001010100101001010000001001……"

叮！"天助我也！"陈老师心中一声大喊。

只见"篮球王子"李臻寰单手推着自行车，帅气地走过来。

"李臻寰——"陈老师高声地喊。虽然听上去语气严肃，但是显然难掩激动之情。

美班长的"哭招"戛然而止，迅速抹干净脸庞。

"陈老师！"李臻寰两手扶稳了自行车，又招呼道，"房老师！"

美班长和班长小分队静静地立在一旁。美班长心想："'王子'在不该出现的时候出现了……"

姚小君知道李臻寰在这里，美班长就有所顾忌，不好窘态毕现地"发功"了，就赶紧说："'G4'其他三个已经出去了，李臻寰，在等你呢！"

"我知道。"李臻寰平静地回应，又客气道，"咦？陈老师，你们是有事吗，在这儿？"他也想打探打探，网吧计划有没有被截杀。

陈老师借力打力，假装随意道："我们正在等孙恰呢。"说完，他连忙观察美班长等人的神态。

美班长不动声色。

李臻寰看了一圈班长小分队，确实不见孙恰，但他也不知说什么好，只是"哦"了一声，脚下开动，准备要走了。

姚小君巴不得李臻寰嗖的一下，立马无影无踪。

不料陈老师又使一计，煞有介事道："孙恰要参加活动，我们需要商量商量。"这话一半是猜测，猜测孙恰是否真有什么特殊活动，所以这两天行踪诡秘；一半是暗示，无论什么情况，都应该"商量商量"才对。

李臻寰又"哦"了一声，坦言道："应该是电台的歌唱比赛吧。"

"对对对！"陈老师赶紧循循善诱道，"你也知道呀？"

李臻寰中套了，道："我也才知道，今天听葛亮说的。"

"葛亮？"美班长万万没想到这其中还有葛亮什么事。

"今天我陪葛亮练唱歌，他不是在电台里做业余主持人吗？"李臻寰揭晓。

"嗯——"陈老师这一声"嗯"饱含着扬眉吐气的神气。房老师都听出来了，在一旁暗暗佩服陈老师。

美班长和班长小分队不点头，也不摇头，就仿佛她们真的不知道其中缘故一般。

"好了。"陈老师心里的石头落地了，宣布说，"大家都早点回去吧！路上都注意安全！"

李臻寰向大家说"再见"，推车而去。陈老师从后面又喊他："李臻寰，叫吴振旦早点回家！"

大家都心知肚明。俗话说：不戳穿就不尴尬。

这回轮到美班长坦白了。她诚恳地对陈老师说："对不起陈老师。李臻寰说得不错，孙恰这几天早退，确实是因为电台歌唱比赛的事。但是请陈老师不要告诉她家里……"

"好吧。"陈老师语重心长道，"我不会怪你们的。但是你们不告诉我，也太不懂我了吧？害我像个坏人一样逮你们……"

"我们也不怪你。"姚小君大方道。

每个人都破涕为笑，冰释前嫌，谁也不怪谁。就像李臻寰戳穿了西洋镜，美班长也不会怪他。

但有一个难题在陈老师脑海中浮现了：孙恰和家里的关系？

家访吧。陈老师决定家访，名义是带实习老师实习锻炼。

不过也不能就家访孙恰一家。那就孙恰同学是第一家。

家访在半公开状态下进行。就是陈老师不正式说，任同学们自己传。因而有一些同学真的不知道陈老师最近在家访；知道的，有的期待，有的一点儿也不期待。

不过孙恰并不是第一家，因为比较特殊，陈老师经过睿智的思考后，调整了次序。第一家换作了离学校最近的人小鬼精于娜娜家。于娜娜惊得下巴都差点掉下来。她父母以为于娜娜表现不好，也是紧张得很。第一个家访在客气、紧张和愉快中完成，是一个良好的开端。

第一家是女生，第二家就选男生，是学霸之一的吴功道家。不过陈老师似乎有点后悔了，因为吴功道家在左拐右绕的古城巷子里，找得好苦。如果不把自行车推在手里的话，真是很考验车技。穿行于小巷人家的巷子里，房老师照例想起了戴望舒的《雨巷》，陈老师也照例夸赞房老师的才气。但陈老师更怕房老师吃不消奔走之累，带着歉意道："没事吧？"房老师道："没事。这点路对我来说不算什么。"第二个家访也在融洽的氛围中顺利完成。

第三家，陈老师决定不按女生—男生—女生……这样的节奏了，赶紧去"必选项"吴振旦家。吴振旦家有点远，在城西接近郊区的一个小区。路虽远，却好找。只是吴振旦有点顽固，他提前得到消息，早早在小区外面迎住了陈老师，差点没让陈老师进得门去。陈老师再三保证"我不乱说"。"真的不乱说？"吴振旦不管不顾，眼前只管保住自己小命要紧，连房老师也不管了；房老师既然是实习班主任，那也不是外人。"嗯！"陈老师咬着牙点头。第三个家访，陈老师在话只能说一半的状态下勉强完成。吴振旦热情地把陈老师送出好远。陈老师还开玩笑说："和我一起回宿舍去吗？"吴振旦这才止住脚步，挥手告别。临别陈老师意味深长道："好自为之。"吴振旦点点头。

下一家就去了"篮球王子"李臻寰家。这次家访是最顺利的一次，陈老师很有成就感。趁着这好势头，下一个就决定去孙恰家家访了。

在孙恰家，陈老师从学习谈起，将话题引到了兴趣爱好和成长道路上。人家父母慢慢觉察出了苗头，但话里话外也是开明的。孙恰自知理亏，家访结束后，坚持亲自送陈老师，一直送到了每天上下学必经的公园。孙恰认了错，也表明了心迹，一定不影响学习，等比赛有了结果就向父母坦白。陈老师安慰说："其实你父母已经知道了，出于爱护，没有挑明。但你有问题一定要和老师说——我来做'娘舅'。"孙恰很感动，夜幕里噗噗落了两滴泪。房老师给她擦擦。"美小姐"孙恰自嘲道："我这可是和美班长学的绝招。"

钱望鸿听闻了家访的事，很紧张，怕一根筋的爸爸误会。但他思来想去，还是先和妈妈谈了谈，做好了一点思想准备，然后等待陈老师的到来。可是几天过去了，并没有等来陈老师。钱望鸿便几次三番、几次三番地在陈老师跟前晃，陈老师终于明白了他的心思，在办公室和房老师商量。房老师兰心蕙质，做了一张漂亮的书签，录了一句名言，半公开地送给了钱望鸿。相信钱望鸿将书签给爸爸妈妈看过，就能知道钱望鸿表现优异，志向不凡，真似惊鸿在天，前程远大。

数学课代表兼学习委员王睿就坦然得很，他盼着陈老师家访，以至于到办公室拿作业本的时候，悄悄问过陈老师哪天去。

陈老师笑着说："王睿，你放心……我放心。下回！"王睿家住苏城南，老师大驾未光临，城南旧事不浪漫……家访的话题王睿没有和同桌庄荣丰聊过，以免庄荣丰有心理负担。王睿每天都乐乐呵呵，和同学们打成一片，快意无限。除了草坪上的那朵彩云偶尔飘过时，王睿也有心猿意马的时候。然而，即便是花季雨季，王睿是阳光和灿烂的。

陈老师想过下一家去班长王乃思家。但现在来看，孙恰的事处理得蛮好，一切尽在掌握——既在老师掌握，也在父母掌握，还在学生自己掌握——并且同学们近来表现都可圈可点，那么家访可以告一段落了。显然，家访对于学习，对于学生，都有益处，陈老师决定再家访一家，完美收官。陈老师选择了最远的、平望的庄荣丰家。

因为庄荣丰住校，自由空间相对大些，平时杂七杂八的事也就会相对"复杂"点，陈老师怕他多想，故而并没有告知庄荣丰本人，甚至没有透露给他的同桌王睿，来了个暗度陈仓。直到陈老师让庄荣丰家的厂车送回学校，又顺路带了点平望酱菜及其他食品、用品，庄荣丰这才知道家访一事，便主动找陈老师，虚心接受教导。

这次家访行动，对于实习的房老师来说，受益匪浅，她真是幸运的。这样的实习经历，超出了期待，也超出了陈老师自己原本的计划。所以，当房老师由衷表示感谢时，陈老师很有格局地说："不用谢我。所谓教学相长，感谢九班。"

房老师若有所思地点点头。而经过这一段时间的接触，房老师也了解到陈老师更远大的抱负，对他更加敬佩起来。她对待实习工作很认真，九班各门课她都用心听，有的课她感兴趣，甚至连着听。这样，她和九班的同学们都熟识了，以至于美班长开玩笑说："房老师，我看你不是来当实习老师的……"

"那是什么？"房老师觉得美班长最可爱。

"是加入我们九班了吧？哈哈！"美班长说笑。班长小分队都围着听，得意道："也像同学！"

吴卯卯和汪芳芳驻足，双双表示欢迎，期盼房老师能和九班在一起。据传，是从吴卯卯这里，诞生了房老师的绰号：防地震。加入九班就得遵守这个定律——绰号定律。OK，房老师的这个绰号很 OK，是一个合格的绰号。

潘宇宙风驰电掣而过，房老师学着陈老师的话喊："慢点儿！"吴振旦两手插在裤兜里，悄悄靠近过来。已经走开的吴卯卯发觉了，大声喊："吴振旦，别偷听啊！"

"没啊！"吴振旦虽然嘴里这样回应，但耳朵还是竖着，想听听房老师她们都聊些什么。

房老师有感而发："做九班的学生是幸运的。来过九班大家庭的，都是一分子。希望以后你们不会忘了我。"

"怎么会！"美班长的泪神经一下被戳中了。

房老师知道不该说这些，马上转移话题道："对了，孙恰，你的电台歌唱比赛，马上要决赛了吧？"

孙恰点点头，心中有万千感想，奈何这事只能低调进行，所以她紧咬着嘴唇。

吴振旦硬想加入聊天，大嗓门嚷起来："喂，孙恰！到时候叫我们都去给你加油！"他完全没看到美班长的眼色，还招呼走廊上的"G4"："李臻寰，都一起去啊！"

"篮球王子"李臻寰只是懒懒回道："不去！"

吴功道一搭一档地说："要去你去！"

汝相如也没有注意到美班长的眼色，傻傻追问："咦？匡星雨这次没参加吗？难道他放弃唱歌，专打羽毛球了？"

还是朱尉玉懂事，他总结陈词道："好了好了，大家别说这事了。吴振旦，你要和女生们聊天就聊你的……"

房老师实习了一阵子班主任，小有经验，调节氛围道："劳动委员，你最近表现不错哦！"房老师习惯喊吴振旦"劳动委员"。——这就是第一印象的神奇之处吧。

吴振旦当众受到表扬，心旌荡漾，但他脸皮厚绷得住，不动声色，问房老师道："房老师，您毕业后，要留下来做老师吗？"这个问题，一直是九班同学们心头的关切，吴振旦今天直白地问了出来。

这一问，强烈地拨动了美班长她们的神经。就连"G4"也整齐划一地转过头来。

房老师思考的时候，潘宇宙和庄荣丰经过，薛红枫和李星星也凑到了吴振旦旁边。王睿又在班级里打喷嚏。喷嚏声落，房老师缓缓道："我很想和九班……但是……"

美班长摇头，打断："不要'但是'！"

孙恰忽然说："难道说，学校不招新老师吗？"

潘宇宙和庄荣丰被吸引住了，他俩瞬间忘了自己原本要干吗去。庄荣丰还向王睿招手，但是陈兆强先看到潘宇宙便跑了出来。于娜娜回座位了，检查了一下课桌椅，没有薛红枫来过的迹象。她倒是有件严肃的事想问问他呢。

"吃哥"薛红枫的口袋里，藏着什么东西——好吃的？好奇怪。

也许是人多了，也许原本就不想再说下去了，房老师轻轻说："该上课了。"

踏着铃声，"大头"徐模杰横冲过来，像漂移一样，他是物理课代表，力道把握得很好。"大侠"梅奕昇隔空一记点穴，应该是想点住徐模杰，以免他摔倒。梅奕昇最近除了上五代山练武，和"大力兄"马天阳切磋，也没闲着。他继续发扬为人创作文言传记的爱好，正在创作《房老师传》："夫房氏实习班主任者，巾帼也。中文学士，游学于吴。不知其家焉……"

九班最神秘的男生"司令"汤斯顿，满脸笑意，又忽然静止想了想，对同桌"团子"杨立方说："这节是物理课。"杨立方"嘿嘿"一笑，拿出物理"精编"。

坐上座位，庄荣丰才想起来，刚刚和潘宇宙是要去检查足球呢——约了放学后对抗，他担心足球气又不足。庄荣丰光顾着想足球的事，物理老师什么时候进来他都没察觉。

这节物理课房老师没有听。课后，庄荣丰从教室后排角落取来足球，用手摁了摁，又用脚颠了颠——软，气不足。"哟——"庄荣丰同学吸着凉气，他主意已定，必须让平望职业足球队送几个好球来了。王睿走过来，拍拍他说：

"走啦，球场上肯定有球的，先临时借一个。"

"行！"庄荣丰把足球丢回角落，书包先不收拾了，就向外走。

潘宇宙跟过来，故意道："喂！不许在教室里玩球……"

不料潘宇宙被王睿一掌拍在背上，拍断了他的话语，道："不许放肆！快去通知足球队员们。"

经过杨立方旁边，王睿客气地喊道："'团子'，一起踢球去啦！"

俞中华隔着座位却听见了，以一种怂恿的口吻道："有本事就把'司令'一起叫去。"

王睿纳闷，回道："这和有没有本事有什么关系？"

庄荣丰破解道："行行行，他是说他有本事。"

杨立方已经起身，准备去踢球了，听了他们的话站着嘿嘿笑，然后说："'司令'他正在看书呢。"

"看什么书？"俞中华极为好奇。

杨立方便伸手过去，轻轻拍了拍聚精会神看书的汤斯顿。汤斯顿同学转头，眼神极为深邃。杨立方做翻书状，说："书……"

"哦！"汤斯顿领会，呵呵笑着把书举起来。

黑光闪闪的书名飘荡在九班的宇宙中：《时间简史》。

"哇！"王睿是学霸，对此大著早有耳闻。没想到自己的同学竟然看得津津有味。

这还不算，汤斯顿笑着说："我觉得这个中译版本不是很好，有个公式我怀疑印错了。"

没人知道该怎么接这话。王睿也无语。庄荣丰老实地问："这是什么书？"

杨立方也笑着老实地说："你看不懂的书。"

俞中华用打抱不平的口吻道："那也别小看了阿庄，毕竟，书上哪个字他不认得？"

这几位在这里聊起了闲天，已经跑出一段的潘宇宙只好转回来，抱怨道："你们走不走？"

潘宇宙脚踏风火轮一般跑在最前头，足球队员们一个个像飞火流星一样来到球场。到底还是去晚了，非但没有场地，连球都找不到一个。庄荣丰站出来说：

"我去教室把球拿来。"

"气不足，拿来有什么用呢？"王睿好心道。

"只好踢个Ｐ！踢小Ｐ！"陈兆强调侃，还用脚真的踢小Ｐ潘宇宙同学。

杨立方见这番打闹，嘿嘿笑。

忽然，庄荣丰想到了一根救命稻草，道："我看见徐小根宿舍里有个足球的。"

"他也踢球吗？"王睿奇怪。

"不知道。"庄荣丰是真不知道，但又真的知道徐小根有个足球，"我去找找看。"

"哎——"俞中华喊，"我一起去！"

俞中华跟着庄荣丰一路小跑。庄荣丰跑进了宿舍楼里；俞中华没法进去，他在宿舍大门口徘徊了几圈，干脆，去篮球场看看吧。

如果踢不成足球，俞中华就不打算回大操场了。他在篮球场上找到李臻寰他们。不一会儿，庄荣丰就抱着足球从宿舍出来了。但他没看到俞中华，视线在四下里搜寻一番也不见人影，庄荣丰就抓紧时间奔去足球场了。

而俞中华在篮球场上打篮球。徐小根也在，俞中华便把庄荣丰借足球的事和徐小根说了。徐小根"哦"了一下。俞中华接着又问徐小根怎么会有个足球。——俞中华的话之所以多，也和他好奇心重有关。徐小根说，之前要凑钱买篮球时，他和家里说要"买球"，结果他爸爸就自作主张直接给他买了个足球。徐小根从不踢足球，于是就扔在宿舍里；等什么时候回家想起时，再带回去吧。

俞中华边听边原地运着球，不等听完徐小根后面不大要紧的解释，他就运球冲到篮下，来了一记拉杆儿上篮，球进了。球进得很帅，可他自己落地没站稳，跟跟跄跄撞到汝相如身上。

汝相如一直在数人头，发现吴振旦没有来打球。李诺亚告诉他："我看见吴振旦去陈老师办公室了。"

"他不已经是学霸了吗？"汝相如替他着急。

李诺亚又告诉他："我喊他来着，他说有事。不知道什么事。"

吴功道被他们的对话吸引了过去，一不留神，差一点被一个从篮筐上弹出来的球砸到。吴功道顺手将球传给李臻寰。

李臻寰接球，大声招呼："打球！打球啦！""篮球王子"似乎只对篮球是真爱。

"吴振旦来了！"徐小根很熟悉吴振旦的身影。

真是，还有薛红枫、李星星——看来真是从陈老师办公室出来的。

吴功道第一时间问吴振旦道："你去陈老师办公室干吗？"

"去劳动。"吴振旦脱口而出。

李星星道："果然是劳动委员，劳动很卖力。"

吴振旦也急着打球，不再继续这个话题，抓过球来热身。李星星和薛红枫都说："快打球吧！加我们！"

人一下子多了好几位，徐小根提出先走。"吃哥"薛红枫已经脱下外套，连忙拉住徐小根，诚恳道："别别别，我等会儿打，你先上！"薛红枫同学谦虚热情的风格始终不变。但他没留神，从外套口袋里掉出了一盒东西。李星星瞧见，连忙挡在前面悄悄提醒："'吃哥'，你的雪茄……"

"不是我的，不是我的……"薛红枫还是这句回答，但他暂时没有机会，现在也没有时间好好解释。

徐小根其实另有想法，他坚持先走，让薛红枫他们上场。徐小根想去看看自己的足球。

这个足球，自己还从没踢过呢。

"晚上就还你！"庄荣丰忙着踢球，直截了当和徐小根说。

徐小根默然点点头，站着看了一会儿。足球滚出边界，滚到了徐小根脚边，他又默然地用力踢了一脚，将球传回场上。

第二天，竟然一上午都没见房老师来听课，来找九班的同学们。有同学随口问美班长，美班长并不知道，只说"这得问陈老师"。吴振旦昨天放学后去陈老师办公室劳动，是真的。他帮着整理了一些房老师做的书签。于是吴振旦来到了走廊上，挨着"G4"并排靠在栏杆上，正想说说他的猜想，只见王睿匆匆赶回来，通知说："都进教室啦！陈老师来啦！"

"房老师呢？"吴振旦问。

"不知道！"王睿清楚地回答。

陈老师像往常一样昂首阔步进来，他脸上是一种经过几多锤炼、遇到任何事都能强作镇定的神情。房老师没有跟着。陈老师缓缓开口，道：

"房老师，她回去了。"

陈老师没有说"实习结束了"。很多同学听出来了，美班长轻轻问："她不实习了吗？"美班长脑海里顿时浮现了房老师那句"希望以后你们不会忘了我"。

5

"她……"陈老师理了理思路，"实习结束的时间还没到，但她不得不先离开了。没来得及和大家当面告别。"

"为什么啊？"吴振旦声音一下拉得很高。

"是呀是呀，为什么？"很多声音跟着问。

"她老家有突发状况，她必须马上回去。"陈老师简单解释。

"她老家？"孙恰记着房老师要去为她的比赛加油呢，问道，

"是哪里？"

"她没有细说。"陈老师看着大家，眼神里的内容比话语的思想更为丰富。陈老师又说："不过，她给大家留了告别礼物。"

"是吗！"美班长情绪涌动。

陈老师吩咐道："班长，你来，打开——"陈老师指着教室一角花洒旁那只心愿瓶——房老师刚来时，美班长抱进来的那只礼盒。

"现在打开吗？"美班长有点纳闷。

"现在。"陈老师肯定。

全班的目光都投射在美班长手上。美班长小心翼翼打开心愿瓶。

"咦？"美班长惊奇。

"哇！"美班长轻轻把心愿瓶里的东西倒在讲台上。

"呀！"美班长眼眶湿润了。

"什么呀？"潘宇宙、陈兆强在前排离得近，凑上去看。潘宇宙大声道："是书签！"

吴振旦纳闷道："怎么跑到瓶子里来的？太神奇了！"

"是给我们的？"王睿也被感动到了。

陈老师和美班长一一将书签翻正理好。潘宇宙想搭把手，刚站起来，被副班长陈兆强拉住："你的手脏！"

"脏什么呀！"潘宇宙同学气得笑出声来，悻悻坐下。

一人一支书签，每支书签上都有房老师写好的同学姓名，还有写给每位同学的一句留言。

如果没留下印迹，深情与故事都会随风消逝，无影无踪。

同学们各个为房老师给自己的留言感触良深。摩挲着自己的书签，同学们又前前后后、左左右右相互交换着看。这一天，又是令人感动的一天，只是这感动的代价似乎有一点点大——房老师的离去。

有一些离去，是对回忆的献祭。

放学路，总是铺满向往、喜悦，也有落寞追随、懊丧相伴，无论好坏，它通往一天的终点；却是每一天回忆的起点。

近来，孙恰两头赶，为参加电台歌唱比赛，美班长帮她屏蔽了一切干扰，班长小分队全力支持她。这次赛前，孙恰邀请过匡星雨同学，可是匡星雨已志不在此，"羽坛小天王"的荣耀已让他迷恋不舍。得知美小姐进入决赛，匡星雨特意送去了一声——"Good Luck（祝你好运）！"

"谢谢！"孙恰优雅地回道。

某一个周末的夜晚，当陈老师埋头于考研英语词汇，当李臻寰、吴功道、汝相如挥汗于公园球场，当吴振旦、潘宇宙、俞中华、王睿、钱望鸿、陈兆强诸位丧志于网吧，当庄荣丰发呆于宿舍自习室，当汤斯顿思索着四维时空，当薛红枫和邻居小伙伴俞周发生了分歧，当地球照常绕着太阳转，当房老师不知在何方……孙恰站上决赛舞台。舞台有多大，梦想也就有多大。纵然每一位的选手都有大大的梦想，纵然这都市的夜、这世界的灯火，会照耀每个人的梦想，但谁都坚信，自己的梦想才是独一无二的，并且是终将会实现的那一个。

这大街上来来往往的红男绿女
从不忘带出门的是面无表情
我那颗总爱唱歌的心灵
也就只好两手一摊，坐在路边休息

不管咪咪啦咪，或是咪哆莱兮
像一个一个困在凡间的精灵
我愿意歌颂祖国和表扬爱情
但只盼望听我歌唱的人赶快清醒

哆哆哆莱咪嗦
像风筝呼啸而去
嗦嗦嗦兮莱发
是落叶轻轻哭泣

哆哆哆莱咪兮，没有人认真在听
那被你遗忘的旋律，却是我宿命的追寻

公园就要拆去，别拆去记忆
何不用歌声摘录下你的日记

如果你不爱唱歌也没关系
就让第一道阳光把你的耳朵叫醒

　　王乃思摇着荧光棒，和着旋律沉醉于歌声中。间奏时刻，姚小君忍不住道："黄秀文还没来！"

　　蒋安安细声道："她可能不会来了。"

　　王乃思似乎没有听见一样，情绪丝毫不受影响。姚小君和蒋安安也就一同抛开不爽，随着舞台下起伏闪亮的荧光棒海洋尽情喝彩。又一个间奏，美班长王乃思没有回头，只是说："她去上海了。"

　　本来大家都不想提这个不快的小插曲。但整场比赛的氛围这么好，班长小分队却缺席了一位，不由得不令人心中生起一缕缺憾。

　　"其实是担心她。""女暴力"姚小君难得说这么柔情的话。果然酸得蒋安安牙都打战了，直呼："啊哟哟，你少来……"

　　几位美少女又笑开怀了。孙恰鞠躬下台，王乃思和姚小君、蒋安安快步迎上去。王乃思夸奖道：

　　"太好听了！我的耳朵被你叫醒，今晚睡不着了！"

　　姚小君干脆说："我的耳朵都飞了。"

　　蒋安安扑哧一笑："你这太夸张了！"

　　远在学校宿舍楼自习室的庄荣丰同学，耳朵也被叫醒了。他正趴在桌子上睡得香，两手环抱着"精编"当枕头，两脚睡着了还是外八字撇着。

　　"老庄！老庄！老庄！"庄荣丰宿舍同学叫他"老庄"。九班同学则叫他"阿庄"。

　　庄荣丰睡眼惺忪，自习室里人都走得差不多了。"不好！"庄荣丰一拍大腿。宿舍同学以为他懊恼作业没做完，庄荣丰却匆匆收拾书包，道："去晚了，可可牛奶买不到了！"

　　冲入夜色。头顶繁星点点，秋风吹动院墙外的大树梢，仿佛撩动了弦乐作伴奏。

　　"你们听——"庄荣丰急停，"好像有歌声。"

　　"快走吧！"宿舍同学催他，"真要买不到可可牛奶了。"

　　"你们没听到吗？"庄荣丰边走边解释，"像从墙外面飘进来的，也像从天上飘下来的……"

　　"是在你心里飘吧。"有同学调侃他。

　　"我只觉得心里忐忑。"庄荣丰老实说。

"怎么了？"

"作业没做完呀！"庄荣丰同学长叹一声，心里不是滋味。

但是今晚的可可牛奶，滋味照旧是很好的。

第二天放学，庄荣丰毫不意外地和薛红枫、李星星、沈烨朱"大驾光临"陈老师办公室。没想到今天吴振旦也在。庄荣丰身在办公室，心思早已飞到足球场，想着重新充满了气的足球，还没有痛快地踢一踢呢。他在教室得知要去办公室之后，拜托了王睿，一定要来几个漂亮的大脚。王睿拍胸脯说："放心！我还会让'团子'也来几个大脚。'团子'——"

"团子"杨立方嘿嘿笑，难得敞亮地应道："嗯！"

王睿捧着足球，快步走在前面。可是潘宇宙还是嫌慢，脚踏风火轮一般冲了出去，冲过王睿身旁，顺手把球撸了下来。后面的陈兆强跟上去，钱望鸿眼疾脚快，也往前冲。王睿要去夺回足球，可是他看到了那朵云彩，正从草坪的小径上飘飞而过。王睿目光停滞，被小小的人儿周泳发现了。周泳竟也调皮起来，拍拍"暴力"王睿的肩膀，直直地说："喂，'暴力'！你在看小笛啊？"

王睿扭头见是周泳，赶紧压低声音道："快走快走——"

可是钱望鸿好像脑袋后也长了耳朵一样，停下来对王睿说："行啦，别装啦！我们早就都看见了，要不要我帮你喊——小……"

王睿快速冲上去捂住钱望鸿的嘴。钱望鸿真是什么下三烂的手段都使得出来，竟张开了嘴，结果王睿摸了一手钱望鸿的口水。

"好恶心啊！"王睿嫌弃，连忙抹在钱望鸿的衣服上。

钱望鸿狂笑，边吐口水边跑："呸呸呸！你的手好脏啊——"

打闹声一路传出去很远。而这样的打打闹闹，整个校园里时时处处都有暴发，仿佛池塘里一个个水花，此起彼伏，荡起时光。

永恒律动的无双时光！

女生的感受力总是敏锐的。王睿那停滞的目光远远隔着十数米呢，但那朵云彩却能敏锐地感受到。以至和九班美班长她们擦肩而过时，美班长察觉到小笛嘴角神秘的微笑。不但美班长，"美小姐"孙恰、"一姐"蒋安安都有所感觉。当美班长嘀咕："咦？是她？""美小姐"马上点头："对。就是……"

"哎哟！""一姐"拿出了真正的一姐气质，那一声"哎哟"里蕴藏着无穷用意。

美班长心领神会，边走边自豪道："我们有'一姐'呢！对吧，'一姐'，嘻嘻！"

"一姐"蒋安安竟舒朗地笑，道："我们还有'女暴力'呢！"

"她今天值日，估计在玩花洒吧，哈哈！""美小姐"猜道。

今天，Sammi黄秀文没有和班长小分队一起。她都没来学校，请假的。而现在，美班长她们也正是为了她，赶去陈老师办公室。

"黄秀文去上海追星，你们都知道的？"陈老师直截了当地说，但语气里并没有责备谁的意思。

"嗯！"美班长答道，"她自己的决定，而且征得了家里同意。"

"我知道。"陈老师道，"是她家里和我请的假。"

"她都没……"蒋安安话说了一半，又咽回去了。

孙恰知道蒋安安想说什么，心照不宣，挽了挽她的手。美班长道："她今天才回到家？"

"是的。"陈老师说，"年轻人都爱追星。我也是年轻人，这种心情我懂。但是，追星影响学习是不可取的，也是不可以的。"

美班长她们点头。办公室空间不大，但也不小，另一侧订正"精编"的庄荣丰啊，薛红枫啊，李星星啊，沈烨朱啊，听得真真的。薛红枫想起以前陈老师训吴振旦，一时没管住嘴，漏出话来："陈老师对女生就是……"他赶紧闭嘴。

庄荣丰以为薛红枫词穷，便接话道："……就是温柔！"

美班长她们咻咻笑。陈老师看看男生，继续对美班长道："你们找个时机，和她商谈下，她发在'QQ空间'里的那篇'追星记'，最好删掉。"

"好吧。"美班长嘴上应承，心里有点为难。

QQ社交软件方兴未艾，"QQ空间"正是人们的新宠，很多人花很多精力装扮"QQ空间"，营造成一座虚拟的殿堂。往往，对于生活中方兴未艾的事物，人们本能地以为从此就会这么和生活共存下去。

"一句话，一辈子；一生情，一杯酒。"

而往往，那些未完成的，却会和自己共存下去，无法剥离。青春里很多东西，都是未完成的。

"还有，"陈老师又吩咐美班长，"这两天，和同学们聊聊看，大家有没有兴趣一起出去秋游。到山里，真正的大自然中……"

陈老师还没说完，美班长就举手示意，道："我有兴趣！"

孙恰和蒋安安也举手，但还没开口，就被门口高声喊的"报告！"给打断了，原来姚小君快速做完值日赶来了。

"要去！""要去！"几位女生纷纷当场表态。

当场的几位男生也表态，但态度不敢像女生那么放肆。

陈老师将一封信递给了美班长，对同学们发问道："你们想知道我们要去哪里秋游吗？"

"山里，哪座山？"女生答。

"对。"陈老师道，"猜猜看，哪里？"

"猜不着。"男生答。

"是房老师邀请我们去的。"陈老师不再卖关子了，"她来了一封信。"

同学们的胃口被陈老师吊得老高老高。美班长都无暇翻看陈老师递给她的信，示意班长小分队，道："我们马上统计大家的意见。"

陈老师微笑道："好。那都快回家去吧。王乃思，你待会儿看看来信就知道了。"

男生女生，就地解散。女生们欢呼雀跃，又不订正"精编"，倏倏倏地喜悦撤退。男生们也收拾起书包，错题等明天陈老师讲评。李星星和薛红枫都诧异于房老师来信，沈烨朱还是他的口头禅："开玩笑了，去山里秋游。"庄荣丰则恨不得一步跨到球场。

跨出门口，却撞见美班长跑了回来。

"怎么了，美班长？"薛红枫叫住美班长。

"陈老师还在办公室吗？"美班长问了一句，脚步慢了一慢。

"在！"前头的庄荣丰说完，径自飞跑而去。

李星星厚实的声音向美班长道："又是什么事，能先透露点吗？"

美班长嘻嘻笑："你们看！陈老师把他女朋友的信给我了，哈哈！"

"写了什么？"沈烨朱睁大了眼睛，觉得有趣，"开玩笑了！"

"我没看……"美班长说着，把信封微微扬了扬，"喏，信封上写着……哈哈！"

美班长跑去办公室，赶紧把人家女朋友的"情书"物归原主。

陈老师拿回女朋友的信，尴尬地笑笑，又稍稍紧张地确认："没看？"

"当然没看！"美班长申明。

陈老师手中拿着那信，不自知地陷入了沉默，忘了要把房老师的信给美班长。美班长觉得陈老师忘了她还等着，甚至他忘了他自己。

"陈老师！"美班长轻唤，"陈老师……信……"

陈老师点点头，道："知道了。"

这仿佛不是对美班长的回应，陈老师还是沉浸在自己的情绪里。

"祝陈老师好运！"美班长心里祈祷。

美班长向同学们征集秋游意见的时候，陈老师在向学校申报秋游事项。无论学生或学校方面，过程都很顺利。只有一个稍稍费时费力的事，就是找大巴车。王睿到陈老师办公室送作业，得知了这个小麻烦，当即提议道：

"这好办啊，陈老师！找庄荣丰同学！"

其实陈老师不是没想过，借用庄荣丰家的厂车。但这毕竟是不情之请，会影响人家厂里的事务。所以陈老师自己在心里已经否决了。

王睿倒认为可以试试，道："阿庄家厂车好几辆呢，只要不影响人家事务，我想他家厂里肯定愿意的。毕竟是集体活动……"

"那试试吧。"陈老师也是没有更好的方案，"到外面租用大巴也要不少费用，更担心安全问题……到时候我们补贴费用，租车费、油费、过路费之类。"

"好，我去找阿庄。"王睿义不容辞地应道。

"叫王乃思和你一起去。"陈老师关照，"还有陈兆强。如果有问题马上告诉我。"

王睿明白，这是要尽量隆重地有请庄荣丰助一臂之力啊。

庄荣丰正在座位上检查足球，虽然换了新球，但也许心理作用，他又有点怀疑足球有没有漏气。王睿和美班长、副班长将事情一说，庄荣丰爽快答应，道："我马上打电话回家。这个是小事，随便和我说一下就好了，何必劳师动众呢？这也太温柔了吧！"

说完，庄荣丰一记头顶掷球，将足球抛回教室后排的杂物堆。

美班长正说"谢谢"呢，话锋一转："……阿庄，教室里不许玩球！"

"啊！抱歉。"庄荣丰意识到不妥。

后排薛红枫、俞中华、吴振旦几位男生看了看美班长。薛红枫顺着方向看了看人小鬼精于娜娜的座位，因为自己有几天没去那儿的窗台趴着看风景了，自从他身上神秘的气味引起关注后。吴振旦趁机向美班长申诉道："美班长，这回不是我了吧！上次就是这样，还影响我做'精编'。"吴振旦把"精编"扬起来。

"吃哥"薛红枫听到吴振旦的话，笑说："吴振旦，你别和美班长告状了。要不秋游的时候，你和房老师告状吧！"

"'吃哥'！"吴振旦反击，"小心我把你的'好事'说出来！"

"大侠"梅奕昇过来找"大力兄"马天阳，听到吴振旦大呼小叫的，幽幽道："怎么谁都有'好事'！要说就大声说出来，别像钱望鸿一样……"

挨着马天阳的丁剑狡黠道："都是不可说的秘密。"

"没有秘密，不成江湖啊！""大侠"喟叹。

6

无论哪里，无论是谁，都有秘密。江湖有秘密，班级也有秘密；学生有秘密，陈老师也有秘密。

秋游令陈老师回想起了当年学生时代，这天夜晚，他久久不能入眠，即便考研英语词汇已经背得很晚了。他打开许久未听的Walkman，挑了一首许久未听的歌曲催眠。梦里，一匹飞马，陈老师问它从哪里来，它说从同学们梦里来……

秋已深，日渐短。陈老师早早起床，天色还是灰灰的，并未透亮。寒意逼人，陈老师穿了厚外套，又带了巧克力等很多高热量零食。

秋游是在周末。校园格外安静，仿佛被人遗忘的净土，完全是学校日常之外的模样。校门外的整条马路也似乎还在酣睡。马路两侧偶然在晨风中摇动的树枝，好似酣睡的人手脚在轻轻地瘙痒。公交车驶过，短暂地打破了宁静。校门口有站台，但每辆公交车都是基本空空如也。

陈老师腰间的手机响了，经典而新潮的铃声。

睿智的陈老师预判是大巴车司机。果真。通完电话不多时，庄荣丰家的厂车大巴，便稳稳地停在了校门口。司机师傅以为陈老师是学生，问老师来了没有。陈老师笑道："我是陈老师。"

司机有点不信。陈老师又说："我记得，我家访那次，也是你开的厂车送我回来的。"

司机恍然大悟，连连道歉。司机打开行李舱门，说："这些是让我带来的平望酱菜。"

"辛苦辛苦！谢谢！"陈老师知道这是庄荣丰的主意。而平望酱菜让陈老师想起早饭，他问司机："师傅，你吃早饭了吗？"

"吃了。"司机客气地回答，"包子，面条，吃得够饱。"

"我也吃了包子。"陈老师和司机闲聊着，等同学们。

同学们就像这清晨的阳光，阳光越来越明亮，同学越来越多。并不是每个同学都报名了秋游——每件事总会因各种原因而有人缺席。所以今天一辆大巴车够了。

庄荣丰和周泳在宿舍里快速地洗漱，来不及去食堂吃早饭了，不过背包里有的是面包和各种零食。穿过宿舍门卫室，庄荣丰临时决定买些可可牛奶，请同学们尝尝。络腮胡子的门卫老王看庄荣丰从冰箱里拿了好多可可牛奶，大声叮嘱道："大早上的，喝这么多冷藏的牛奶，当心肚子疼！"

"我知道。"庄荣丰和老王并不见外，"我是请同学们喝，不是我一个人喝这么多。"

老王又看看门口的周泳，算是信了，但还是啰唆道："大早上喝，太凉。"

庄荣丰和周泳在路上望见了羊羽同学的电动车。庄荣丰心里没那么急了，便开始掏出食物和周泳分而食之。这个点，多数同学已到校门口集合，王睿格外留心着庄荣丰宿舍的方向，望眼欲穿。吴振旦飞车进校。"G4"站一排摆着酷酷的 POSE。美班长跟着陈老师数人头，检查物品。动如脱兔吴卯卯、笑靥如花汪芳芳这对"文体双花"，和班长小分队在闲聊，很快话题集中在李蕉蕉身上，她没来。俞中华、郭德柏、李星星、潘宇宙、陈兆强、钱望鸿……一个个都没睡醒的样子，"奶包"俞中华的发型今天也没那么顺滑，小 P 潘宇宙稍稍有点扁的脑袋靠着副班长陈兆强打瞌睡。梅奕昇和马天阳在打坐养神，丁剑和徐模杰护卫着他们，而汤斯顿和杨立方只是站立一旁围观。女生们三三两两散落，美食当家韩露露、人小鬼精于娜娜、斯文内敛邹琳琳、清水芙蓉鲍卉卉、气质清纯唐田田、邻家少女金郁郁、时尚女神盛坤、"霸中霸"成柠……李诺亚来回踱步，看见周泳，便问徐小根怎么还没出现。

"徐小根在我们后面。"庄荣丰代为回答。说着他便走向厂车司机。

"他来了，在吴振旦那儿。"王睿纠正答案。

王睿撵上庄荣丰，喊陈老师。陈老师关照美班长，列队报数。

"陈老师，只有薛红枫还没到！"美班长报告。

"我们先上车，车上等。"陈老师指挥，并安排美班长和王睿到校门外去望一望。

大巴车里顿时变得嘤嘤嘤的，热闹而欢愉。车外还是宁静的校园，只有早晨的鸟鸣回荡在天空，仿佛鸟儿振翅的前奏。陆续有住宿的早起的同学，晨读，锻炼，吃早饭，外出……

城市醒来，人流渐稠，车流渐疾。王睿和美班长在校门口，各望一侧的方向，因为他们不确定"吃哥"薛红枫会从哪个方向过来。

"'吃哥'不会爽约吧？"虽然美班长心里并不相信。

"不会！"王睿相信薛红枫不是会随便爽约的人。

"睡过头了？"美班长猜测。

"这倒有可能。"王睿附和美班长，以消解一点她的担忧。

一阵风吹过。呼——叭叭——一辆黑色桑塔纳轿车在校门口停住。美班长和王睿瞪大了眼睛。

后排车门打开，只见薛红枫拎着背包匆匆下来。

"'吃哥'！"美班长大喊。

"哎！"薛红枫同学答应，昂着细长脖子上的脑袋跑向美班长，"我来啦！"

车里又探出一个大男孩，递出一包食品，喊："薛峰，你的东西——"

"'吃哥'，是喊你吗？"王睿问。人家喊"薛峰"，不是大名"薛红枫"，也不是绰号"吃哥"。

"哦哦哦！"薛红枫折回拿过东西，然后跟着美班长他们跑进校园。那小车在他们的跑步声中"叭叭——"飞驰而去。

"你怎么叫薛峰？"王睿想问个究竟。

"赶紧上车。"美班长催促。

车上，陈老师再次确认人数，激情宣布：出发！

班长小分队给美班长留好了座位。王睿和薛红枫找到空位坐下，王睿重复了刚才的问题。"吃哥"一边打开零食，一边解释说：

"我小时候，出生的时候吧，我爸爸想给我起名叫'薛峰'。"

旁边座位的同学被"吃哥"的话吸引了。"吃哥"以为同学们惦记他手上的零食呢，边说边开始分发。

王睿催促："然后呢？"

"吃哥"薛红枫继续说："但是'薛峰'和'雪峰'这个香烟牌子听起来一样，所以最后就取名叫'薛红枫'了。"

"那你爸爸爱抽烟。""大猩猩"李星星玩笑道，"怪不得你口袋里……喔！啊！你明白……"

薛红枫面向李星星，再次申明："说了不是我的。那是特殊情况。现在没有了，不信你看……"

王睿打断他们，又催促："刚才送你来的是谁？不像你家里人……"

"不是。就是我邻居小伙伴——俞周。就是，'大猩猩'！……不说了，就是那小子，才害我迟到。"薛红枫按按自己的外套口袋，确认没有揣着什么，但是摸到一个硬邦邦的东西。他有数了。没事了，他专心吃东西。

"怪不得，他喊你小名。"王睿把"薛峰"理所当然地认为是小名。而这种小名很多人都有，除了家人亲属，就是知根知底的邻居们知道了。——这就是所谓的"底细"。

"嗯。于娜娜也知道，以前也是老邻居。所以她敢对我这么凶……""吃哥"嘴巴同时发挥着说和吃的功能，明显不够用了，便选择把精力主要放在吃上，手中的零食嘎嘣嘎嘣往嘴里塞。他客气地请同学一起吃。但同学们都带了喜欢的零食，只是没有"吃哥"这么猴急。

庄荣丰一副主人翁的样子，在车里兜圈，看看大家坐得好不好，提醒系好安全带。"吃哥"又翻出一包薯片，递给兜过来的庄荣丰同学。庄荣丰不客气，接过薯片就打开，继续兜圈，正好一路分发，分发到于娜娜这儿，于娜娜知道是"吃哥"的薯片，大声说："不吃！垃圾食品！"她旁边的美食当家韩露露嘻嘻地笑，伸手抓了一点，道："油炸食品。"

这趟秋游，按计划午饭前到达目的地所属的小镇。入住小镇宾馆并用餐。房老师会在小镇接头。下午到小镇外山林游玩，房老师做导游。晚上住宿在小镇宾馆。第二天一早，进山游历房老师老家原生态的山村，下午从山村直接返回。

九班同学大多是城里孩子；即便有几位农村的孩子，但也没有在原生态的山村里生活过。人生阅历说得不错：一定要走入不同环境、不同世界，才能更深刻多元地理解这个世界，理解他人和自己。

"那么，我们为什么不在山村里住一晚呢？"杨立方同学小心翼翼地提出这样一个问题。汤斯顿笑呵呵地附和："我也正这么想。"

陈老师睿智地答道："山村里没有那么多床给我们住。"

"夏天就可以。"李诺亚说道，"因为夏天可以睡地铺，一条席子就够了。也许暑假……"

不等把憧憬说完，徐小根愣愣地说："夏天蚊子多，还是山村里。"

车里就这样叽叽喳喳无主题变奏。不知变换过多少话题后，聊天声停息了。继而响起的是各种开袋解封、吃东西喝饮料的饕餮之音。吃了一阵，嘴巴们彻底停歇了。带着随身听的，耳朵塞了耳机听歌；没带的，试尽各种姿态开始打盹。车早已驶出城市，在高速公路上疾驰了不知多少时候了，窗外高速公路两旁的景色也是沉闷单调。

"呼——"有人打起了呼噜。

"哈哈！""嘻！"美班长和"美小姐"相视而笑。

姚小君轻声喊："'暴力'，唱歌！"

"暴力"王睿害羞，脑筋一转，道："陈兆强——副班长唱歌好听！"

陈兆强和周泳头挨着头打盹呢，听到有人喊，陈兆强睁开眼，摸了摸脸，又看了看美班长。美班长一下读懂了这个眼神，转头喊陈老师：

"陈老师，您的机会到了！"

"我的机会？"陈老师装傻。

"一展歌喉的机会呀！"美班长期盼地说，"给我们唱歌吧，您最喜欢的那首。"

同学们都醒来。一张张嘴巴该吃东西的吃东西，咔吧咔吧；该说话的说话，嘤嘤嗡嗡；该起哄的起哄，噢噢耶耶……

陈老师笑着站起来，做手势压一压，道："安静，安静些！你们知道，我唱的都是抒情歌，只能静静听……"

一张张嘴巴便安静下来，一双双眼睛都盯着陈老师。陈老师搓搓脸，仿佛要把脸皮搓厚一点似的，随后闭一闭眼，开唱了：

"凄风冷雨中，多少繁华如梦，曾经万紫千红，随风吹落……"

动如脱兔吴卯卯拉拉笑靥如花汪芳芳，低声抗议道："唱得太轻声了……"

美班长做了一个"嘘"的手势，低声说："别说话，听陈老师唱……"

终于来到副歌高潮部分，陈老师放开了声音："我看见水中的花朵，强要留住一抹红，奈何辗转在风尘，不再有往日颜色……"

《水中花》唱完，大家觉得不过瘾，起哄着还要听。陈老师告饶道："我真不擅长。大家要听，只有请孙恰同学！"

美班长怜惜"美小姐"，又提议说："还是请王睿唱《鹿鼎记》吧！《鹿鼎记》够劲儿！"

没想到王睿一口答应了，他说："我会唱好多《鹿鼎记》的歌呢！今天就给大家来一首电影版的——"

"开场白不用太多，"钱望鸿挥舞着双手，"赶紧开唱。大家鼓掌欢迎！"

"哦——"吴功道坐在座位上也是一只手搭着李臻寰的肩膀。李臻寰"呵呵"地笑，喊了一声"好——"。

"果然是'暴力'，真强！"吴振旦笑着夸赞。

大巴车在高速飞驰，车里王睿的《鹿鼎记》还真是应景。

……
让我们找开心快活去
让我们寻开心快乐去
快乐的人生一切是游戏
欢乐的人生是我和你
笑一声醉醒之间难得糊涂
开心做一出戏
……

只有清醒的人才向往"糊涂"。只有拥有舞台的人，才能把人生的戏做好；没有舞台，再好的戏也做不下去。

看看到哪里了。看看什么时间了。陈老师掏出诺基亚，铃声正好响起，是一个陌生号码，陈老师接起。

居然是房老师。她说她会在高速出口迎接九班。

陈老师代表整个九班，表示不要这么辛苦来接。因为房老师出来有很远的路程，需要坐很久的车。但房老师非常坚持，陈老师也只得接受。

这秋游，是长途跋涉哦，是 travel（旅行），不是 picnic（野餐）啦！

在高速出口，陈老师关照司机慢行，仔细寻找房老师。司机有经验，将车缓缓驶向高速出口广场。

"陈老师！"庄荣丰走到前排，发现了人影，"那是房老师吗？"

房老师穿着醒目的运动装，扎着麻花辫，注视着高速出口方向。

王睿提议道："要不我们先派一个人下车……"

薛红枫主动请缨："要不我去看看?"

李星星雄浑的声音道："'吃哥',你就吃你的吧。"

俞中华语不惊人死不休,道:"总有些东西,光用眼睛找是找不到的。"

吴振旦受不了"奶包"俞中华,接话道:"'奶包',你讲得很有道理!我看你行!你行就你先下去吧!"

"确实有道理。"一路都和马天阳闭目养神的梅奕昇开口了。

美班长和房老师相处的时间最多,肯定最熟悉。果然,她一望,就确定道:"是的!是的!那是房老师!"

大巴车靠过去。庄荣丰转向后面对吴振旦说:"吴振旦,还得你出马。"

"干吗又是我?"吴振旦推脱的语气。

俞中华接话根本不需要费脑子,张嘴就有:"你看,房老师还带着包裹,肯定得搬上车来。这就属于体力劳动,你是劳动委员,理所当然是你去了。"

"'G4'去!"吴振旦才不信俞中华嘴上的一套,"他们四个人呢,比我一个人强。"

"劳动是光荣的。"一路都在睡觉的羊羽同学,趁乱插了一句。

"班长!王乃思……"陈老师叫道。

"到!"美班长蹿到跟前。

"走,我们一起下车请房老师。还有副班长,陈兆强你是男生,一起去,帮房老师拿行李。"

靠窗座位的同学都把脑袋贴到了窗玻璃上,没有靠窗的同学就把脑袋贴到了靠窗同学的脑袋上。

许是多日不见，房老师上得车来，同学们竟是拘谨了。

"嗨，九班！"听得出房老师很激动，"我们又见面啦！"

"房老师好！"美班长带头大声回应。

同学们三三两两打招呼。在美食当家韩露露带头下，人小鬼精于娜娜、斯文内敛邹琳琳、清水芙蓉鲍卉卉、气质清纯唐田田、邻家少女金郁郁、时尚女神盛坤……女生们一哄而上送去零食。"霸中霸"成柠同学却气质不凡地安坐一隅，融进车窗外的青山绿水，简直仙气飘飘。

闹哄哄中，有男生告状："房老师，劳动委员不劳动，不给你搬行李！"

徐模杰和丁剑循声望去，原来是"猴子"郭德柏。同学们这才发现，一路上这只"猴子"太斯文了吧。他和李诺亚并排坐着，李诺亚想着自己的心事不聊天，顾不上郭德柏，郭德柏也就跟着闭目养神。

"中午有好吃的吗？我饿死了。""吃哥"不是哗众取宠，他是真的想吃主食。从早上开始，一路上都是零食，嘴巴是过瘾了，可胃口仍旧不买账。

"我看你一直在吃东西，没停过啊。"王睿惊奇。

"吃得多……"庄荣丰想想不对，后半句没说出来。

"……消化得快。"潘宇宙蛮有默契，强行补充完整。

"离镇上并不远了。"房老师告诉同学们。美班长陪着她，找座位坐好，同学们也陆续安静，大巴车行驶起来了。

房老师指路。很快，大巴车到了小镇，拐进宾馆小院的停车场。

"汽——"大巴车重重喘息了一声，停稳。

排队下车。钱望鸿奇怪地问："刚才大巴车为什么'汽'——发出这样的声音？"

"因为它就是'汽'车啊！"汤斯顿呵呵笑着回答。

"我也正这么想。"杨立方跟着汤斯顿的话，说完嘿嘿地笑。

拿好行李，办理入住。也没啥要收拾的，服务员上菜。

风卷残云，大快朵颐。有唐宋诗句为证：

鲜鲫银丝脍，香芹碧涧羹。（〔唐〕杜甫）

细捣枨虀卖脍鱼，西风吹上四腮鲈。（〔宋〕范成大）

青浮卵碗槐芽饼，红点冰盘藿叶鱼。（〔宋〕苏轼）

劝君速吃莫踌躇，看被南风吹作竹。（〔宋〕钱惟演）

吃过午饭，按房老师的导游路线，大巴车把大家都送到山脚下。随后大巴车自行开到山的那边等待，同学们在老师带领下翻越山林。

进得山林，倏然改天换地。杂草涌出密林，远望竹林摇摇。鸟鸣叶飞，草木之色笼盖四野，头顶的天空也分外清爽。今天真是个好天气。

"同学们！"陈老师开心极了，仰着头，"看，天空！"

"蔚蓝蔚蓝的！"美班长也把头仰起，以至声音有点被堵在喉咙里，她的身子也随着高声说话微微晃动。"美小姐"见美班长在晃动，便赶紧伸手去扶。

"这是真正的秋高气爽啊！"陈老师陶醉了。

"哇！"汤斯顿也是美滋滋的，抒情道，"这秋天，像春天一样！梅奕昇快来——"

梅奕昇和马天阳一起走近汤斯顿，他们似乎达成了一种默契，就是要去吸收天地之精华。

"看！"潘宇宙跑在最前面，"前面好像有草地，好多草！"

"学校不有草坪吗？""奶包"俞中华在后面还没看到草地，但话照接。

"草不一样的。"陈兆强给潘宇宙帮腔，去追他。

"'奶包'快点走！"吴振旦超了过去。

九班的同学们自然地排列成队伍，在山色苍翠中，在茂林沟壑间，穿梭不歇。回首处，只见人户散落的村庄影影绰绰，此地竟已远离了小镇，仿若涉足世外桃源。——这感觉好像有点熟悉。

大概每个人都有这样一种感觉，就是某一刻某一事物好像曾经发生过，眼下又在重演一样。

美班长曼妙声起："同学们，快，前面有一块芳草地，还有大岩石……"

看，美班长就说"芳草地"，和潘宇宙说的"草地"就是不一样，听到"芳草地"，连潘宇宙自己都油然而生柔软的感觉，想躺下睡觉。

"美班长说得准确。"俞中华不失时机为自己扳回面子。

"快走啊！"潘宇宙像号手一般，"陈老师已经冲到前面去了。"

为了赶超，队伍开始被打散，好些同学沿着溪边，扒拉着草木前行。

"小心！"薛红枫贴心地提醒同学们。

"都排好队伍！"美班长怕同学万一滑到溪水里去。

"美班长，"薛红枫从溪边撤回来，说，"我看这溪水通向前面的峡谷。"

王睿和庄荣丰正往前去呢，听了便探头望。果真，庄荣丰嘴里"喷喷",嘀咕道:"好险!"王睿点头称是,开始大声喊潘宇宙和其他同学。美班长过来聚拢队伍。

可是,俞中华、郭德柏、李星星还有钱望鸿,已经下到溪水下面去了。吴卯卯和汪芳芳站着看,吴卯卯突发奇想道:"你说溪水好喝吗?"

梅奕昇、汤斯顿、杨立方、李诺亚,还有韩露露、于娜娜,都离开溪水边,走在了羊肠小路上。"G4"、徐模杰、丁剑、马天阳、周泳、羊羽,以及成柠、邹琳琳、金郁郁等,都赶到前头去了。"霸中霸"成柠腿长步快,不知不觉就赶上了陈老师。陈老师和房老师都微微一笑,夸她果然是德智体全面发展的典型。这位"霸中霸"竟然也有被夸得不好意思的时候。

韩露露想起了一件开心事,说给于娜娜听:"我以前和同学去爬天平山,我们从后山进去的,没买票。当年还有园林券来着。后来我们从大门出去时被拦下来,让我们补票。我们一人拿出一张园林券,收门票的人脸都绿了。哈哈!"

"哈哈!"于娜娜也乐了。

大家总爱把一些无伤大雅的坏事说得那么有趣。

"G4"爬上了一块大岩石。这块大岩石,好似一处要塞屏障。徐模杰、丁剑、梅奕昇、马天阳,一众男生——就连汤斯顿和杨立方也没什么困难,攀上岩石,纵身翻过。但是难住了一众女生。尤其韩露露、于娜娜她们这些小巧玲珑的,攀爬岩石有点不淑女也不斯文——主要还是爬不上。

"G4"相互推让了一下,最后还是汝相如伸出手来拉女生一把。韩露露看汝相如想帮忙又有点难为情的样子。韩露露一伸手抓住了汝相如的手,顺利攀爬上岩石,然后她俯下身拉于娜娜……同样是女生,班长小分队就不用操心。"女暴力"姚小君一个箭步就蹿了上去；"一姐"蒋安安也是腿长，搭着点旁边的峭石，一抬脚就跨上去了；黄秀文是跳高好手，原地助跑就上去了；"美小姐"稍稍斯文些，她站着没动，还在等美班长过来接她。

这时听岩石那边传来一阵嬉闹声，"一字电剑"丁剑惨叫道："来人啊，有强盗！"

"4G"朱尉玉晃过去，看到丁剑和徐模杰在玩老鹰抓小鸡。朱尉玉便喊来"大力兄"马天阳，"大力兄"问："谁是强盗？"

丁剑怀抱着水壶，指指徐模杰。"大头"徐模杰豪气冲天道："我就是在此剪径的强盗！啊，这个，'此山是我开，此树是我栽'……"

"哇——呀！"一个俊俏的身影飞来，一拳打中徐模杰肩膀。"大头"的大脑袋猛晃一下，脚下站稳，一看，是姚小君。

姚小君呵道："还要不要栽树……"

"不敢，不敢了！"徐模杰连连服输。

"切！"姚小君觉得没有打几个回合，不过瘾，又念起台词，"把你打劫来的东西，分我一半！"

"水！"徐模杰交代，"我只打劫水。我的水喝完了……"

"他就是想打劫我的水！"丁剑揭发，"先是偷喝，这个'偷水贼'。被我发现了就打劫。女侠一定要为民除害啊！"

"还有梅大侠！""大力兄"看到梅奕昇他们过来了。

"什么事？""大侠"梅奕昇义正词严道。

原来是为了一口水。梅奕昇大手一挥，喊："'奶包'，上水！"

吴卯卯拎着矿泉水瓶走过来道："这溪水味道还真不错。"

"你喝过啦？"美班长忙问。

"真的不错!"吴卯卯把瓶子递向美班长。

美班长有点担心,道:"不知道能不能喝呢?我去问问房老师。"说着,美班长就又往前走了。孙恰跟上,又回头提议道:"要不你们先别喝,等我们去问问。"

"没事。""奶包"俞中华开口道,"我和梅奕昇都喝了。我还和'猴子'比赛喝水呢。怕什么!"

说猴子猴子就到,郭德柏慢慢悠悠过来,不管三七二十一道:"那肯定是你'奶包'输,包输……"

"和你比吃香蕉可能会输。"俞中华语气不服。

"吃香蕉?要比赛吗?""大猩猩"李星星后来居上,不动声色的语气里一副十拿九稳的架势。

"这种山里的溪水,一般来说,应该没问题的。"九班最神秘的男生汤斯顿,向来说话很严谨。

"咦?"吴功道搭着李臻寰的肩膀,问道:"吴振旦呢?"

薛红枫知道,答:"他到前面去了,和陈老师他们在一起。"

"他跑那么快干吗?"王睿随口一说。

"给房老师拎东西?劳动去了……"庄荣丰也玩笑 说。

"管他呢!""吃哥"坐上一块突出的岩石,开始从背包里掏东西吃,"劳动委员去劳动,再正常不过的事了……"

"喂——"美班长带着孙恰和吴振旦回来了,美班长大声说,"溪水可以喝的!"

走近了,孙恰关照:"不过不要喝太多,水凉。"

"我也来尝尝!"吴振旦一点不客气,"水呢?'奶包',给我水!"

"你不是在劳动吗!"俞中华扔了灌满的一瓶给吴振旦。

薛红枫眼睛瞪大了,赶紧喊:"我也喝!"说着拿出自己的水壶，去吴振旦那里接水。

吴振旦给薛红枫倒了些水，又给其他凑过来的同学倒。这时候，他才想起回复俞中华，道："我一直在劳动啊！看到没？"钱望鸿故意打断他，催促道："快快，快给我倒水。"吴振旦也故意洒了钱望鸿一些水。

"不要浪费水资源。"李诺亚无端端冒出这样一句话来，"要珍惜水资源。"

"好好！"钱望鸿谦逊道，"人类离不开水。我错了。"

李诺亚知道钱望鸿嘴上说得漂亮。他默默走开了。多清澈的溪水似乎也洗不去这个大男孩的心事。

美班长看到这场景，组织起来，道："大家把水壶或瓶子拿出来，我们每人分一点。"

"好！"薛红枫同学正准备喝，看到了人小鬼精于娜娜瞪着大眼珠子盼分水，他走过去道："你水壶呢？我分给你。"

"谁要！"于娜娜瞪了他一眼，"你都喝过了，脏兮兮的！"

韩露露捂嘴笑。"吃哥"吃了个瘪，不过不生气，道："我没喝过，吴振旦倒给我的，我还没喝呢。"

韩露露凑上去看了看水壶，确实没喝过的样子。她忽然说："'吃哥'，你身上不臭啦！"

"吃哥"听了傻笑道："本来就不臭。那是雪茄的味道而已，不过不是我的，我也从没碰过……哎！喝水！"

"那你怎么会有？"韩露露惊奇。

"走！"于娜娜拉走韩露露，"我们自己去倒水！""吃哥"薛红枫已经找机会和于娜娜，还有李星星同学都解释过了：他身上的雪茄，是邻居小伙伴俞周的；俞周请他暂时保管一下，而俞周也是偷偷给爸爸准备的。——"吃哥"吃什么也不可能去吃那东西啊。

姚小君负责惩治插队的，不知何时她在树丛里捡了一根软软的树枝当"鞭子"。

薛红枫看于娜娜分到了水，又上去讨好："怎么样，好喝吗？"

"水有点凉，我喝了感觉牙疼。"

"疼得厉害吗？"薛红枫关切道，"我去找美班长。"

"算了。"于娜娜不想惊动大家，而且也不是很疼。她明白并不是喝了溪水才疼，而是这两天本来就有点不对劲。

"快走，快走！"王睿和庄荣丰走在前头，招呼，"陈老师和房老师在前面等了！"

队伍穿行山涧，蹚过草丛，翻过石径，听着鸟鸣，赏着风景，伴着溪流，踏着光阴……同学们来到了芳草地，芳草地上还有几块平整的大岩石。

"休整！"陈老师一声令下。

同学们坐的坐，躺的躺，吃的吃，聊的聊，好不畅快惬意。

"今天天气真好！真想幕天席地睡一觉。"美班长发愿道。

"嗯！"很多女生都有同样的想法。

"那你眯一会儿。"孙恰柔声道。

"睡吧。"姚小君爽气道，"我来站岗！"说着，她用手里的树枝在地上画圈子，就像孙悟空给唐僧画保护圈一样。

"哟，你慢点哪！"蒋安安缩脚，树枝碰到她的鞋了。

"我们还是请孙恰唱首歌吧！"美班长并不睡觉。

王睿赞成道："我在车上唱过了。现在轮到孙恰了！"

孙恰可是登上过电台比赛舞台的，并不怵，也不扫兴推辞。在班长小分队的簇拥下，孙恰站上大岩石，天籁飘荡。

歌声抟扶摇而上，直上重霄九——九九那个艳阳天嘞！

每个人都在如梦如幻的美丽景色、美丽歌声、美丽时光中沉醉了！

钱望鸿仿佛是意犹未尽的代表，缓缓道："可惜匡星雨没一起来，要不还能听到二重唱。"

继续出发。房老师介绍，夏天的时候，山涧涨水，就可以漂流了。同学们望望溪水，有人发现确实有竹筏存留在溪水岸边。美班长就向陈老师提议，等高二结束后的暑假，再来。

"好！再来！但是你们要……"

"没有'但是'好不好？"美班长知道陈老师要提条件了，便撒起娇来。

学习委员王睿就说："高二期末成绩，我们一定提高！"

庄荣丰悄声对王睿道："立'军令状'最好温柔点！"

"好！"陈老师认下了这个"军令状"。

"那是什么？"有人发现一片作物。

"不懂。"都是城里孩子，看不出来，也许吃进嘴里才知道。

"那是玉米吧？"本来不想来的徐小根鼓起勇气，答道。

"啊！果然有经验！"吴振旦又开启了无条件夸人模式。

俞中华收回了目光，不以为意，对吴振旦道："你要是从小生长在农村，你也知道。"

"我现在也知道啊，那是玉米！"吴振旦现学现卖。

"吴振旦去掰几个？"潘宇宙一开口，往往不是挑衅就是怂恿。

"那不好吃。""吃哥"薛红枫表态。

"不是吧。"副班长陈兆强提醒，"不能随便掰人家玉米。"陈兆强时而和周泳一前一后，时而和潘宇宙一左一右——秋游令人慢下了脚步，抛开了你追我赶。

"我以为你说——不是不好吃。"庄荣丰也一直望着玉米。

"对！"美班长发话了，"这么优美的自然环境，我们不能破坏了！看'G4'，多绅士！"

"是看李臻寰吧？"王睿点破。

"李臻寰是很绅士啊。"美班长坦言。

姚小君挥舞着手中的树枝，解释："我这是捡的，我没破坏自然。"

"捡的没事。"钱望鸿的语气里，好像自己有赦免权一样。

"那……"潘宇宙环顾四周，道："弄些草总没事吧？"他指了指梅奕昇和马天阳，他俩一路上都在打草、折草。抛出问题后，潘宇宙和庄荣丰就趁闹哄哄之际躲开了。

"折草没事。"一路上都在和同学们私下交流的羊羽同学，终于当众开口了，"这种是茅草。"说着他折了几根。

"吃草啊！""吃哥"聊天的思路一直很明确。

"羊羽认得茅草？"吴卯卯折了一把，给汪芳芳，"这茅草……也蛮好看的。"

也是无聊，也是解乏，也是留念——同学们都开始折茅草玩。

翻越过山林，大家极其疲惫。终于看见大巴车了，同学们都叫"阿庄""阿庄"……

"干吗？"庄荣丰到底腿脚好，没那么累。

"赶紧把你家厂车开过来。"钱望鸿四仰八叉。

俞中华瘫坐在一边，还不忘纠正："阿庄又不是司机，就算是他家的厂车，他也开不过来。"

"少说几句，多歇歇吧。"吴功道不想听抬杠，脑子嗡嗡的。

"G4"四个相互靠在一起，"篮球王子"也扛不住了，道："好累啊！"

美班长看着陈老师给司机打电话。大巴车就像草丛里的虫子，探一下脑袋，就蹦到了眼前。

回宾馆。躺下。

青春正盛，年轻的生命就像崭新的手机，嘀嘀嘀，耗尽的电量不一会儿就充满格了。同学们躺了一下，就又一个个生龙活虎了。

美班长走到宾馆小院的时候，班长小分队都在那里了。

"怎么不叫我？"美班长问道。

"想让你多休息会儿啊。"孙恰贴心道。

"我不累。"美班长看同学们这里三个成群，那里两个结对，"大家都在聊什么呢？"

"在吹牛。"庄荣丰直白道。

"在欣赏落日。"钱望鸿修辞道。

"咳！"俞中华呛着了，咳咳道，"走，我们到那边去。钱望鸿说话太肉麻。"

"到那边去干吗？"潘宇宙不想走。

吴卯卯逮着宾馆养的小猫，可劲儿地在撸猫。她还和汪芳芳说："要是有杯咖啡，边喝咖啡边撸猫，才够好。"

"还能这样玩儿？"汪芳芳从没想过这样的搭配。

"奶包"俞中华继续拖小P潘宇宙。此时他心里诞生了一个计划，厚颜道："我看见那边有个篮筐。你投篮，我来盖帽。"

"你这话……"庄荣丰打抱不平，"有意义吗？"

"不准欺负小P！"陈兆强警告道。

"就盖一个。"俞中华说得很轻巧。

"G4"听了手痒痒了，"篮球王子"李臻寰问："有篮球吗？"

"有足球也行。""足球小将"也脚痒痒。

小院一侧连通着另一个开放的场地，真有一个老旧的篮球架，铁架子深深埋入地下，篮板早已斑驳开裂，一个有点倾斜的篮圈也松动了。

这是俞中华和吴振旦无意间发现的。正说着呢，吴振旦居然弄来一个篮球。

"哪里来的篮球？"李臻寰喜出望外。

"宾馆里借的。"吴振旦说，"这里有篮筐，我想宾馆里肯定有员工来打球。"

后面郭德柏、李星星、李诺亚也来了。

不过并不合适打比赛。俞中华再次提出，他要盖潘宇宙的帽。

"那就满足'奶包'吧。"吴功道站出来说，"省得他再啰唆了。"

于是导演的导演，彩排的彩排，解说的解说，一场"俞中华请潘宇宙吃惊天大火锅"的好戏上演了。陈兆强跑去请美班长安排照相机来。各就各位——

潘宇宙蓄力——跳起投篮——俞中华抢起胳膊——"砰！"潘宇宙的投篮被打飞出去。"惊天大火锅"完成。收工。李诺亚默默去将滚出老远的篮球捡了回来。

照片拍了几张。俞中华叮嘱，要出手时的瞬间那一张——从艺术角度讲，这个瞬间最有张力。

潘宇宙抹了抹眼睛。陈兆强问道："没事吧？"

"没事。"潘宇宙摇着稍稍有点扁的脑袋，"刚才跳起来的时候，吹起了风，有沙子吹到眼睛里了。"

徐小根傻傻地对陈兆强说："潘宇宙他没有哭吧？他自己同意的。"

既然不打球，男生们陆续返回小院，只有吴振旦、徐小根和李臻寰几个在练习定点投篮。王睿发现，小院里丢满了山林里折回来的茅草。薛红枫、钱望鸿、郭德柏、庄荣丰、李星星……一个个走过时，手不闲着，又抓起来相互挠脸玩。"吃哥"薛红枫被李星星强势攻击，茅草戳进了鼻孔里，打起喷嚏。

"'暴力'，"阿庄问，"你强劲的喷嚏是不是这么练出来的？"

"我哪能跟'吃哥'比？""暴力"王睿谦虚道。

薛红枫有点恼了。他一把扯过李星星的茅草，一只手在衣兜里一摸，谁也没注意他摸出什么来。忽然，薛红枫手里的茅草着了，呼呼燃烧。火势蹿起，薛红枫就要掷向李星星。

"住手！"王睿大喝一声。

声音惊动了美班长。

"快弄灭！"王睿提醒，"你找死啊！"

美班长已经来了，见到有人放火，怒火从她眼睛里喷射出来，道："'吃哥'！你怎么回事？"

"我……我不小心。"薛红枫意识到问题的严重性。他踩灭了茅草，把手中的东西往衣兜里藏。

美班长发现了："你怎么带着打火机？"

"这……"薛红枫慌了，"我不是故意带的。我忘了放在家里。"

"忘了放？"美班长不依不饶，"那你带着做什么？"

"哎呀，不说了。"薛红枫同学想溜。

吴卯卯和汪芳芳跟着陈老师出来，看到了这样一幕，有点意外。同学们还没看到陈老师，钱望鸿正轻描淡写说道："男生嘛！带个打火机，有派！"

"有派不一定非得带打火机啊。"俞中华来劲儿了，"带打火机反而……"

"反而怎么样？"钱望鸿赶紧拦截，"又不做坏事。"

"我作证，'吃哥'没干过坏事！"李星星很认真地说。

"来来来！"庄荣丰打圆场，"把打火机给我。我家司机正好没带打火机，我来拿给他。"

吴卯卯和汪芳芳走了过去。房老师用眼神询问陈老师，陈老师用眼神回应：再看看，不急着去"断案"。而于娜娜风风火火冲到薛红枫面前，一伸手：

"交出来！"

薛红枫被那一对大眼珠子吓住了，掏出打火机。

"给我吧！"陈老师终于走过来了。

于娜娜只好把打火机交给陈老师。陈老师从不抽烟，他"欻、欻"地打着了两下打火机，深呼吸，随后睿智道："不错嘛！把茅草整理一下，晚上，我们烧烤，来场篝火晚会！"

"哇！"美班长激动得跳了起来，转着圈喊，"吴振旦！劳动委员，快，把茅草整理好！"

"怎么又是我？"吴振旦照例"申诉"。

"我来！"王睿抓住时机。陈老师睿智化解了一场尴尬的错误，还不好好配合？

同学们心领神会，都去收拾茅草。房老师再一次为陈老师的睿智表示佩服。

到底人多，三下五除二，就收拾好了茅草。也不知哪几位同学，还捡来了一些木柴。

吴振旦抢功，报告说："陈老师，整理好了。"

"辛苦啦，劳动委员！"果然房老师表扬道。

不过宾馆小院子里不让点篝火。灵机一动，旁边那片开放的场地没人管，于是夜幕四垂后，同学们在篮球架下点起了篝火。又和宾馆协商，将晚饭端到了这里，再弄了点可供烧烤的鸡翅、五花肉、牛羊肉、土豆、面筋之类。

潘宇宙和庄荣丰偷偷溜回房间，很快又出来了，叫王睿。

"看！"潘宇宙从衣服里掏出几束玉米。

"还有……"庄荣丰拉开外套，也好几束。

"你们……"王睿惊诧，"唉！掰都掰了，烤了吃吧？"

"叫'吃哥'来。"庄荣丰小声道。

"'吃哥'——"潘宇宙大声喊。

"轻点！"王睿阻止潘宇宙，但为时已晚。

那两个偷玉米的自然不用多说，已定下了惩罚措施。薛红枫在吃到烤玉米前，也先狠狠吃了一顿陈老师的批评。美班长解围道："陈老师，这玉米，也不是薛红枫掰的！"

"薛红枫也吃，是不是！"陈老师紧扣关键。

"唉！"孙恰无语，拉拉美班长，"别说了。"

吴卯卯也悄悄说："反正男生脸皮厚，批评两句没关系。"

"没想到……"薛红枫扛住了陈老师的批评，潘宇宙和庄荣丰倒有些过意不去。没想到薛红枫忍着笑，说："没想到烤玉米还真好吃！"

美食的香气四溢，篝火的暖意环绕。今夕何夕？

这年这天这个地点，
星光在头顶，情谊在身边；
闪闪光芒，照耀心田；

熊熊篝火，映红笑脸。
一路来去并不遥远，
我们喜乐酸甜，走向明天；
从陌生到熟悉，
从相伴到依恋，
成长破茧的孤独，
梦想无限的幸福……
这岁月，雨过花正红。

某年某天某个地点，
星光在头顶，情谊在身边：
些些音信，唤起思念；
点点回忆，浮上笑脸。
一路来去渐渐遥远，
我们喜乐酸甜，走向明天；
从熟悉到陌生，
从故旧到分别，
生活坚韧的跋涉，
梦想守候的奈何……
这岁月，乱红正飞过。

7

　　第二天，天蒙蒙亮的时候就要出发。陈老师早早醒来，是第一个起床的。看看时间，他不忍心叫早，先去吃早饭。他乡的晨曦往往给人一种莫名的清醒，陈老师觉着略带丝丝凉意的空气，是早餐最美味的佐料。

"呜——轰轰轰轰！"大巴车响了一会儿，又停息了。陈老师想，这是司机师傅在试车吧，很靠谱。果然，司机师傅走进来吃早饭了。看见陈老师，他便坐了过来，呼呼地吃起面条和包子。司机师傅语气羡慕地说："陈老师，你真是位相当不错的老师！这一路，我都想重新做回学生了，难怪……"师傅吃了一口面。

"难怪什么？"陈老师知道有话。

"上次家访，他们肯定没有说。"司机透露道，"本来，要送庄荣丰出国。"

陈老师心头微微一惊，确实这个事谁也没提过，甚至谁也没想到过。陈老师点头道："是的，我真不知道，也没听说。"

"庄荣丰不肯出去，"司机道，"我们都以为他出国去不习惯。可是他说就喜欢现在的班级。"

陈老师嘴角露出了微笑，但不知道怎么，心头划过一丝惆怅。瞬间，他想起庄荣丰平日虽然常被批评，但总是不声不响接受，哪怕是对于美班长这个女孩子的要求他也……原来，用他自己的话说，还是这里"温柔"！

司机吃完了面，继续说道："你发现没有？基本上是我们开车来，往学校送东西，什么平望酱菜，什么吃的用的玩的。你见过庄荣丰回家吗？放假他都不想回，一回去就说要送他出国……"

顺着司机的话一想，还真是。陈老师觉得自己做得还是不够啊！放下早餐，陈老师问："原本打算送他去哪个国家呢？"

"听说……"司机想了一想，"是……西班牙。"比起美国、英国、加拿大、澳大利亚这些地方，西班牙确实是少闻。

陈老师意外："西班牙？"

"对。"看来员工们对老板家的事也八卦得不少，"西班牙足球也发达……"

"哦!"陈老师明白了,"庄荣丰爱踢球。"

司机看看时间,站起来,说:"今天我算知道了,他不肯出国,你们班级不错——我先去车上。"

陈老师也站起来。咚咚砰砰的声音越来越清晰地传出来,惊天动地的学生们要涌出来了。

"都把早饭吃了!多吃点!"陈老师来来回回一遍一遍关照,"王乃思!班长!一定要看到每个人都吃了早饭!"

"Yes sir!"美班长和班长小分队应答。同学们想到了袁sir,稍稍遗憾他这次没能一起来秋游。

据房老师介绍,她老家山村,大巴是开不进去的,只能停在村外,大家再徒步进去。

"那是世外桃源啊!"吴振旦争先回应房老师的话。

"不,"陈老师语气沉沉,"是交通闭塞。"

"有点夸张吧?"美班长不敢相信。孙恰也"嗯"地点头。

"贫瘠。"羊羽同学深沉地迸出两个字来,氛围有点变调。

王睿对庄荣丰说:"见识见识吧。"庄荣丰没注意听,他看到昨天的篮球被丢在屋檐下,便控制不住脚痒痒,去颠球。颠着不过瘾,可又不好往哪边开大脚。忽然,他看见窗台上的猫,便使出脚法,噔地一击命中。

"喵——""呀!"吴卯卯正远远地在看猫,目睹了猫被击中。猫惊慌逃窜,把架在窗台上晾腊肉的竿子撞落,腊肉又打到搪瓷脸盆,"哐哐哐"乱响。女孩子都捂起了耳朵。猫也更慌了,拼命窜,蹿上账台旁一摞饮料,把最上面散装的几瓶蹬落;饮料打中酒瓶,乒乒乓乓,把员工和老板娘都惊动出来。

陈老师眉头紧锁,关照美班长列队,他边走边说:"正好我去结账。唉……"

薛红枫还在回味昨晚的烧烤，念念不忘烤玉米竟然那么美味。所以他还在打听，到了山村里能不能吃到烤玉米，或者烤的其他……

"G4"吴功道语带双关说："考试！关于村里的知识要学好。"

李臻寰平静道："你别拿'吃哥'开涮了！你们看，'奶包'又在忽悠小P了。"

"列队了——""G4"汝相如和朱尉玉招呼吴功道和李臻寰。如果要评选有组织、有纪律的标兵，汝相如、朱尉玉绝对入选。

一路，除了司机不困，老师、同学都在补觉。只有经过一段盘山公路时，一个个都睁开眼睛，看一看这之前只在电视或文字中见过的——盘山公路。不看不知道，一看吓一跳。盘山公路让人心慌。好在司机是位靠谱的老手，任这公路有多"盘"，车子总是很稳。于是在稳稳的摇晃中，大家继续补觉。

"吱——汽！"大巴车在村外的邮局场地上停好。房老师叫醒陈老师，陈老师叫醒美班长，美班长叫醒班长小分队，班长小分队"女暴力"姚小君一声大喊叫醒了所有人。

"暴力"王睿揉着眼，伸了个懒腰，道："姚小君，powerful（强有力的）！"

"打起精神来啦！"陈老师率先走下车，精神抖擞，"我们要向深山里进发啦！"

"这是探险吗？"李星星清了清嗓子，和同学们一样，跃跃欲试。

探险最能激发青春的活力。

起先山路还是很分明的，就是不平整。渐渐，山路很不平整，进而崎岖。再走，地上的路也不分明了，只能沿着一些车辙，或泥泞时留下的脚印痕迹。山连着山，一座比一座高；从山坡到山顶，树林遮天蔽日；灿烂的阳光投射下来，就暗弱了。"咕咕！咕——咕！"不知什么鸟在鸣叫，像极了《西游记》中的配音。不时山坳中出现一两户人家，都是破旧的平房，有的甚至就是茅草屋顶。

"这是哪里？"美班长问。

没人回答，大家都聚精会神，一个挨着一个排着紧密的队伍。

转出一个山坳，终于见一片农田，光线也明亮起来。这里正是两座山的交界处，因此相对开阔一点。有了阳光，还有溪流，就有花草滋长。跨过一座小石板桥，陈老师长舒一口气，情不自禁吟哦起来：

"柳暗花明又一'逶'！"

"啊——"王睿知道陈老师在吟诗，调皮道，"又什么啊？陈老师！"

"又一'逶'啊！"陈老师睁大眼睛看着大家，"我念错了吗？房老师，我这句诗没念错吧？"

房老师抿嘴笑。

同学们都七嘴八舌学陈老师念这句诗："柳暗花明又一'逶'……"

小P潘宇宙背着手，像检阅一样，一个个走过同学跟前，走过一个重复一下："又一逶啊，又一逶。你'一逶'，你也'一逶'，我们就是'一大群'……"

"回来！小P！"副班长陈兆强觉得潘宇宙太不给陈老师面子了吧。

吴卯卯走到陈老师旁边，表示佩服，说："陈老师，你给我

244

签个名吧。朗诵得真好！"

美班长动员道："我们都要签名。"

"行行行！"陈老师投降，"我知道错了，普通话不过关。没有房老师学得好！"

房老师道："陈老师，很应景啊！"

陈老师笑笑，看看同学们，问："都歇好了吗？还有一点点路程就到目的地啦！"他把"点点"两个字说得特别清楚，像课上强调重点一样。

房老师走在最前面。这里的山路，她走过太多遍了。一直走，一直走，终于走出了山村。她希望带着更多的人走出去，于是她又回来了。

其实，当时陈老师给美班长看的信，只是一半。另一半信里，有着太多祈愿。房老师不告而别的那天，是因为小山村里突发变故，急需她回去临危受命。

很多浪漫的形式，在难以想象的现实面前，统统微不足道。

峰回路转。"到了！"房老师以主人翁的口吻宣告。一路上，除了提醒同学们注意安全，或三言两语介绍一下特别的环境，房老师并没有多说什么；当然，这崎岖的山路令人气喘吁吁，也顾不上聊天了。

山村的屋舍渐渐多起来，不再像前面那样散落，但多数还是破旧；稍稍高大一点的建筑，显然比几代人的岁月都长。今天进来一群城市里的大娃娃，村民们出来看新鲜。有人特意从地头回来，肩上扛着锄头，笑呵呵地表示欢迎。

房老师带队，直接往村委会去。

美班长问："陈老师，我们不游玩吗？"

"等等。"陈老师收敛起游兴。

村民们看完这些娃娃，就轮到村里的鸡鸭鹅猪牛羊来看第二波了。同学们怎么也想不到，村里的鸡鸭鹅如此大胆，走到旁边也不怕，甚至主动凑到脚边来；把牛羊放在路边吃吃草啊也能理解，不明白怎么让猪到处跑呢？

女生们特别怕踩到鸡屎猪粪啥的，都踮着脚，相互搀扶着，眼望着地走路。男生们就起劲了，不是追着鸡鸭鹅，就是去喂牛和羊。

"小P，我打赌你可以骑猪。"王睿打趣。

"我看猪还没小P跑得快呢！"俞中华的角度一如既往另类。

"你也没小P跑得快。"陈兆强又给小P潘宇宙帮腔。

"中午吃什么？"俞中华转移话题，好像没听到陈兆强的话一样。

"中午吃鸡？""吃哥"薛红枫看着飞到树上的鸡。

动如脱兔吴卯卯舔舔嘴唇，说："大鹅味道一定不错。"

"那就吃大鹅。"庄荣丰同意，说，"我们平望乡下，就养着大鹅。"

"跟你说了，你们平望不算乡下。"王睿看着这个小山村。

钱望鸿又不知什么时候飘过来，听到吃大鹅，指着路边池塘里的大鹅道："谁下去抓？周泳呢？周泳水性好。"

钱望鸿笨碌碌转了一圈，抓住了小小的人儿周泳。周泳童稚般的脸蛋上表情十分意外，嘟哝道："干什么？干什么？"

钱望鸿叫人，丁剑、潘宇宙、郭德柏、李星星跑过来，抬起周泳就要往池塘里扔。周泳"妈呀！妈呀！"大喊，终于惊动了美班长和班长小分队。美班长叫来"G4"。钱望鸿放下周泳，边撤边申明："吓唬吓唬他，不会真的扔进池塘去的。"

李星星遗憾道："大鹅吃不到了。"

"尽量不给村民们添麻烦。"羊羽同学奉劝的语气。

李星星、钱望鸿他们望望羊羽，心里觉得有点扫兴，不吱声走开了。李诺亚走近羊羽，认真道："同学们开玩笑呢！但是，置身当前环境里，我才觉得，个人一点点小的烦恼，并不算什么事。——你看到徐小根了吗？我想和他聊聊天……"

"哦——"羊羽拖着调，"没看见。"

李诺亚张望着去寻徐小根。擦肩而过的孙恰和吴卯卯、汪芳芳过来告诉美班长，陈老师叫呢。

大部队来到村委会门前。村委会太小，村主任和几名村干部都迎到了门前。如果不是在村委会门前，村主任和那几名村干部，和山村的村民没有任何区别，极其朴素而沧桑。

村主任请陈老师进办公室——同样的村舍。陈老师微笑着点头，转身先吩咐同学们道：

"班长，王乃思！组织一下，想休息的同学，可以在这里休息。想游览的，可以在村里逛逛。——都待在这里也待不下啊。注意安全！"

房老师说："我来请村干部做导游，以免走散了。安全第一。"

安排停当，房老师陪同陈老师和村主任等进了村委会。美班长和班长小分队跟着陈老师。斯文内敛邹琳琳、清水芙蓉鲍卉卉、气质清纯唐田田、邻家少女金郁郁等几位文静的女生和周泳、徐模杰、李诺亚等几位文静的男生，待着休息。美食当家韩露露本来想走走的，但人小鬼精于娜娜似乎还隐隐地牙疼，两人只好文静地待着。时尚女神盛坤、"霸中霸"成柠，以及汤斯顿、杨立方、郭德柏、钱望鸿、丁剑、马天阳、徐小根、羊羽等，就在村委会周围散步，折点枝条，采些野花，认认蔬果，赶赶鸡鸭，听听鸟鸣，放飞放飞心情……

羊羽告诉徐小根，刚才李诺亚找他。徐小根用力答道："嗯，刚才他找到我了。"羊羽不是爱打听八卦的同学，他知道徐小根来自郊区农村，便和徐小根闲聊起目之所及、手之所触的这些田野之物。钱望鸿这会儿凑过来。徐小根出生、生活在农村，但"跨世纪"的这一代学生，从没正经做过农活，他知之甚少，而又不会言辞应付，只好嘴上不停地"嗯、嗯"，有时懵懂地笑笑。

其他一部分人，"G4"、"暴力"、庄荣丰、俞中华、李星星、薛红枫、吴振旦、潘宇宙、陈兆强、梅奕昇和吴卯卯、汪芳芳，已经"野"出去了。在山村里转了大半圈，陈兆强忽然说出一句奇怪的话：

"你们发现没有？我们没有看到一个……小孩子。"

咚！王睿的心脏一跳——好像是哦。

"不！"梅奕昇肯定道，"我看到了，在一座挺大挺古老的房子外面，好像是偷偷看我们。"

"哪里？"吴振旦立刻问。

"你是说山坳里那座？"吴卯卯接话。汪芳芳挽紧了吴卯卯的胳膊。

梅奕昇点点头，看着来路方向。

"我怎么没注意？"潘宇宙喃喃道。

"一路过来，山坳里是有很多房子。"陈兆强说，"要说挺大挺古老的……"

"哦，对！"王睿想起来，"一座'破庙'一样的老建筑，我看到了。"

"哪里？"这回是庄荣丰问。

"不是说了山坳里吗？"俞中华也有嫌别人啰唆的时候。

"值得去看看。"李星星沉着地说。

"我想说，"薛红枫终于插话了，"什么时候吃午饭？我们别走太远哦！"

"G4"吴功道对薛红枫说："还不到饭点，你先别急……"

李臻寰对孩子的问题不感兴趣，说："孩子肯定在上学呗！"

汝相如和朱尉玉都觉得李臻寰说得不错，一语中的。

"钱望鸿呢？"潘宇宙发现钱望鸿没跟过来。

"他说腿酸。叫他了，不来。"王睿答。

"我们走。""足球小将"庄荣丰脚下踢起草来。

"那就去找那个'破庙'。"陈兆强赞同刚才李星星的话。

"远吗？"吴功道也不想走太远。虽然这和薛红枫有关午饭的担忧无关。

"不远。"梅奕昇语气肯定，"但也不近。"

"快点吧。"薛红枫先动身了，"还得赶回来吃午饭……"

一名村干部，是村委会的会计，在一边抽完了烟，不远不近地跟着同学们。会计比较沉默，或许是和这帮城里来的大孩子们生疏，不敢走近。李星星注意到了这名会计，和副班长陈兆强耳语。副班长又和王睿耳语了几句。

王睿便走近会计，想问那座"破庙"是什么地方。吴卯卯和汪芳芳一瞧这架势，不想和男生们走太远，还是回陈老师那儿去吧。没想到"G4"也干脆回去了，朱尉玉找托词道："我们护送女生回去。"

会计仍旧是不说话，沉默地点点头，脚下启动了。剩下的一帮男生，打算去一趟破庙"探险"。走了几步，吴振旦和俞中华犹豫了，俞中华便跟着吴振旦不声不响遁去。王睿、庄荣丰、梅奕昇、潘宇宙、陈兆强、薛红枫、李星星，跟着会计，越走越远……

走了一段，从山道上望得见"破庙"了。会计远远地走在了前面，也不主动说什么，问他一句，他答一句。问他"破庙"是什么地方，他说：

"学校。"

"学校？"同学们都不解。梅奕昇补充了一句："我看到的果然没错。"

会计却加快了步伐，说先去招呼下，喊孩子们集合。

大家觉得有点复杂，似乎不合预想。但谁也不好意思打退堂鼓。眼见着会计拐进山坳，没了影。但听得身后连声呼喊："王睿——""阿庄——""'吃哥'——""小 P——"……

原来美班长和房老师，还有吴振旦、俞中华追过来了。"吃哥"薛红枫、小 P 潘宇宙听到叫喊，回转身迎了两步。

"陈老师不放心你们。"房老师追上说。

"有会计呢。"庄荣丰放松道。

"叫你们别走远的！"美班长有点生气。

"不远，这就到了。"王睿嘻嘻笑。

李星星调侃道："吴振旦和'奶包'原来去通风报信了。"

"奶包"俞中华顿了顿，不开口，他想让吴振旦去应对。吴振旦当着房老师面就说："事情比我们猜想的……呃，更丰富！"他和俞中华刚才听闻了房老师大致的讲述，语气凛然。

大家向山坳里拐。房老师走在了最前面。美班长跟上去，不想，什么东西打到了头上。

"哟！"美班长摸摸脑袋。

"什么？"薛红枫关心地问，"不会是鸟屎吧，啊哈哈！"

"什么呀，'吃哥'！"美班长不乐意了，"是泥土，你看。"美班长手上捏着一小团泥土，软软的，仿佛是一颗弹丸。

250

"看！树上有人！"潘宇宙惊呼。

陈兆强抬头一望，也惊呼："嘿！快下来！"陈兆强看到一个小男孩，攀在树枝上。梅奕昇也看到了，笑道："轻功不错嘛！"

美班长很为小男孩担心。房老师却一点也不大惊小怪，对着树上喊道："小乐，别顽皮！"

正说呢，那小男孩又朝同学们发射小泥丸。要不是顾忌以大欺小，这帮大男生们还真想找东西丢回去。

"打仗"的游戏，始终是男孩子们无比热衷的，无论什么形式、什么年纪。

房老师挥挥手，道："我们走，他会自己下来的。"

"不危险吗？"美班长从没见过小男孩爬这么高。

"等等！"王睿警觉，停下来又朝两边的大树望去。庄荣丰跟着瞧，大家都慢下来。果然，看见另一棵树的树冠上也埋伏着一位小朋友。

"嘿！"王睿指指。庄荣丰看过去，朝树上竖起大拇指。

"这爬树的本事比我好。""大猩猩"李星星揶揄的口吻，半是夸奖，半是自嘲。

"走吧。"房老师还是不当回事，边走边说，"我带你们进去看看。"

那"破庙"，主体是一个大殿，柱子还在，但已经包裹了不知什么加固材料。里面都被清空了，排了些歪七扭八的桌椅，还有砖块这里一摞，那里一堆。正门口有一小片场院，院墙早就一处一处塌的塌、倒的倒，倒塌的地方都已经长出了墙头草。地面的草地像是不久前割过，却像是理发店里的学徒剃的头，坑坑洼洼。

"这很像以前的大队的仓库。"庄荣丰上上下下、左左右右看了一圈。

"你见过？"李星星问道。

"我说了我是平望乡下的。"庄荣丰强调，"我们那里也有，但没这么破旧。"

"房老师，"王睿走上前问，"那位会计大叔说，这是学校。真的吗？"

房老师"嗯"一声，往大殿里走去。这时会计从里面出来，和房老师照面，两人用方言土语交谈了几句。会计出来，看了看同学们，大概算是打招呼了，就离开了。

同学们围到房老师旁边。房老师解释说："会计先回去，准备午饭……"

薛红枫终于等到这项安排了。但此情此景，他由衷说道："随便吃点好了，不用麻烦。"

"你还想吃什么？"吴振旦诱惑他，"还吃鸡吗？"

"鸡！飞过来了！"梅奕昇灵敏地发现。

说来也神奇，一只鸡从院墙那边飞过来。落地，大家一瞧，是一只小公鸡，羽毛鲜艳，扑腾有力。紧接着，几名小朋友就冲了过来，很显然是冲着小公鸡去的。

"小P一起去抓。"庄荣丰快嘴说道。

"我不会抓鸡。"小P潘宇宙客气地拒绝。

"他说你是'小朋友'。"李星星不客气地揭穿道。

这时，小朋友们看到大哥哥大姐姐，还有房老师，停了停，但还是不肯放过小公鸡，追着它满院子跑。

"都停下！"房老师大声命令。

命令有点用，小朋友一个接一个停下来。看着这些小朋友，同学们想到了自己小时候的模样——浑身那么朴素的穿着。

"他就是树上的小乐？"美班长认了认。

房老师点点头，喊："小乐，过来。"

"都几年级呢？"美班长问房老师。

"他们三四年级的，还有一二年级的，都有……"房老师朴素的话中有一层忧伤。

小乐走过来了。吴振旦想摸他头。小朋友把头歪到了美班长那边。其他小朋友慢慢地跟过来，有个小女孩子蹲在了院子里，不肯动。

"小乐，你好。"美班长亲切地问好。

小乐望望房老师。

美班长继续沟通感情，问道："小乐，你的名字是'快乐'的'乐'吗？"

旁边另一名活泼的小男孩替小乐回答道："不是，是'l'。"

"'l'？"美班长大惑不解。这名字起得！

这下小朋友们一个一个地争抢回道："就是拼音的'l'……"

"d、t、n、l 的 l……"

"英语字母就是 L……"因为发音不标准，"L"被念成"矮了"。

"L？"美班长新奇，道，"小 L……"

房老师笑着解释说："这也是小朋友们之间取的绰号。"

"哇！和小 P 有异曲同工之妙啊！"梅奕昇非常佩服。

"比'小 P'更厉害！"小 P 潘宇宙同学自谦起来。

"那你们的绰号呢？"庄荣丰、吴振旦、李星星诸位也都好奇，连连问其他小朋友。

也许，无论哪里，绰号总能让人快乐，拉近彼此的距离。

小朋友们也听闻了大朋友们的绰号，小乐还大胆地问："'足球小将'，你一定是高手吧，能教我们踢球吗？"

"当然！"庄荣丰兴奋，"下次我把平望职业足球队带来！"

其乐融融之际，外面喧哗起来。呀！陈老师和村主任，还有同学们都来了。

陈老师说："村里最宽敞的屋子就是这里了。我们这么多人吃饭，只能选择这里。"

村主任和几名村干部已经深入大殿收拾起来。陈老师指挥同学们一起动手。

原来，这些歪七扭八的桌椅，甚至一摞一堆的砖块，都是小朋友们上课用的。大家沉默了，默默收拾好地方。

又来了很多小朋友。"村里的小朋友，还是挺多的嘛！"俞中华靠近陈兆强说道。小朋友多了，嬉笑打闹，场面沸腾，氛围愉悦，化解了劳顿和沉默。

美班长很自豪地说："大家安静啦！我来介绍下——"

房老师指挥小朋友们排好队。因为大哥哥大姐姐和大人们很多，小朋友们老实些了，不敢乱跑乱喊了。美班长一个一个摸着小朋友的脑袋或脸蛋，介绍道：

"这是小 L——小乐！"

"这是小旦旦！"

"这是铭姐姐，这是她妹妹文心！"

"这是小豆豆！"

"过来，小宇宙！"

"还有，小包子！"

"小 do——多多！"

"小志——有志气！"

"小兽兽——好可爱哦！"

"小星星！"

"小帆船——扬帆远航！"

"小消防员！"

"小梅花！"

"大眼妹——好漂亮！"

"小兔兔！"

"小强——你最强！"

"你是小柠檬——是吧！"

"你自己说，叫什么？""我叫小锋！"

……

"小朋友，大朋友，今天起，我们就是好朋友！"陈老师扬起了双手。大朋友们欢乐地走入小朋友之中，一对一对、一群一群地结识起来。小朋友们有点不知所措，毕竟没经历过这么大的场面，多数很拘谨，唯有少数"人来疯"似的又蹦又跳。

"开饭啦！"大婶们端着菜盘，拎着饭桶，挑着碗盆，展着笑脸。

排队，打饭；坐好，吃饭。

班长小分队悄悄问美班长："好像太麻烦人家了吧？"

一旁的房老师听了，也悄悄说："陈老师交了饭钱了。这个陈老师……"

"快吃快吃！"陈老师站了起来，和村民们一样，端着饭碗边吃边走动。

"苏州话，这叫'抬饭碗'。"美班长笑陈老师。

"好吃！好吃！""吃哥"吃出了最美的味道。美食当家韩露露也赞不绝口。于娜娜牙疼并不严重，也是一阵一阵，此时大口吃得很香。邹琳琳、鲍卉卉、唐田田、金郁郁、盛坤、成柠，都突破了文静女生的俏模样，和小朋友们有说有笑，不停给小朋友添饭夹菜。

成柠向陈老师提议说："我们是不是可以给小朋友上上课？"

陈老师点头。

吃过饭，大朋友和小朋友在大殿里面、外面玩耍起来。在里面玩的，大朋友教小朋友识字、画画、唱歌；在外面玩的，大朋友跟小朋友学爬树、撵鸡、搓泥丸……

闹市深山几多程？车轮滚滚，脚步噌噌；越岭涉水秋色生，小镇山村，旧友新朋。

莫谈幽幽桃源梦。风雨蒙蒙，琅琅书声；无畏路途天外峰，唯是攀登，终又相逢。

午后不久，九班就要踏上返程了。

房老师被再三劝阻下来不要送了。她毕竟也是女生，不宜再来回走一趟山路。村主任带着会计，偏要送到村口邮局。

也许是村主任他们相送，同学们列队整齐，行进速度比进村时快多了。

登上大巴车，庄荣丰忽然想起一件事，忙叫司机师傅打开行李舱门，他一头钻进去，发出来一箱一箱的平望酱菜。陈老师和几名男生跟下去，美班长也跟着。庄荣丰提议代表九班，将这几箱平望酱菜留赠给山村。

"好好！"陈老师的眼神对庄荣丰表示夸赞。

村主任他们也不便多加推辞，粗糙的双手握了握陈老师的手，又握了握几名男生的手。美班长灵感闪过，跑上车，号召道：

"同学们，每个人翻翻包看，还有没有零食？"

"是要留给小朋友们吗?"吴卯卯问。

"嗯!"美班长应道。

"我有我有!"孙恰翻出来。

"我还有很多。""吃哥"薛红枫高高举起背包。

……

大巴车启动了,又驶上了盘山公路。薛红枫哑吧哑吧嘴,无奈只好眯眼睡觉。同学们好像唱歌也唱不动了,聊天也有些沉闷,寄希望于"吃哥"有没有另藏些零食——可惜没有。于是,大巴车里只有沉睡笼罩,仿佛这本身就是一个秋意盎然的梦。

"嘀嘀——嘀——嘀嘀——"大巴车的喇叭连续响起。同学们有人睁眼看窗外。原来是邮递员经过,山路比较窄,大巴车让出道来。

"看,邮递员!"

是的,我们可能收到过很多信,但可能很多人都没见过邮递员。

8

这次秋游,同学们领略到了山水草木自然风光,山重水复,心旷神怡;也领略到了山村的世界,它似乎是阻隔开来的另一个世界。所以说,无论是自然层面,还是社会层面,同学们都受到了洗礼。

陈老师在课堂上揭示了这次秋游的意义:"房老师从家乡走出来,学到了知识,又回到了家乡。她希望帮助更多的人走出来。这样的老师还有很多。房老师希望除了自己的力量,也能得到像我们这样的力量的帮助。"

美班长又感动了，红着眼直点头。

吴振旦举手说给房老师寄东西。俞中华问"是什么"，薛红枫说"吃的也可以"。沈烨朱有点羡慕地说："吴振旦成绩上去后，境界是有点高了……开玩笑了！"沈烨朱的这种感觉，诸如"G4"、梅奕昇、丁剑、钱望鸿等男生，以及班长小分队、李蕉蕉、成柠等女生，也都有相同的感觉。蒋安安和成柠这对同桌甚至专门讨论过，吴振旦属实令人刮目相看了。

寄东西是一回事。李星星说了很靠谱的话："我们应该募捐。"郭德柏听了，"嗯嗯嗯"扇动起招风耳。马天阳也紧握拳头，用力赞成。李诺亚露出虎牙笑了，他的一点点小烦恼，经历过这次秋游，早已被涤荡得干干净净。

募捐的建议传到前面，庄荣丰听了，看看同桌王睿，当场表态道："我先把我家这辆厂车捐出来！"

"冷静！"王睿提醒，"你至少先打个电话问问你老爹吧？"

"没事，"庄荣丰大方道，"要不厂车先留在学校，我们九班随时用。"

"用来干吗？"潘宇宙奇怪道。

"出租给其他班级。"陈兆强有主意。

"租金用作捐款。"小小的人儿周泳也加入了谈论。

"好了！"陈老师知道同学们一番好意，但越说越不靠谱，"募捐的建议是可行的，我也这样想。我已经向学校提出申请，也许会通过团组织开展。羊羽，可能你需要跟进一下。"

是团的工作？还是班级工作？终究傻傻分不清。

羊羽同学想起来房老师说过的话，应答道："好的，团的工作也是很重要的。"

于娜娜、韩露露、李蕉蕉听了又闷头笑。姚小君情不自禁看了一眼花洒，"嘻嘻！"忍不住捂嘴笑起来。

陈老师深情说道："以后有了更大的力量，就可以提供更大的帮助。"

一双双眼睛深情地望着睿智的陈老师。

临近期末，一定是房老师算准了时间，陈老师又收到了来信。房老师的信里还夹着一封信，一定要陈老师交给九班全体同学。

陈老师便在班会课上，让美班长当众拆开。

"王乃思，你代表大家，读一读，大家一起听一听。"陈老师安排道。

美班长激动而小心地拆出信，拿在手里。她先扫了一眼，随后声音甜美而温柔：

九班的大哥哥大姐姐们：

我们是你们的小弟弟小妹妹好朋友！你们寄来的学习用品，我们都收到了，非常喜欢。房老师还说你们为我们募捐了钱，为我们换课桌椅。非常感谢你们的帮助。我们都很想念你们。你们是高中"九班"，我们现在可是小学"九班"哦！我们天天都记着我们的约定，一定好好学习，天天向上，早日去到外面的世界，再见到你们……也欢迎你们再来，盼望九班再来和我们玩！……

此致

敬礼

小九

（小L，小旦旦，铭姐姐、妹妹文心，小豆豆，小宇宙，小包子，小do多多，小志，小兽兽，小星星，小帆船，小消防员，小梅花，大眼妹，小兔兔，小强，小柠檬，小锋……）

期末考试就在眼前。这封信给了大家最好的动力和期待。九班的每个人心里满是憧憬。

迎接期末，迎接挑战，迎接明天！

——无敌九班！

校门口，陈老师站在那方青砖上，扬着笑脸，目送同学们回家。纵然经过这么多日子，经过季节更迭，时间留下的就是一张笑脸。回到办公室，帅气的袁 sir 告诉陈老师一个消息：高二下学期文理分班，九班要做好拆分的准备……

"九班的学生，真的很可爱！"陈老师对自己说，"我，准备好了！"